사랑한다면
스위스처럼

일러두기

스위스의 공식 언어는 독일어, 프랑스어, 이탈리아어, 레토로만어까지 총 4가지이며 언어권에 따라 문화가 조금씩 다르다. 이 책은 스위스 인구의 대다수(63%)가 거주하는 독일어권 지역을 기준으로 썼다. 연령 표기는 국제적으로 통용되는 '만 나이'로 썼음을 알려 둔다. 스위스프랑 환율은 1프랑에 한화 1450원으로 계산했다(2023년 연 평균 환율 기준). 또 남편과 아이의 이름은 실명으로 썼으나 책에 등장하는 그 밖의 인물명은 저자가 바꾸어 썼음을 밝힌다.

커플, 육아, 공동체로 보는 다정한 풍경들

사랑한다면
스위스처럼

신성미 지음

크릭

추천의 글

　　한국을 떠나 외국에 살게 되면 하루하루가 적응과 배움의 연속이다. 한국에서 통용되는 방식과는 전혀 다른 방식으로 일을 처리하고 문제에 접근하는 사례를 매일 직접 겪는다. 한국에선 상식으로 통하는 것이 외국에선 그렇지 않고, 반대로 한국에선 절대 불가능한 일이 외국에서는 일상 문화이기도 하다. 교육, 경제관념, 노동을 대하는 태도, 직장 문화, 결혼, 육아 등 삶을 관통하는 모든 것들이 새로 보이고, 적응이 필요한 모든 일상은 곧 배움의 영역이 된다. 미국에 와서 공부하고 대학교수로 일하면서 미국과 한국의 자연스러운 비교를 통해 한국 사회를 새로운 시각으로 이해할 수 있던 내 경험도 크게 다르지 않다.

　　신성미 작가의 책『사랑한다면 스위스처럼』은 한국 사회를 날카롭게 분석하던 기자 출신 저자가 스위스 사람을 만나 결혼하고 스위스에 정착해 아이를 키우면서 경험하고 느낀 것들을 일상의 언어로, 하지만 여전히 날카로운 기자의 시선과 글솜씨로 풀어낸 책이다.

신성미 작가와 나는 대학교 시절 꼭 붙어 다니던 절친한 사이다. 작가가 사는 스위스 집을 기회가 될 때마다 찾았는데, 그때마다 내 친구 성미는 스위스에서 가정을 꾸리고 아이를 키우는 한국인으로서의 경험과 느낀 점을 들려줬다. 한국과 스위스의 차이점, 좋은 점, 아쉬운 점을 비롯한 일상의 경험과 고민이 단순한 감상을 넘어 훌륭한 한 편의 이야기로 이미 정리돼 있었다. 매번 나 혼자 듣기엔 너무 아깝다고 생각했는데, 이렇게 한 권의 책으로 엮였다는 소식을 듣고 누구보다 기뻤다.

이 책은 아름다운 자연과 비싼 시계로 유명한 스위스라는 부유한 나라를 그저 한국어로 소개하는 안내 책자가 아니다. 한 사회에 뿌리를 내리고 오랫동안 치열하게 살아야 보이는 것들을 차분하게 정리한 관찰기다. 스위스 사회에서는 가족과 친구가 어떻게 관계를 맺고 살아가는지, 어린이를 어떤 시각으로 바라보고 대우하는지, 그리고 스위스 사람들이 인생에서 중요하게 생각하는 가치와 경험은 무엇인지와 같은 훨씬 더 근본적인 이야기가 무겁지 않은 톤으로 담겼다.

특히 육아 경험과 관찰기는 안타깝게도 인구절벽을 향해 너무 빨리 달려가고 있는 한국에 진지하게 생각할 거리를 던진다. 한국 사회는 저출산 문제를 해결하기 위해 다른 나라의 사례에 많은 관심을 기울이며, 어쩌면 필사적으로 교훈을 갈구해 왔다. 다른 나라 사례를 참고해 교훈을 얻는 건 좋은데, 문제는 번번이 스웨덴과 같이 복지 정책이 잘 정착된 나라에만 관심이 집중되는 점이다. 부모가 모두 어렵지 않게, 당연히 출산휴가를 쓸 수 있는 북유럽 국가들의 사례만 잔뜩 나열한 기사나 책은 '그림의 떡' 같아서 아쉽다. 북유럽 국가들의 사례가 모범인 건 누구나 다 안다. 하지만 과연 우리가 그 제도를 그대로, 혹은 비슷하게 도입할 수 있을까? 당장 한국 아빠들이 눈치 보지 않고 몇 달씩 육아 휴직을 쓰게 될 날이 언제 올지도 기약이 없는데 말이다.

『사랑한다면 스위스처럼』이 던지는 고민거리와 시사점은 그래서 더욱 신선하다. 책에 언급됐지만, 스위스의 육아 지원 제도는 북유럽 복지국가의 제도에 못 미친다. 심지어 출산, 육아와 관련한 국가의 복지 정책, 제도만 놓고 보면 한국이 스위스보다 더 나은 부분이 많다. 게다가 스위스는 물가도 높은 것으로 악명이 높다. 아이를 키우는 데 적잖은 돈이 든다는 말이다. 그런데도 스위스의 출산율은 OECD 국가들의 평균이고, 한국의 두 배나 된다.

저자는 복지국가가 아닌 나라에서 이만한 출산율을 유지하게 해주는 스위스 육아의 비결을 부모와 아이의 관계에 관한 스위스 사람들의 생각, 일상의 문화, 교육 제도에서 찾는다. 저자 본인의 경험, 주변의 가족, 이웃이 들려준 일화를 통해, 또 다양한 데이터를 토대로 쉽게 풀어쓴 스위스 이야기는 자연히 스위스라는 나라를 그동안 몰랐던 시선으로 바라보고 이해하게 해준다. 나 또한 스위스의 교육이나 문화에 관해서는 사실 아는 게 많지 않았다. 그런데 이 책을 읽고 나니 마치 잠깐 스위스 사회에 풍덩 빠졌다 나온 것처럼 스위스 사람들의 가치관, 문화가 낳은 '스위스식'에 관해 많은 걸 느끼고 새로 알게 됐다.

신성미 작가는 스위스식 삶의 방식이 정답이라고 말하지 않는다. 결혼에도, 육아에도 정답은 없다. 틀린 게 아니라 다를 뿐이다. 다만 나와 다른 가치관, 접근법을 익히고 배워두면 내가 맞닥뜨린 문제를 해결하는 데 큰 도움을 얻을 수 있다.

스위스는 다른 선진국에 비해 이민이 쉽지 않고 이방인으로 살기도 까다로운 나라다. 이민자 숫자를 제한하자는 법안이 2014년 국민 투표에서 과반을 얻어 통과되기도 했다. 동양에서 온 이방인이 스위스라는 사회 안으로 걸어 들어가는 과정은 때론 힘겨운 경험이었으며, 자신과 출신 국가, 배경이 다른 사람을 새롭게 바라보게 하는 기회였다.

스마트폰도 없고 해외에서 한국 지인들과 문자로 대화하기도 쉽지 않던 유학 초기 시절, 공부가 힘들 때면 대학 시절 친구들과 주고받은 편지를 자주 읽곤 했다. 그중에서 가장 자주 읽었던 편지 중 하나가 바로 유학길에 오르는 내 주머니에 신성미 작가가 쏙 넣어준 편지였다. 연두색 편지지 4장을 가득 채운 성미의 편지는 "너의 미국 진출에 열렬한 브라보를 보내며!"라는 문장으로 끝난다. 그 문장을 읽을 때마다 친구가 옆에서 응원해 주는 것 같아서 큰 힘을 얻곤 했다. 마찬가지로 몇 년 뒤 내 친구 성미의 "스위스 진출에 열렬한 브라보를 보냈던" 이로서 신성미 작가가 겪고 바라본 스위스를 글로 읽게 되어 정말 설렌다. 이 책을 접하는 독자분들도 흥미진진한 스위스 이야기를 넘어 내 삶의 모습, 우리의 현재 모습을 차분히 돌아보는 기회를 얻기를 바란다.

유혜영
(미국 프린스턴대학교 정치학 교수)

목차

1부.

하나에서 둘로 Vom Single zum Paar

2부.

둘에서 셋으로 Vom Paar zur Familie

3부.

셋에서 공동체로 Von der Familie zur Gesellschaft

프롤로그

　　대학 시절 큰맘 먹고 친구와 유럽 5개국 배낭여행을 떠났을 때 가장 인상적인 나라는 스위스였다. 만화영화 〈알프스 소녀 하이디〉에 나올 법한 아름다운 자연, 꽃으로 아기자기하게 장식된 예쁜 집들, 호숫가에서 수영하고 일광욕하는 스위스인들의 여유로운 모습…. 이런 그림 같은 나라에서 사는 사람들은 일상이 동화같을까? '지상 낙원'이라고까지 불리는 스위스에서의 삶은 정말 천국같을까? 그런 호기심이 들었지만 잠시 스쳐 가는 여행자인 내가 그 답을 알 수는 없었다. 그땐 상상도 못했다. 정확히 10년 뒤 내가 스위스 남자와 결혼해서 스위스에서 살게 될 줄은….

　　이전까지 30년 넘게 살았던 한국과 언어, 문화, 관습, 사회제도가 완전히 다른 스위스에서 정착해 가는 과정은 새로운 세계를 관찰해 가는 과정이기도 했다. 사회학을 전공하고 신문기자로 일했던 덕분에 두 개의 세계를 가급적 중립적 위치에 서서 비교하는 것이 일상이었다. 그렇게 스위스에 산 지 어느덧 9년이 지났다. 그 사이 스위스에서 생존을 위해 독일어를 배우고, 그렇게 배운 독일어로 스위스 기업에서 직장 생활도 해보고, 아이를 낳아 기르고, 다양한 사람들을 만나면서 경험하고 느낀 것들을 글로 정리해 보고 싶었다.

가끔 한국의 대학 친구들이나 지인들이 가족과 함께 휴가차 우리집을 방문하면 스위스에서 사는 내 이야기를 아주 흥미로워했다. 스위스의 이름난 관광지에 가는 것보다 오히려 우리집에서 '스위스 일주일 살이'를 하며 현지인들의 생활을 엿보는 것을 더 좋아했다. 나에겐 이미 당연해져 버린 일상들, 이를테면 비가 오든 눈이 오든 상관하지 않고 아이와 산책하러 나간다든지, 시댁에 가면 며느리인 내가 손님이므로 시댁의 부엌일을 돕는 게 아니라 시아버지가 갖다 주시는 음식을 맛있게 먹고 시아버지가 따라 주시는 와인을 고맙게 마시는 것이 예의라는 것, 그런 것들을 지인들은 흥미로워했다.

스위스는 한국인들에게 '언젠가 꼭 가보고 싶은 관광지' 정도로만 여겨질 뿐이다. 이 작고 독특한 나라는 한국에 알려진 것이 별로 없다. 그럴수록 책을 써야겠다는 생각이 굳어져 갔다. 내가 배낭여행을 왔을 때 정말로 궁금했던 바로 그것 말이다. 관광지에서만 볼 수 있는 피상적인 스위스가 아니라 스위스의 진면목과 스위스인들의 일상을 알려 주고 싶었다.

그래서 스위스에 살아 보니 정말 지상 낙원 같으냐고 물으신다면 글쎄, 좋은 점도 있고 나쁜 점도 있다고 말하면 너무 싱거운 대답이려나. 사람 사는 곳이 다 똑같진 않아도 비슷한 면은 있어서, 일과 삶의 균형이 비교적 잘 어우러진 스위스에도 일 때문에 번아웃을 겪는 사람이 있고, 그림 같은 풍경 속에 살아도 우울증을 앓는 사람이 있다. 잘 사는 나라라고 해도 상대적으로 못 사는 사람이 있는 법이다. 또 국민소득이 높고 중산층이 두터워 많은 나라들이 부러워하는 선진국인 동시에 비싼 물가 때문에 웬만한 연봉을 버는 중산층도 알뜰살뜰 아끼며 살아야 하는 곳이다. 한국에서처럼 크게 스트레스 받거나 화가 날 일도 없지만, 또 한국에서처럼 박장대소할 정도로 엄청 재미난 일이 있는 것도 아니다. 그 중간 어디쯤에서 은은한 미소를 지으며 사는 기분이라고나 할까.

사랑 따라 스위스로 온 내게 지난 9년간 이 나라에 정착하는 과정에서 행복한 일들만 있었던 건 아니다. 한국어로 읽고 쓰는 데서 정체성을 찾았고 그런 직업까지 가졌던 내가 서른 넘어 새로운 언어로 살다 보니, 현지인들의 언어 수준을 결코 따라갈 수 없다는 좌절감은 이루 말할 수 없었다. 서울에서 다녔던 신문사의 동료들과는 지금까지도 반갑게 연락하며 지내는 반면, 스위스 직장에서는 업무 외에는 거리를 두는 동료들에게서 소외감을 느낄 때도 있었다.

그럼에도 먼 이국의 땅에서 내가 용기를 얻고 도전하고 소소한 행복을 발견하며 지낼 수 있었던 건 결국에는 사랑 덕분이었다. 여기서 사랑이란 이성 간의 사랑을 넘어 사람과 사람 사이에 관계를 맺으며 생기는 넓은 의미의 사랑이다. 스위스 남자와 사랑하며 살고, 그와 함께 아이를 낳아 또 새로운 사랑을 알게 되고, 아이를 키우는 과정에서 스위스인들의 다양한 사랑의 모습을 발견하는 것은 이민자로서의 어려움을 넘어서는 따스한 경험이다.

시간이 흐르면서 스위스인들의 적당한 거리 두기는 상대방에 대한 무시나 무관심이 아니라 상대방에게 오지랖 넓게 간섭하지 않겠다는 존중의 의미임을 깨닫게 되었고, 그런 거리감 속에서도 스위스인들은 상대방이 도움을 요청하면 기다렸다는 듯이 다가와 기꺼이 도와주는 정 많은 사람들이라는 것도 알게 되었다. 다양한 사랑을 경험하고 관찰하면서 스위스 사회에 대한 이해의 폭도 넓어졌다. 그것들을 되도록 솔직하게 책에 담고 싶었다. 가급적 관찰자의 시선을 유지하려고 노력했는데, 이 책이 혹시라도 일방적인 스위스 예찬으로 읽히지 않으면 하는 바람이다.

스위스로 여행이나 출장을 오시는 분들이 가이드북에 나오는 관광지 말고도 스위스와 스위스에서의 삶에 대해 더 깊이 알고 싶을 때 이 책이 도움되면 좋겠다. 월간 신동아에 연재했던 글과 내 블로그에 썼던 글의 일부도 현재에 맞게 새로 다듬어 실었음을 밝혀 둔다.

Vom Single zum Paar

하나에서 둘로

커플 천국, 싱글 지옥

처음 스위스에 살러 왔을 때 나는 핑크빛 색안경을 끼고 있었다. 애틋하게 장거리 연애를 하던 스위스인 남자친구, 즉 지금의 남편과 미래를 약속하고 결혼을 준비하려고 왔으니 스위스의 산과 호수는 물론 들판에서 풀 뜯는 소들까지 모든 게 핑크빛으로 보일 수밖에.

그런 내게도 영 적응이 안 되는 문화가 스위스에 만연해 있었다. 나야 이미 약혼자가 있었으니 큰 상관은 없었지만, 한국에서 우스갯소리로 듣던 '커플 천국, 싱글 지옥'이 바로 이곳에서 실화로 펼쳐지고 있었던 것이다! 오랜 세월 싱글로 살아온 내게 전지적 싱글 시점에서 바라본 스위스의 커플 중심 문화는 참으로 가혹하게 느껴졌다. 참고로 여기서 커플이란 나이나 결혼 여부와는 상관없다. 그래서 배우자나 연인을 포괄적 단어인 '파트너'로 지칭하기도 한다.

스위스에는 아직도 친지들에게 손글씨로 카드를 써서 우편으로 보내는 아날로그 문화가 있다. 우리 부부의 결혼식 때 받은 축하 카드에도, 크리스마스나 생일 때 받은 카드에도, 친구들이 여행지에서 보내온 엽서에도 모두 발신인은 한 사람의 이름이 아니라 커플 양쪽의 이름으로 돼 있다. 심지어 일상적으로 안부를 주고받는 문자 메시지나 채팅에까지 서명처럼 커플의 이름을 나란히 적어 보낸다. 예를 들어 이런 식이다. "성미, 생일을 진심으로 축하해! 오늘 특별한 계획이 있어? 라파엘과 멋진 하루 보내기를 바라! 카트린과 크리스티안으로부터.” 결혼식 하객을 초대할 때도 파트너가 있는 하객이라면 당연히 2인 1조로 초대한다. 또 친구들을 만날 때 여자들끼리 또는 남자들끼리 만나기도 하지만 커플 동반으로 만날 때가 많다.

이외에도 여행이든 운동이든 쇼핑이든 대부분의 여가 활동을 자신의 파트너와 함께 하기 때문에 처음 내 눈에는 너무 폐쇄적으로(?) 커플끼리만 어울리는 것처럼 보였다. 좀 다양한 사람들을 만나는 것도 좋을 텐데!

그뿐만이 아니다. 여기도 사람 사는 곳이니 당연히 싱글도 있다. 짝이 있는 친구들은 모임에 다들 커플로 왔는데 싱글은 혼자 앉아 있게 된다. 한두 번도 아니고 매번 이런 식이라면 아무리 당당한 싱글이라도 조금은 짜증이 날 법하다. 스위스에서 가장 큰 명절인 크리스마스 연휴가 이어지는 연말에는 많은 상점이 문을 닫고 바깥에는 돌아다니는 이 하나 없는데, 스위스인들은 크리스마스 이브나 당일에 가족과 함께 저녁을 먹고 물론 이 저녁 식사에도 커플로 초대된다 나머지 연휴에는 커플끼리 각자 오붓한 시간을 보낸다. 싱글에게는 크리스마스 저녁 식사에서 커플들 사이에 앉아 있다가 나중에는 홀로 연말의 긴긴밤을 보내는 외로운 시즌인 것이다.

한국에서는 친구들을 만날 때 그들의 남자친구들까지 다 함께 만난 일이 손에 꼽을 정도로 드물었다. 오히려 서로 잘 알지 못하는 남자친구들까지 모이는 자리는 어색할 뿐이었다. 그러니 아무리 친한 친구라도 막상 친구 결혼식에서 보는 친구의 신랑은 내겐 낯선 사람인 경우가 많았다. 반대로 스위스에서는 친구 결혼식에서 보는 친구의 배우자가 낯선 사람일 수가 없다. 평소에도 커플들끼리 자주 만나기 때문에, 처음엔 잘 모르는 사이였어도 점차 친구의 남자친구, 친구의 여자친구와도 친구가 될 수밖에 없다. 이런 문화 덕분에 나는 남편 친구들의 파트너들과도 많이 알게 됐다. 외국인인 나로서는 현지에서 새로운 친구들을 사귀기에 아주 좋은 기회였다.

'현재'의 사랑에 충실한 모습도 한국과는 다르다. 스위스 남녀들은 공식적인 커플로 인정받는 걸 당연하게 여긴다. 동거를 부끄럽게 생각하거나 부모에게 숨기는 일은 없다. 자연스럽게 일찍부터 자신의 남자친구, 여자친구를 가족에게 소개하고 가족 모임에도 늘 동반한다. 결혼을 약속하고 나서야 부모에게 공식적으로 남자친구, 여자친구를 소개하는 경우가 많은 한국과 대조적이다.

한번은 스위스인 커플의 결혼식에 가서 문화 충격을 받았다. 당시 신부의 여동생은 10대 후반, 남동생은 20대 초반이었는데 그들도 각자 남자친구와 여자친구를 데려왔다. 이들도 커플 단위로 결혼식 초대를 받은 것이다. 가족 사진 촬영이 시작되어 포토그래퍼가 남매 커플 세 쌍이 동시에 자신의 파트너에게 키스할 것을 주문하자 이들은 한 치의 수줍음 없이 온 가족과 친지들이 보는 앞에서 키스를 했다. 가족들이 보는 앞에서 키스를 해서 놀란 게 아니다. 아직 10대 후반, 20대 초반이면 지금의 애인들과 꼭 결혼할 것이라는 보장도 없는데 언니, 누나의 결혼식 앨범에 지금의 애인들과 함께 빼도 박도 못할 공식적인 역사를 남긴다는 게 참으로 신선했다. 언젠가 헤어질지도 모를 위험 내지 민망함을 먼저 생각하기보다는 현재의 사랑에 충실한 게 스위스인들의 사랑 방식이다.

스위스의 커플 중심 문화는 가정에서도 고스란히 드러난다. 스위스에 와서 참으로 인상적이었던 건 대부분의 사람들이 가족을 최우선으로 두고 가족과 정말 많은 시간을 보내는 모습이었다. 너무나 당연한 말이라고? 하지만 한국에서 사회생활이 더욱 중시되고 온 가족이 다 함께 보내는 시간이 점점 줄어드는 세태와 비교하면 내 눈에는 이 철저한 가족 중심 사회가 놀랍게 느껴질 정도였다. 스위스인들은 한국인들과 다르게 많은 지인과 어울리기보다 소수의 친지들과 깊은 관계를 유지하는 편이다. 그리고 그 소수의 친지란 절친한 친구를 제외하면 대개 파트너, 자녀, 부모, 형제를 말한다.

특히 가정의 중심은 자녀가 아니라 부부다. 아이들 키우기에 바빠도 가끔씩 어떻게든 부부만의 시간을 내어 단둘이 외식을 하거나 여행을 가는 부부가 많다. 그리고 이를 위해 가까운 가족들이 며칠간 아이들을 대신 돌봐 주는 경우도 흔하다. 육아도 중요하지만 부부 간에 좋은 관계를 유지하는 게 더 중요하고 그것이 또 아이에게도 긍정적인 영향을 미친다고 굳게 믿는 것이다.

이렇게 사회가 커플 중심, 부부 중심으로 돌아감에도 불구하고 스위스는 여느 서양 국가들처럼 만만치 않은 이혼율을 보인다. 스위스연방통계청 BFS 에 따르면 2022년 스위스에서 1만 6201쌍이 이혼했는데[1], 이는 인구 1000명당 1.8쌍이 이혼한 꼴이다. BFS는 기존의 통계 추세대로라면 결혼한 5쌍 중 2쌍이 향후 이혼을 할 것으로 내다봤다.[2] 한국 통계청에 따르면 2022년 한국에선 9만 3000쌍이 이혼했으며, 인구 1000명당 역시 1.8쌍이 이혼해 스위스와 똑같은 이혼율을 보였다.[3]

스위스의 이혼율이 낮지 않은 이유는 아이러니하게도 부부의 파트너십에 큰 가치를 두기 때문으로 보인다. 갖은 노력을 기울였음에도 부부 사이가 좋아지지 않을 경우 자식 때문에 혹은 남들 눈을 의식해서 참고 살기보다 과감히 이혼을 택한다. 그리고 이혼 후 새로운 파트너를 만나 다시 사랑을 하고 여생을 함께 보내는 것이 행복이라고 여긴다. 내 주변에도 이혼하고 새로운 사랑을 만나 재혼하거나 동거하면서 행복한 관계를 유지하는 사람들이 꽤 있다. 재혼하지 않고 동거만 할 경우 '인생의 반려자 Lebenspartner'라고 부르며, 사회적으로는 이를 배우자와 동일하게 간주한다.

1. Bundesamt für Statistik (2023). Heiraten, eingetragene Partnerschaften und Scheidungen.
2. Bundesamt für Statistik (2023). Scheidungshäufigkeit.
3. 통계청 (2023). 2022년 혼인 이혼 통계.

다양한 유형의 커플에 관대한 스위스 사회에서는 동성 커플에 대한 인식도 관대한 편이다. 스위스에서는 동성 결혼이 합법이다. 합법화되기에 앞서 2007년에 발효된 '동성 파트너십 Eingetragene Partnerschaft'은 이성 커플이 혼인신고를 하듯이 동성 커플도 공식적으로 관청에 파트너십을 신청하는 것으로, 동성 간 파트너십을 혼인관계와 비슷하게 법적으로 보장했다.

그러다가 2021년 9월 동성 결혼 인정 여부를 묻는 국민투표에서 64.1%의 찬성으로 동성 결혼이 합법화되었다. 법안의 이름은 '모두를 위한 결혼 Ehe für Alle'이었다. 동성 부부는 여느 이성 부부처럼 아이를 입양하거나 인공수정 시술을 통해 자녀를 가질 수 있다. 투표 결과에 따라 동성 결혼 합법화는 2022년 7월부터 시행되었는데, BFS의 통계에 따르면 2022년 스위스 전체 혼인 건수 4만 938건 가운데 778건이 동성 결혼이었고, 기존의 동성 파트너십을 동성 결혼으로 변경한 사례가 2231건이었다.[4]

스위스에서 동성 커플에 대해 비교적 열린 시각을 갖고 있음을 확인하게 될 때가 많다. 가끔 신문이나 방송에서 국제결혼 커플을 비롯해 다양한 커플의 사연을 소개하는데, 그럴 때 이성 커플뿐 아니라 동성 커플도 자연스럽게 함께 소개한다는 점이다. 내 주위에도 여성끼리 결혼해 가정을 꾸린 커플이 있다. 늘 둘이서 비슷한 헤어스타일을 하고 다니는 타미아와 크리스티나는 가족과 친지를 초대해 보덴 호수의 선상에서 멋진 결혼식을

---

4. Bundesamt für Statistik (2023). Heiraten.

올렸다. 그들의 부모도 딸의 파트너를 '며느리'라고 부른다. 부모들은 자신의 자녀가 동성애자라는 사실을 처음 알았을 땐 당연히 충격을 받는다. 그러나 타미아의 어머니는 무턱대고 반대하는 대신 "내 딸이 행복한 게 최우선"이라며 딸의 동성애를 받아들이고 이 커플의 앞날을 축복해 주었다.

인구도 적은 데다 초저녁만 돼도 거리가 한산한 이 조용한 나라에서 스위스인들은 어쩌면 그렇게 제 짝들을 용케 찾는지 신기하기만 하다. 한국에서처럼 소개팅 등의 적극적인 구애가 이루어지는 곳도 아닌데 말이다. 하지만 오히려 이토록 조용한 나라 스위스에 사랑마저 없었다면 아마 스위스인들은 지루함에 질식해버렸을 것이다. 중요한 것은 작고 고요한 스위스에서 사람들은 어떻게든 늘 사랑을 찾고 사랑을 한다는 사실이다. 사랑의 형식은 아무 상관이 없다. 그저 커플이든 싱글이든 행복하면 그만이고 주변인들은 각자의 방식을 있는 그대로 존중한다. 그 풍경은 아름답다. 달콤한 커플들의 사랑을 지켜보는 건 내게도 행복이다.

내 인생 최대의 사건, 사랑

결혼은커녕 제대로 된 연애도 못할 줄 알았던 내가 우연인지 운명인지 한 남자를 만나 정말 결혼이란 걸 하게 되었다. 결혼한 지 8년이 지난 지금도 가끔 꿈속에서 헤매다 잠에서 깰 때면 옆에 있는 남편을 보고는 내가 결혼했던 사실을 깨닫고 놀랄 때가 있다.

2011년 9월 혼자서 배낭 메고 미국 뉴욕을 여행하다가 역시 혼자서 뉴욕을 여행하고 있던 남자를 말 그대로 한날한시에 한 장소에서 마주쳤다. '할렘가 가스펠 투어'라는 이벤트에서였다. 나는 여행 중에 가이드 투어를 즐기는 스타일도 아니고 종교도 없지만 거기에 가면 영화 〈시스터 액트〉처럼 아프리카계 미국인들의 멋진 가스펠 음악을 라이브로 들을 수 있을 것 같아 신청했었다. 비가 주룩주룩 내리던 저녁 할렘가에서 열 명 남짓한 젊은이들이 투어에 참가했고 이 동네의 은퇴하신 할아버지 가이드가 참가자들을 한 교회로 안내했다. 무리와 함께 교회로 가는 길에 바닥에 고인 빗물을 피해 조심조심 걷는데 한 남자가 먼저 내게 인사를 건넸다. 첫눈에 서로 사랑에 빠진 것은 아니었지만 남자의 인상이 좋았고 편안했으며 말이 잘 통했다. 교회 안에서도 어쩌다 그와 옆자리에 나란히 앉아 가스펠 음악을 들었던 그 순간은 이제 와서 생각해보니 왠지 영화 속 한 장면 같다.

혼자 여행하다 보면 남녀노소를 불문하고 다른 여행자들과 이야기를 나누게 되는 일이 흔한데, 나는 상대방과 헤어질 때 연락처를 묻지는 않는 편이었다. 이 남자의 느낌은 좋았지만 역시 나는 연락처까지 물을 생각은 없었다. 그런데 헤어질 무렵 그가 먼저 나한테 페이스북 계정이 있느냐고 물었고, 나는 그가 물어보니 알려주었고, 페이스북을 계기로 지구 반대편에서도 서로 연락을 이어갈 수 있었다. 이 자리를 빌려 마크 저커버그에게 감사의 말을 전한다 뉴욕에서 만난 그 남자는 미국 사람도 한국 사람도 아닌 스위스 사람이었다. 나는 여행을 마치고 한국으로 돌아가 다시 열심히 회사에 다녔다. 페이스북으로 종종 그와 연락을 하다가 언제부턴가 하루에 한 번씩 왓츠앱 문자 메시지를 서로 주고받게 되었다. 그렇게 3년이라는 시간이 흘렀다.

당시 단단하게 역마살이 끼었던 나는 7년을 다닌 신문사에 과감하게 사표를 던지고 무작정 독일로 향했다. 앞으로 커리어가 어떻게 되든지 일단 어디로든 떠나고 싶은 마음만 간절하던 때였다. 먼 곳으로 떠나고 싶은 방랑벽을 독일어로 '페른베 Fernweh'라고 하는데, 멀다는 뜻의 형용사 페른fern과 고통을 뜻하는 명사 베Weh를 합성한 단어다. 먼 곳으로 떠나고 싶어 고통 받는 상태, 페른베로 나는 시름시름 앓고 있었다.

MBTI 테스트를 하면 '93% 계획형'으로 나오는, 리스크 테이킹이라고는 전혀 못하는 내가 아무 계획도 없이 감수한 인생 최대의 사건이 바로 독일행이었다. 독일어도 못했고 독일에 아는 사람 한 명도 없었는데 왜 뜬

금없이 독일로 갔느냐면, 독일 워킹홀리데이 비자가 있다는 걸 우연히 알게 되었기 때문이다. 그 당시 나는 만 31세가 되기 직전이어서 독일 워킹홀리데이 비자를 받아 독일에서 1년간 합법적으로 체류할 수 있었다. 그동안 모아 놓은 돈으로 독일에 가서 독일어를 배우면서 영어로 일하는 회사에 무작정 구직할 생각이었다.

당연히 대부분의 지인들이 나를 뜯어말렸다. 신문사의 연배 높은 여자 선배가 내게 밥을 사주면서 도대체 왜 독일로 가려는 건지 물었을 때 나는 이렇게 대답했다. "저도 모르겠어요. 눈에 보이지 않는 단단한 밧줄이 저를 그리로 끌어당기는 듯한 신기한 느낌이에요. 꼭 가야 할 것 같아요." 지금 생각하면 마치 예지라도 한 것 같은 소름 돋는 말이다. 혹시 뉴욕에서 만난 그 남자 때문에 스위스와 가까운 독일로 갔느냐고 묻는 사람도 있는데, 그건 아니었다. 매일 문자를 주고받는 '썸남'이긴 했지만 전화 통화도, 데이트도 한번 안 해본 남자를 만나러 사표를 내고 유럽으로 가는 여자가 있다면 제정신이 아닐 것이다.

2014년 1월, 그렇게 나는 독일 프랑크푸르트에서 새로운 삶을 시작했다. 내가 프랑크푸르트에 와 있다고 문자를 보내니 스위스 남자는 동생 차를 빌려서 5시간을 달려 나를 만나러 왔다. 뉴욕에서의 첫 만남으로부터 거의 3년 만에 이뤄진 두 번째 만남이었다. 이때까지만 해도 아직 친구 사이였지만, 독일과 스위스 사이에서 몇 달간의 '장거리 우정'을 해나가던 우리는 서로가 많은 면에서 찰떡같이 잘 맞는 운명의 짝임을 알게 되었다.

장거리 우정이 장거리 연애로 바뀌었고 그 무렵 나는 뒤셀도르프에 있는 독일 기업에서 짧은 회사 생활을 경험했다. 독일 비자가 만료되는 시점에 나는 한국으로 돌아가 스위스 비자를 신청했고, 비자가 나오자마자 스위스로 터전을 옮겼다. 서로에 대한 깊은 확신이 있었기에 망설일 것이 없었다. 나는 스위스에서 독일어를 배우면서 그와 함께 결혼을 준비했다. 내가 만 서른에 그토록 무모하게 사표를 내고 독일로 떠나지 않았더라면 지금의 남편과 결혼하지 못한 것은 물론이고 우리 아이마저 이 세상에 없었을 것이다. 지금 생각하니 그게 바로 운명이었던 것 같다.

스위스의 동거 문화와
결혼식 비용

스위스와 한국의 커플을 비교할 때 가장 두드러진 차이가 바로 동거 문화다. 앞서 '커플 천국, 싱글 지옥'에서도 언급했지만 스위스에선 대체로 연애 때부터 동거를 시작해 몇 년간 함께 살아 본 뒤 결혼한다. 반대로 동거를 하지도 않고 결혼과 동시에 함께 살기 시작하는 커플은 극히 드물다. 아니, 나는 그런 커플을 스위스에서 본 적이 없다. 모든 면에서 고집스러울 정도로 안전 제일주의를 강조하는 스위스인들은 함께 살아 보지도 않고 결혼하는 것을 매우 위험한 일이라고 생각한다. 혼전 동거는 상대방과 잘 맞는지를 테스트해볼 가장 실용적인 방법이다.

처음 스위스에 와서 놀란 건, 상당수의 미혼 커플이 동거하고 있다는 사실이었다. 남편의 지인들 대부분이 그렇게 남자친구 혹은 여자친구와 동거 생활을 몇 년 한 뒤에 천천히 준비해서 결혼했다. 동거는 왠지 숨겨야 하는 것이라는 한국식 고정관념같은 인식은 전혀 없다.

관찰해보니, 스위스에서의 동거란 이런 것이었다. 먼저 젊은 남녀가 서로 상대를 확신하고, 둘 다 적당한 소득이 있어 월세와 생활비를 함께 감당할 수 있으면, 그때 진지하게 동거를 시작한다. 새로운 연인이 생길 때마다 파트너를 바꿔가며 상습적으로(?) 동거하는 사람은 주위에서 보지 못했다. 그만큼 동거는 진지한 결정이라는 뜻이다. 법적으로 혼인하지만 않았을 뿐 사회적으로도 동거 파트너를 배우자로 간주한다. 당연히 가족이나 친지들의 모임에도 동거인과 함께 참석한다. 양가 가족도 자기 자녀의 동거인을 사위, 며느리처럼 대한다. 아직 청혼도 안 한 상태인 아들의 동거녀를 '내 며느리 meine Schwiegertochter'라고 부르는 어른들을 종종 보았다.

그렇게 수년간 동거를 하고서 상대와 평생 살아도 좋겠다는 확신이 들면 결혼을 한다. 아이를 낳아 키우는 동거 커플도 많은데, 이런 경우에도 굳이 결혼하지 않는 이들도 있다. 동거 커플과 그 자녀에 대한 사회적 편견이 없고 정책적으로도 불이익이 없기 때문에 가능한 일이다. 물론 동거하다가 헤어지는 커플도 있다. 그렇다고 이들에게, 특히 여성에게 주홍글씨가 새겨지는 것도 아니다. 결혼 전에 서로 잘 맞지 않다는 걸 알게 된 것을 다행으로 여기고 미련 없이 헤어질 뿐이다.

스위스에선 성인이 되면 부모 집에서 나와 독립해 사는 게 일반적이다. 신랑 신부가 결혼 전에 혼자 살았건 이미 동거를 했건, 예전부터 쓰던 살림살이를 합쳐 신접살림을 꾸린다. 갑자기 혼수로 목돈이 나갈 이유가 없는 것이다. 신혼집은 당연히 월세이기 때문에 다달이 월세를 낼 수 있을 만큼의 정기적인 소득이 있다면 집 문제로 결혼 못하는 경우는 없다. 신혼여행도 주머니 사정이 넉넉하지 않으면 나중으로 미룬다.

나는 동거 중인 젊은 커플들의 집에도 자주 가봤다. 20대의 나이에 부모의 경제적 도움 없이 연인과 함께 자신들의 소득으로 아파트에 물론 월세 차근차근 살림을 마련해 안락하게 꾸며 놓고 사는 모습이 참 성숙해 보이고 대견하다는 생각도 든다. 대학을 나왔든 직업고등학교를 나왔든 정규교육을 마친 뒤에 자신의 전문분야에서 취업하기가 어렵지 않고, 대부분의 일자리가 먹고 살

만큼의 소득을 보장한다. 이러한 사회적 환경 덕분에 청년들이 부모 집에서 나와 혼자 독립해 살거나 연인과 동거하면서 차근차근 결혼 비용을 모을 수 있다.

요즘 한국에선 신혼집 마련을 비롯한 부담스러운 결혼 비용 때문에 결혼을 미루거나 아예 하지 않으려는 연인이 많다. 그런데 스위스에선 적어도 집과 돈이 없어서 결혼하지 못하는 경우는 없다. 있으면 있는 대로, 없으면 없는 대로 형편에 맞게 결혼식을 올린다. 남의 시선에도 별 신경을 쓰지 않는다. '결혼식인데 이 정도는 해야지'라는 고정관념도 없다. 물론 결혼식을 치르려면 기본적으로 예복, 사진 촬영, 피로연 등으로 목돈이 든다. 하지만 한국에서 예단, 예물 등의 허례허식에 들어가는 비용과 비교하면 별것 아니다. 돈이 많으면 결혼식을 성대하게 치르고, 없으면 없는 대로 간소하게 한다.

우리 부부는 스위스와 한국에서 올린 두 번의 결혼식 모두 양가 부모님의 경제적 지원을 전혀 받지 않고 소박하게 치렀다. 신혼집은 신랑이 예전부터 혼자 살던 아파트에서 월세로 시작했고, 혼수라고는 이케아에서 내 옷을 수납할 장롱과 화장대로 쓸 수납장을 산 게 전부다. 또 한식을 해 먹는 내게 너무나 중요한 전기밥솥과 수저를 한국에서 가져온 것이 혼수라면 혼수였다. 스위스에는 예단, 예물이라는 개념 자체가 없으니 내가 시댁에 해 갈 것도 전혀 없었다. 예물이라고는 둘이 결혼반지 한 쌍을 맞춘 게 전부다.

잘 알려진 것처럼 전세는 한국에만 있는 독특한 제도다. 이 전세 개념을 처음 설명 들은 남편은 충격을 받았다. 어떻게 사회 초년생이 결혼을 하는데 수억 원의 전세 비용을 마련할 수 있느냐는 것이다. 그래서 "부모의 경제적 도움 없이 전세금을 마련하기란 거의 불가능하다"고 얘기해줬더니 또 놀란다. 다 큰 성인이 부모에게 손을 벌린다는 것을 그는 이해하지 못했고, 결혼 생활의 출발이 양가 부모의 경제력에 의해 좌우된다는 사실에 머리를 내저었다.

스위스 부모들은 자녀의 결혼식 비용을 대줘야 한다는 부담이 없다. 다만 신부의 부모가 딸에게 웨딩드레스를 '선물'한다든지, 신랑의 부모가 피로연 비용의 '일부'를 내준다든지 하는 경우는 많다. 하지만 한국 부모들처럼 시집갈 딸의 예단 비용 때문에, 장가갈 아들의 신혼집 마련 때문에 잠 못 들고 전전긍긍하지는 않는다. 나의 시부모님은 아들 넷을 두셨는데, 그중 둘째인 우리 신랑의 한국 전통혼례를 포함해 2016년 한 해에만 아들 세 명의 결혼식을 치르셨다. 한국 부모라면 아들 셋을 한 해에 결혼시키기란 아마도 불가능할 것이다.

고사우Gossau

취리히 Zürich

나의 스위스 웨딩

연애를 시작한 지 1년 3개월 만에, 색깔 고운 단풍이 아직 남아있던 가을날 우리는 스위스에서 결혼식을 올렸다. 또 그로부터 6개월 뒤 한국에서 나의 가족과 친지들을 모시고 전통혼례를 치렀다. 스위스와 한국 양국에서 공식적으로 인정받는 부부가 된 것이다.

두 번의 결혼식을 준비하는 것은 한국과 스위스의 문화적 차이를 알아가는 과정이기도 했다. 우리가 스위스에서 결혼식을 앞두고 세운 원칙은 '무조건 간소하게'였다. 둘 다 종교가 없기 때문에 교회 결혼식은 생략하고 간단히 시청 결혼식만 하기로 해서, 청혼에서 결혼식까지 3개월밖에 걸리지 않았다. 보통 스위스 커플들이 1, 2년에 걸쳐 천천히 결혼식을 준비하는 것에 비하면 초스피드로 진행한 셈이다.

내가 한국에서 한국 남자와 결혼했다면 맨 먼저 '작은 결혼식'에 대한 양가 부모님의 이해를 구하는 것부터 쉽지 않았을 것이다. 결혼이란 '가문과 가문의 결합'이라는 한국적 인식과 달리, 스위스에서는 신랑 신부가 양가 부모의 영향을 떠나 독립적으로 결혼을 추진한다. 친정 부모님이 나를 전적으로 믿고 이해해 주셨기에 나는 결혼 전부터 스위스로 생활 터전을 옮기고 이곳 생활에 적응하는 한편 간소하게 결혼식을 치를 수 있었다.

2015년 가을 우리는 국제결혼에 필요한 모든 서류를 꼼꼼히 준비해 스위스의 시청에 제출했다. 그리고 2주간의 검토를 거쳐 '결혼해도 된다'는 공식 허가를 받았다. 스위스는 외국인을 쉽게 받아주지 않는 나라인 데다, 외국인이 스위스 시민권을 노리고 스위스인과 위장결혼 하는 사례가 종종 있어 허가 절차가 까다롭다. '사랑한 죄'밖에 없는 우리는 죄인처럼 은근히 가슴을 졸이며 기다릴 수밖에 없었다. 스위스는 행정 당국에서 행정 수수료를 엄청 많이 물리는데, 우리 부부는 혼인신고 수수료로 440프랑63만 8000원 을 냈다. 국제결혼이라 유독 비싼 건 아니고 스위스인 커플도 결혼하려면 이 정도 수수료를 내야 한다.

스위스에서 공식적인 결혼식은 시청 부속 공간인 '결혼식 방'에서 시청 공무원 주재 하에 혼인 서약을 하고 서명을 하는 시청 결혼식 Ziviltrauung 이다. 결혼식 장소에서 바로 혼인신고가 이뤄지는 셈이다. 여기에는 보통 신랑 신부와 증인 두 명, 그리고 양가 부모 정도만 참석한다. 그리고 며칠 뒤 교회에서 친지들을 초대해 정식으로 결혼식을 올리고, 식당을 빌려 밤늦도록 먹고 마시고 춤추는 파티를 한다.

결혼식 날 아침 7시에 내 결혼식 증인이자 동서인 멜라니와 함께 미용실에 도착해 화장과 머리를 하고, 9시쯤 야외 촬영 장소로 이동했다. 스위스에서는 결혼 전에 따로 스튜디오 촬영을 하지 않는다. 결혼식 당일에 메이크업과 헤어, 의상이 모두 갖춰진 채로 결혼식장 근처의 야외에서 자연을 배경 삼아 한 시간 정도 사진을 찍는 게 전부다. 스위스 사람들은 무조건 야외를 선호하기 때문에 결혼식 날 제발 날씨 좋게 해달라고 빌고 또 빈다.

우리는 결혼식 2주 전 포토그래퍼의 스튜디오를 찾아가 그와 한 시간 정도 대화를 나눴다. 사진 촬영에 앞서 서로 얼굴을 익히고, 어디서 어떻게 사진을 찍을지 함께 상의하기 위해서였다. 포토그래퍼가 나에게 사진 촬영 시 바라는 점을 물었다. "제가 키가 작으니 되도록 키가 커 보이게 찍어주세요. 그리고 무조건 신랑보다 얼굴이 작게 나와야 해요. 현대 과학기술로는 불가능할까요?"

내 부탁을 듣고 포토그래퍼와 신랑 모두 당황했다. 그도 그럴 것이 유럽에는 '작은 얼굴이 미인'이라는 공식이 없다. 유럽인들은 딱히 한국처럼 고정된 미의 기준을 갖고 있지 않다. 사람의 얼굴을 볼 때 좌우가 균형 있게 잘 대칭되고 고른 이가 드러나도록 활짝 웃으면 대체로 아름답다고 생각하며, 세부적으로는 저마다 미의 기준이 다르다. 파란 눈, 갈색 눈, 금발, 검정 머리 등 각자 선호하는 이상형이 다양하다. 유럽인들이 이미 동양인들에 비해 얼굴이 작은 편이라 그런지 몰라도 작은 얼굴에 대한 선호도 딱히 없다. 내 얼굴은 보통 한국 여성의 얼굴 크기인데 신랑의 얼굴이 한국 남자들에 비해 작은 편이라 나는 내 얼굴이 신랑 얼굴보다 크게 보일까봐 겁이 났던 것이다.

1부 하나에서 둘로

동네 근처의 연못에서 우리는 한 시간 정도 사진을 찍었다. 안개와 구름이 낀 날씨였지만 비가 오지 않은 것만으로도 다행이었다. 동서 멜라니는 "결혼사진을 찍을 땐 굳이 햇살이 필요 없어. 신랑 신부의 웃음만으로도 사진이 환하게 나오니까!"라며 듣기 좋은 소리를 해주었다. 가을 단풍도 아직 완전히 지진 않아서 아름다운 색감의 사진을 얻을 수 있었다.

스위스 사람들은 자연스러운 사진을 좋아하기 때문에 굳이 팔뚝이 날씬해 보이거나 눈이 커 보이게 하는 포토샵을 하지 않는다. 나도 인공적인 포토샵보다는 우리의 자연스러운 모습을 기록으로 남기는 것이 훨씬 의미 있다고 생각한다. 비록 결혼사진에서 내 얼굴이 신랑 얼굴보다 크게 나왔을지라도….

스위스 사람들은 결혼식 당일에 야외에서 웨딩 사진을 찍는다. 그래서 결혼식 날 날씨가 좋기를 빌고 또 빈다.

웨딩 사진 촬영을 마치고 시청 근처 별도의 건물에 마련된 결혼식 방으로 향했다. 1750년에 세워진 고풍스러운 건물이었다. 30여 명의 하객이 결혼식 방에서 우릴 기다리고 있었다. 시청에서 나온 여성 공무원이 방 한가운데 놓인 커다란 탁자에 앉아 주례처럼 결혼식을 주재했다. 그녀가 결혼의 의미를 설명한 뒤 "신부는 신랑을 남편으로 맞이하겠습니까?", "신랑은 신부를 아내로 맞이하겠습니까?"라고 물었다. 우리 둘 다 "네."라고 대답하자 혼인이 성립됐다.

우리는 각자 상대방에게 편지 형식으로 써온 혼인 서약서를 독일어로 낭독했다. 솔직하고 낭만적인 신랑의 혼인 서약을 듣고 신부인 나는 물론 하객의 상당수가 감동의 눈물을 흘렸다. 여기저기서 코 푸는 소리가 들렸다. 우리는 증인들과 함께 혼인신고서에 서명을 하고 30여 분간의 결혼식을 마쳤다.

스위스에서는 보통 교회 결혼식을 마치고 교회 정원이나 식당 정원, 호숫가 등에서 아페로 프랑스어 Apéro 를 연다. 다 함께 서서 샴페인과 와인, 음료수 등을 마시고 까나페, 샌드위치, 과자 같은 간식을 곁들이며 이야기를 나누는 문화다. 결혼식뿐 아니라 직장 행사, 명절의 가족 모임, 생일 파티, 일상적인 저녁 식사 초대 등에서 항상 식전에 아페로를 하면서 이야기를 나누며 입맛을 돋운다. 이때 모르는 사람들끼리도 통성명하며 자연스럽게 이야기를 나누게 된다. 나는 이런 아페로 문화를 참 좋아하지만, 최소 30

분에서 길게는 두 시간까지 서 있는 것이 처음엔 적응이 잘 안 되었다. 스위스 사람들은 다리도 안 아픈지 다들 잘도 서 있어서 이런 생각까지 들었다. '이 사람들, 키 크다고 자랑하는 거야?'

우리는 시청 결혼식을 마치자마자 결혼식 방 앞의 넓은 복도에서 한 시간 반쯤 아페로를 즐겼다. 이때 신랑 신부를 향해 하객들이 길게 줄을 서고, 신랑 신부는 하객 한 명 한 명과 일일이 포옹과 볼 키스로 인사를 나눈다. 아페로를 마치면 식당으로 이동해 피로연을 한다.

스위스 결혼식에서 가장 낯설었던 점은 하객에도 소위 등급이 있다는 점이다. 즉 결혼식과 아페로에 초대받은 하객들이 모두 식사까지 초대받는 것은 아니다. 저녁 식사에는 가족과 정말 가까운 지인들만 소규모로 초대한다. 스위스 사람들도 신랑 신부에게 결혼 선물을 하지만 한국처럼 축의금 문화가 있는 것은 아니라서, 1인당 식사비가 와인을 포함해 10만 원을 훌쩍 넘는 이곳에서 수백 명의 식사비를 감당하기란 웬만해선 어렵다. 그래서 식사에는 양가 가족, 가까운 친척과 정말 친한 친구들까지만 소규모로 초대한다. 때문에 청첩장도 아페로까지만 초대받은 하객용, 아페로와 더불어 저녁 식사에까지 초대받은 하객용의 두 가지 버전으로 나눠 찍는다.

처음 이 사실을 알았을 때 좀 당황스러웠다. 결혼을 축하해주러 특별히 시간 내서 와준 고마운 하객들인데, 누구는 밥을 주고 누구는 안 준다는 게 어쩐지 민망했다. 하지만 신랑은 전혀 신경 쓸 필요가 없다고 강조했다. "스위스에서는 결혼식에 초대받는 게 그리 흔한 일이 아니야. 아페로에만 초대받은 손님들도 자신들을 초대해준 것에 충분히 기뻐하고 고마워한다고." 우리는 시청 결혼식과 아페로에는 30여 명을 초대했고, 식당의 저녁 식사에는 신랑의 가족과 우리의 결혼식 증인들까지 12명만 초대했다.

스위스인들의 전형적인 결혼식에 비하면 우리 부부는 간소한 방식을 택했지만 그렇다고 그 감동마저 작았던 것은 아니다. 결혼식이 끝난 후에도 그 추억을 되새길 수 있는 사랑스러운 일들이 펼쳐졌던 것이다.

모두가 함께 쌓는 결혼식 추억

아페로를 마치고 밖으로 나오자 예쁜 풍선들이 우리를 기다리고 있었다. 신랑 친구 말리스의 깜짝 선물이었다. 헬륨가스를 채운 각각의 풍선에는 우리 부부의 이름과 우리집 주소가 인쇄된 엽서가 매달려 있었다. 하객들이 모여 이 엽서에 우리를 향한 축하 덕담을 적어 주었다. 그리고 다 함께 하늘로 날려보냈다.

하늘 높이 날아간 풍선은 시간이 흘러 바람이 빠져 산이나 숲속, 호수 어딘가에 떨어질 텐데, 길에 떨어질 경우 또 다른 이벤트가 시작된다. 지나가던 사람이 엽서를 주워 자기 이름과 발견한 장소를 적고 손수 우표를 사서 붙여 주소지로 보내주는 것이다. 신혼부부에게 소소한 기쁨을 전달하고자 이런 작은 수고를 마다하지 않는 사람들이 참 사랑스럽다. 세상엔 아직 낭만이 남아있구나!

결혼식 하객들이 엽서에 우리 부부를 향한 덕담을 적고 헬륨가스를 채운 풍선에 매달아 다 함께 하늘로 날려보냈다.
이 가운데 엽서 다섯 장이 우리집으로 돌아왔다.

놀라운 건 결혼식 후 한 달 사이에 우리집으로 엽서 다섯 장이 배달됐다는 사실! 대략 17장을 날려보내 5장이 돌아왔다. 산과 숲, 호수가 많은 스위스의 지형을 감안할 때 이 정도면 많이 온 편이다. 무려 400킬로미터 떨어진 곳에서 발견돼 국제우편으로 도착한 엽서도 있었다. '영원히 즐거운 시간을 보내자'고 신랑이 쓴 엽서였는데 풍선 6개를 달아서 유독 더 멀리 날아갔던 것 같다. 발견자 이름과 발견된 장소를 쓰는 칸을 보니 엽서가 발견된 곳은 부르디닌 Burdignin 이란다. 스위스 서쪽 국경의 레만 호수와 가까운 프랑스 지역이었다.

엽서를 본 다른 '발견자'는 한 가족이었다. 따로 메모지에 축하 메시지를 적어 봉투에 동봉해서 보내왔다. 시어머니와 파트너가 날려 보낸 엽서도 우리에게 돌아왔는데, 이 엽서에는 '미슐랭 별을 받은 근사한 식당에서 식사를 대접하겠다'는 약속이 쓰여 있었다. 그 메시지가 도착한 덕분에 우리 부부는 미식가들이 가는 식당에서 시어머니 커플로부터 밥을 얻어먹는 행운을 누렸다.

가톨릭교도가 다수인 스위스에선 결혼식에 가톨릭의 영향을 받은 증인 Trauzeuge 제도가 있다. 결혼을 하려면 신랑 신부 각자 증인이 한 명씩 필요하고, 보통 가장 친한 친구나 형제자매가 증인이 된다. 결혼 증인의 공식적인 역할은 시청 결혼식에서 신랑 신부의 결혼을 증명한다는 뜻으로 혼인 서류에 서명을 하는 것이다.

이게 다가 아니다. 증인은 결혼식 준비부터 식이 끝날 때까지 잡다한 일들을 돕는다. 스위스는 서비스 물가가 비싸므로 웨딩플래너를 이용하기보다 신랑 신부와 증인들이 직접 결혼식을 준비하는데, 정말 바쁘다. 증인들은 결혼식 전에 신랑 신부의 가까운 친구들을 모아 각종 이벤트를 열고 밤늦도록 술을 마시는 일명 '총각파티', '처녀파티'를 직접 준비한다. 이어 결혼식에 필요한 각종 예약과 식순 구성, 파티 프로그램 아이디어 짜기, 하객들에게 사전 연락하기, 웨딩사진 촬영 돕기, 신랑 신부를 위한 깜짝 이벤트 준비까지도 증인이 맡는다. 결혼식 규모가 크면 증인들은 몇 달을 꼬박 친구 결혼식 준비에 바쳐야 한다. 그러니 증인 되는 것이 귀찮을 법도 한데, 증인이 되어달라는 부탁을 받으면 대개 스위스 사람들은 자신이 '간택'됐다는 사실에 매우 기뻐하고 고마워한다.

자동차부품 회사에서 엔지니어로 일하는 안드레아스와 간호사 카타리나는 20대 후반에 결혼했는데, 이미 4년간 동거 중이었다. 남편 친구 안드레아스와 카타리나의 결혼식은 우리 부부에게도 특별한 행사였다. 남편 라파엘이 안드레아스의 결혼식 증인이었기 때문이다. 남편과 안드레아스는 청소년 때 아마추어 오케스트라 동호회에서 만난 친구다. 사실 절친한 친구는 아니었는데 결혼식 열 달 전쯤 안드레아스가 수줍은 얼굴로 라파엘에게 자신의 결혼식 증인이 되어 달라고 부탁했고, 라파엘은 매우 기뻐하며 기꺼이 증인이 되었다.

'증인' 라파엘은 이 결혼식 준비로 꼬박 6개월간 무척 바빴다. 신랑 신부와 결혼 준비로 수차례 회의를 열고, 다양한 이벤트를 준비했으며, 결혼식 식순표에서 저녁 식사에 에피타이저, 메인 메뉴, 디저트 나오는 시간까지 분 단위로 꼼꼼히 계획할 정도로 수고를 들었다.

먼저 라파엘은 아마추어 오케스트라 동호회 당시 함께 연주했던 친구들을 모아 깜짝 연주회를 준비했다. 신랑 신부가 웨딩카를 타고 피로연이 열리는 호숫가의 식당에 도착하자, 이 친구들은 지난 몇 주간 비밀리에 모여 연습한 음악을 연주하며 신랑 신부를 환영했다. 그리고 결혼식 몇 달 전부터 하객들에게 이메일을 보내 안드레아스와 카타리나를 위해 준비한 깜짝 선물이 공개되었다. 하객들이 이 커플에게 특별히 추천하는 여행지와 소풍 장소 등을 골라 직접 종이에 사진과 그림을 넣어 아기자기하게 꾸미고, 증인들이 이 종이를 모아 제본해서 세상에 하나밖에 없는 책으로 만들어 선물한 것이다. 마감기한까지 하객의 참여도가 과연 얼마나 될지 궁금했는데, 식사에 초대받은 하객 45명이 전부 참여했다는 말에 놀라고 말았다. 저녁 식사와 동시에 열린 오락 프로그램에서는 라파엘이 특별히 그 커플을 위해 친구들과 함께 제작한 재미난 패러디 뮤직비디오를 상영했고, 신부의 동생과 친척들은 커플을 위한 퀴즈쇼와 노래, 콩트를 준비했다. 호텔 식당을 빌려 DJ까지 섭외해 밤늦도록 오락 프로그램을 진행하고, 하객들은 다음 날 새벽까지 춤을 추며 파티를 즐겼지만, 라파엘은 이 모든 일에 귀찮은 기색을 보이지 않았다.

이 커플의 결혼식을 지켜보면서 하객들의 진심 어린 축하와 즐거워하는 모습이 인상 깊었다. 한국의 천편일률적인 결혼식과 축의금 문화, 청첩장 받는 것을 기쁨보다는 부담으로 여길 수밖에 없는 구조, 남의 결혼식 참석을 즐거워하기보다는 사회생활을 위해 어쩔 수 없이 주말을 반납해야 하는 것으로 여기는 마음…. 나 역시 그동안 한국에 살면서 하객으로서 그런 생각을 안 했다면 거짓말일 것이다. 그런데 스위스와 한국에서 두 차례 결혼식을 올리고 스위스 커플들의 결혼식을 보면서 결혼식에 대한 생각이 많아졌다. 인생의 새로운 단계에 발을 디디는 신랑 신부의 앞날을 하객들이 얼마나 진심 어린 마음으로 축하하는지, 그리고 그 자리에 자신이 초대받은 것을 얼마나 큰 기쁨으로 생각하는지 관찰한 것은 내게도 특별한 경험이었다. 나 역시 다른 사람들의 잔치를 진심으로 축복해주고 또 즐길 줄 아는 멋진 사람이 되고 싶어졌다.

행오버 없는 처녀파티, 총각파티

많은 서양 국가들처럼 스위스에도 처녀파티, 총각파티 문화가 있다. 결혼식 전에 날을 잡아 신부는 여자들끼리, 신랑은 남자들끼리 밤늦도록 먹고 마시고 놀면서 미혼으로서의 마지막 한때를 거나하게 즐기는 행사다. 독일어로 융게젤렌압시트 Junggesellenabschied 라고 하는데, 스위스에서는 폴터탁 Poltertag 또는 폴터아벤트 Polterabend 라고 부른다.

토요일에 도심에서 젊은 여자들 또는 젊은 남자들끼리 눈에 띄는 복장을 하고 큰소리로 웃고 떠들면서 떼 지어 몰려다니면 폴터탁을 하고 있다고 보면 된다. 거리의 행인들에게 콘돔 같은 장난스럽고 자질구레한 물건을 팔고 번 돈으로 술값을 충당하는 모습이 흔히 보이는데, 요즘엔 이런 폴터탁은 인기가 덜하다. 왜냐? 이제는 신랑, 신부의 증인들이 비밀리에 색다른 이벤트를 기획하기 때문이다. 시쳇말로 정신줄 놓고 술을 마시며 노는 경우 자칫하면 영화 〈행오버〉 같은 상황이 벌어지겠지만, 요즘 스위스 젊은이들은 무작정 술만 마시기보다는 다양한 액티비티를 친구들과 함께 즐기기를 선호한다. 주인공들은 당일까지 어떤 내용으로 폴터탁이 진행되는지 모른 채 설레는 마음으로 기다린다. 그게 또 다른 재미 요소가 된다.

폴터탁에는 대개 가까운 지인 10명 안팎이 모인다. 여기에 초대된 사람들끼리는 서로 초면이어도 이날만큼은 안면을 트고 함께 놀면서 친해지는 기회로 삼는다. 이때 친해져야 결혼식 당일에 늦게까지 춤추면서 파티를 해도 서로 어색하지 않다. 하지만 친해지는 것과 돈은 별개다. 초대된 것이라 해도 비용은 철저히 더치페이다. 이날의 주인공인 신랑과 신부의 비용만 친구들이 모아서 대신 내준다.

나는 스위스 결혼식을 아주 간소하게 치렀기 때문에 폴터탁은 생략했지만, 스위스인 친구들과 동서들의 폴터탁에 몇 번 초대받은 적은 있다. 동서 멜라니의 폴터탁 때는 아침에 만나 호텔에서 브런치를 먹은 뒤, 실내 암벽등반을 하고, 유럽에서 가장 큰 폭포인 라인 폭포에 가서 한 시간 동안 배를 타면서 아페로를 즐겼고, 저녁에는 바비큐까지 먹었다. 말 그대로 하루 종일 놀았다. 남편은 친구 안드레아스의 폴터탁 때 실내 아이스홀에서 컬링을 했고, 동생의 총각파티 때는 라인 강에서 두 시간 동안 래프팅을 했다. 그뿐 아니라 저녁에 국경을 건너 오스트리아에서 엄청 큰 슈니첼 _{한국식으로 치면 왕돈가스} 을 먹고 왔다.

내게 가장 기억에 남는 폴터탁은 1박 2일에 걸쳐 진행된 친구 미리암의 폴터탁이다. 그녀의 남편이 될 사무엘이 라파엘의 친한 친구라 우리도 덩달아 가까워졌다. 미리암의 폴터탁은 패러글라이딩으로 시작되었다. '언젠가는 패러글라이딩에 도전해보고 싶다'던 미리암의 말을 기억한 그녀의 올케가 깜짝 선물을 기획한 것이었다. 산과 언덕이 아름다운 아펜첼에서 나를 포함한 아홉 명의 여자들은 하늘 높이 떠있는 미리암의 패러글라이딩을 바라보며 응원을 해주었다.

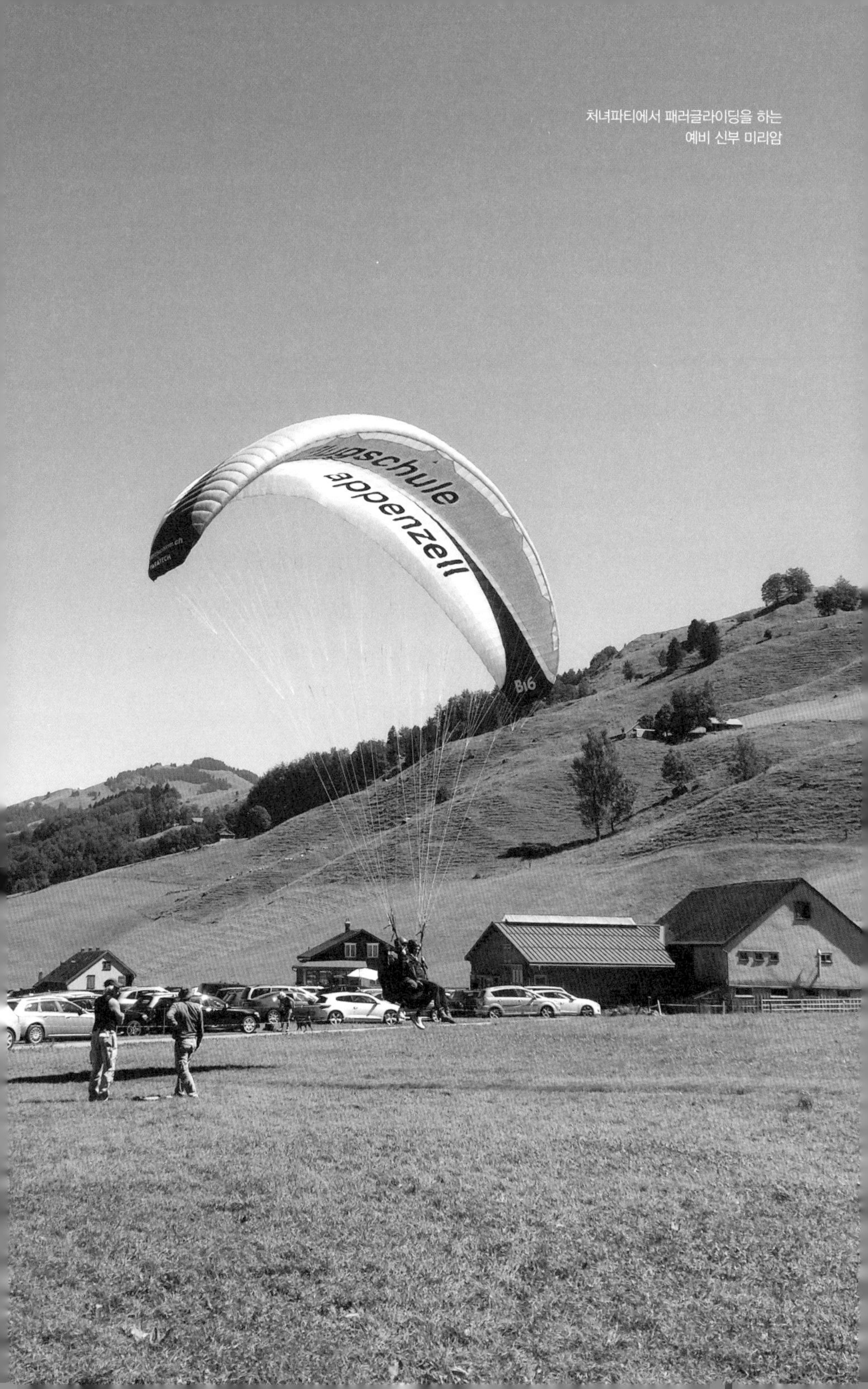

처녀파티에서 패러글라이딩을 하는
예비 신부 미리암

패러글라이딩을 마친 우리는 아펜첼 중심가에 있는 맥주 양조장을 찾아가 견학과 시음을 했다. 우리는 맥주 시음을 마치고 기차로 이동한 뒤 조금은 알딸딸한 채로 시간을 보냈다. 가까운 기차역에서 우리가 묵을 산장까지는 걸어서 한 시간쯤 걸리는데, 그 산까지 가는 대중교통은 없을뿐더러 자연보호가 엄격해 산장에 차량 두 대까지만 주차할 수 있었기 때문에 직접 산을 탔다. 애당초 맥주를 마셨으니 운전을 할 수도 없었다. 우리는 맥주 양조장에서 게임에 이겨서 받은 맥주 16병을 각자 손에 들고 마셨다.

일행 중 한 명이 지나가던 밴에 히치하이킹을 한 덕분에 우리는 산장 바로 아래까지 밴을 얻어 타고 올라올 수 있었다. 어느 식당으로 결혼식 하객들을 내려주고 가던 밴이었다. 운전하던 아저씨에게 폴터탁이라고 하니 친절하게도 우리를 태워주었다. 갑자기 거나한 여자들 열 명이 밴에 타서는 꼬불꼬불한 산길을 올라가는 내내 '아저씨 최고'라며 치켜세워주니 이 아저씨도 은근히 좋아했다.

이날 라파엘도 사무엘의 폴터탁에 갔다. 보통 신랑 신부의 폴터탁은 따로 하는데 이날은 낮에는 여성팀과 남성팀이 각자, 저녁에는 아펜첼의 산장에서 만나 다 같이 파티를 즐겼다. 모두 밤늦게까지 놀면서 숙박을 했는데, 한국으로 치면 남녀 연합 MT라고 할 수 있는 장면이었다.

산장에 도착하니 열댓 명의 남성팀이 모닥불을 피워 놓고 우릴 기다리고 있었다. 이들은 모두 스위스의 상징이자 국화인 에델바이스 꽃이 수놓인 하늘색 전통 셔츠를 맞춰 입고 있었다. 남자들은 낮에 아펜첼에서 단체로 요들 강좌에 참여했다고 했다. 여자들을 위해 준비한 깜짝 선물이라며 그날 배운 요들을 자랑스럽게 합창하는데…. 한국 사람이라고 다 아리랑을 잘 부르지 않듯 스위스 사람이라고 다 요들을 잘 부르는 건 아니었다.

우리 부부는 이날 저녁 신랑 신부의 친구들과 대화를 나누고, 바비큐를 해 먹고, 술을 마시고, 탁구도 치면서 재미있게 보냈다. 가로등조차 없는 캄캄한 산속에서 모닥불을 가운데 놓고 둘러앉아 별이 쏟아질 것만 같은 밤하늘을 바라보며 도란도란 이야기도 나누었다. 다시 대학 시절로 돌아간 것만 같은 낭만이 있었다. 밤이 깊어지자 이번엔 실내로 자리를 옮겨 춤판을 벌였다. 이곳에서도 1990년대 복고 스타일이 다시 유행인지 백스트리트 보이즈의 노래에 맞춰 다들 신나게 춤을 추었다. 나는 백스트리트 보이즈의 안무를 몰랐지만 기죽지 않고 홀로 H.O.T 춤을 열심히 추었다.

새벽까지 놀다가 다음 날 아침, 다 같이 조식 뷔페를 해 먹고 설거지와 청소까지 깨끗하게 마친 뒤 해산했다. 신기한 건 스무 명이 넘는 남녀가 쉬지 않고 술을 마셨는데도 누군가가 취해서 난장판을 벌인다든지 실수를 한다든지 하는 일이 없었다는 것이다. 심지어 산장은 보이지 않는 질서 속에서 돌아가고 있었다. 밤에 모닥불을 피웠던 자리까지 깨끗하게 정리되어 있었다. 풀리지 않는 수수께끼다. 대자연 속에서 정말 건전한 처녀파티, 총각파티 아닌가!

엄마 아빠는 데이트 중

"이번 금요일부터 '사랑의 주말 Liebeswochenende'을 보낼 거야!"

친구 페트라가 설레는 표정으로 말했다. 일곱 살, 다섯 살인 두 딸을 시댁에 맡기고 남편 파비오와 함께 2박 3일간 스위스의 겨울 휴양지 스쿠올에서 스키와 온천욕을 즐기기로 했단다. 부부가 모처럼 아이들 없이 홀가분하고 오붓하게 여행을 가서 다시 한번 서로의 사랑을 확인하는 것, 모든 부부의 로망일 것이다.

그렇게 하고 싶고, 그렇게 하는 게 부부 사이에 좋다고 알고는 있지만 여러 여건상 정작 실행에 옮기기엔 영 쉽지 않다. 그 '사랑의 주말'을 페트라와 파비오 부부는 일 년에 최소 두 번은 실천하고 있었다. 비결은 다름 아닌 그 무엇보다도 사랑의 주말을 우선순위에 놓는 것. 번잡한 사항들, 즉 아이들 맡기기, 금요일에 휴가 내기, 적지 않은 여행 비용 등을 기꺼이 감수해야만 지속 가능한 '사랑의 주말'이 된다.

앞에서 스위스가 커플 중심 사회라고 썼듯이 스위스는 가정에서조차 그 중심이 자녀가 아닌 부부다. 자녀들은 성인이 되면 독립해서 집을 떠나게 될 '손님'으로 여겨진다. 자녀들이 독립하고 나면 내가 돕고 의지하며 나와 함께 여생을 보낼 동반자는 바로 내 배우자다. 자녀에게만 '올인'하다가는 정작 아이가 독립한 뒤 배우자와의 관계가 어색해지는 건 당연지사. 그러니 가정은 부부 중심으로 돌아가고 부부는 자녀 양육 못지않게 배우자와의 파트너십을 가꾸는 데 정성을 쏟는다.

　페트라와 파비오 부부처럼 아이들 키우기에 바쁜 와중에도 어떻게든 시간을 내서 데이트를 하거나 여행을 가는 부부가 많다. 그리고 이를 위해 가족, 친지들이 아이들을 대신 돌봐 주는 일도 흔하다. 스위스 조부모들은 평소 일주일에 하루 정도만 손주를 봐주기 때문에 일 년에 몇 번 주말에 손주를 추가로 돌봐 달라는 부탁에 선뜻 응하는 편이다.

　이런 문화 속에서 자란 라파엘은 딸 레나가 젖먹이였을 때부터 줄기차게 부부만의 시간을 갖자고 제안해 왔다. 물론 나도 모처럼 아이 없이 홀가분하게 외식도 하고 여행도 가고 싶었다. 그럼에도 그것은 내게 쉽지 않은 과제였다. 머리로는 이해가 갔지만 가슴으로는 이해하지 못했다.

　레나가 돌이 되기 전에는 체력적으로 육아가 너무 힘들었던 터라 데이트고 여행이고 할 기운조차 없었고 그저 집에서 실컷 잠이나 자고 싶은 마음이었다. 또 엄마로서의 본능이었는지 젖먹이를 떼놓고 어딜 간다는 게 불안해서 영 내키질 않았다. 레나는 돌이 지난 뒤로 낯가림이 시작되었는데, 낯선 베이비시터에게, 그것도 아이가 피곤해서 더욱 예민해지는 저녁 시간에 아이를 맡기기란 거의 불가능한 일로 느껴졌다.

남편이 거의 읍소하듯이 데이트를 신청해 오기 시작했고, 그때까지만 해도 나에게는 너무나 사치처럼 느껴져 늘 결렬되었다. 우리 부부의 문화적 차이가 가장 뚜렷하게 대조되는 대목이다. 일 년에 한 번 결혼기념일마다 레나를 시댁에 맡기고 남편과 단둘이서 저녁 외식으로 데이트를 하긴 했지만 외박까지 하는 둘만의 여행은 진행되어 본 일이 없었다.

'사랑의 주말' 여행 제안에 내가 몇 년째 소극적으로 일관하자 더는 참을 수 없어진 라파엘은 결국 불도저처럼 일을 추진해 버렸다. 먼저 내가 낯선 베이비시터를 꺼리니 친숙한 시댁에 아이를 맡기기로 했다. 시아버님이 은근히 바쁘신 분이라 미리 몇 달 전부터 일정을 조율해 레나를 1박 2일간 봐 달라고 부탁했다. 여행지도 남편이 혼자 알아본 뒤 예약해서는 나에게 '깜짝 여행'이니 짐만 싸라고 전했다.

그리하여 우리 부부는 토요일 아침에 레나를 시댁에 맡기고 '사랑의 주말' 여행을 떠났다. 아이가 다섯 살이 되자 아이를 떼놓고 가는 불안감도 내게서 차차 사라졌다. 물론 엄마 아빠 없이 할아버지랑 있는 게 얼마나 재미있을지 미리 구슬리는 작업은 만만치 않았다. 할아버지 댁에는 우리 집엔 없는 텔레비전이 있음을 특히 강조했다.

라파엘은 시댁에서 차로 15분 거리에 있는 보덴 호숫가 호텔로 나를 안내했다. 일부러 시댁에서 멀지 않은 곳으로 정했다. 혹시 레나에게 무슨 일이 생길 경우 금방 닿을 수 있는 거리였고, 나도 안심하며 그 시간을 즐길 수 있기 때문이다. 우리는 스위스와 독일, 오스트리아 3개국이 면해 있는 보덴 호수를 바라보며 겨울 온천욕과 사우나를 즐겼다. 그다음 두 시간에 걸친 코스로 근사한 저녁식사를 만끽했다. 와인 잔을 기울이며 아이 이야기에서 벗어나 우리만의 대화로 저녁을 채웠다.

이로써 라파엘의 숙원 사업이 이루어졌다. 나 또한 부부 사이에 둘만의 시간이 꼭 필요함을 절실히 깨달았다. 사랑의 배터리를 충전해 또다시 육아에 돌입할 에너지를 얻었고, 다섯 살 레나에게도 '엄마 아빠가 서로를 사랑하며 가끔은 자기 없이 둘이서만 데이트를 하는 시간이 필요하다'는 배움이 있었던 것은 덤이다.

부모가 아이에게 보여 줘야 할 가장 중요한 것은 엄마 아빠가 서로를 사랑하고 아끼는 모습, 그리고 함께 행복한 모습이 아닐까. 그런 부모를 보고 자란 아이는 심리적으로 안정된 것은 물론, 사랑이 많고 행복한 사람으로 자연스럽게 커 갈 것이다.

노년기의 로맨스

중년층, 노년층의 동거나 연애가 스위스에서는 아주 일상적이다. 유럽의 거리에서 다정하게 손잡고 걸어가는 할머니, 할아버지는 정말 오랜 세월을 함께한 잉꼬부부일 수도 있고, 사랑을 시작한 지 얼마 안 된 풋풋한 연인일 수도 있다. 이곳에서는 노부부가 함께 마트에서 장을 보고 카페에서 커피를 마시며 신문을 읽는 풍경이 흔히 보인다. 거리에서 손을 꼭 잡거나 서로 부축해 가며 다정하게 걸어가는 노부부를 만날 때면 내 마음까지 따뜻해진다.

'커플 천국, 싱글 지옥'인 스위스에서 최고의 노후 보장이란 사랑하면서 함께 여생을 보낼 짝이 옆에 있는 것이 아닐까. 노년기 동거 커플은 법적인 혼인 관계가 아닐 뿐 사회적으로는 배우자로 간주한다. 자녀들이 독립해 나가서 새 보금자리를 꾸리면 자신에게 남는 건 배우자 혹은 파트너뿐이고 노후를 함께할 사람도 그 사람뿐이니, 그 한 사람과의 만족스러운 관계가 행복한 노후를 결정짓는 것은 당연하다.

스위스 거리에서는 손을 꼭 잡거나 서로 부축하며 다정하게 걸어가는 노인 커플을 흔히 볼 수 있다.

나의 시아버지는 아들 넷이 성인이 된 후 이혼하셨고, 12년 전 실비아 아주머니를 만나 지금은 두 분이 함께 사신다. 실비아 아주머니 역시 이혼 이후에 시아버님을 만났는데, 어찌나 다정하고 재미있게 사시는지 두 분을 만날 때면 나까지 즐거워진다. 시아버지는 매년 여름 친구들과 이탈리아로 '남자들의 휴가'를 떠나시는데, 그때마다 실비아 아주머니에게 항상 커다란 꽃다발을 선물하고 가신다. 집에 며칠간 혼자 있을 실비아 아주머니에게 당신 대신 꽃다발을 보면서 허전함을 채우라는 의미다. 평소 아들들과 며느리들에겐 무뚝뚝한 편인 시아버지가 실비아 아주머니에겐 이렇게 로맨틱하시다.

라파엘과 형제들은 아버지가 이혼 후 새로운 인생의 동반자를 만나 행복하고 안정되게 지내는 것에 진심으로 기뻐한다. 시어머니에게도 이혼 후 파트너인 파울 아저씨가 계셨고, 시어머니가 돌아가신 지금도 라파엘의 형제들은 파울 아저씨와 연락하며 가깝게 지낸다.

커플 중심 사회인 스위스에서 반려자 없이 홀로 여생을 보내는 것은 매우 가혹한 일이다. 싱글이든, 이혼했거나 사별을 했든 중년과 노년의 스위스인들은 여생을 함께 보낼 반려자를 적극적으로 찾는다. 동호회 활동을 하거나 다양한 모임에 참가해 새로운 인연을 찾는데, 촌스럽지만 지역 신문에 자신을 소개하고 이상형을 밝혀 놓은 구애 광고란이 따로 있을 정도다. 구애 광고란에 밝힌 나이는 50대에서 70대 정도다. 노인요양원에서 반려자를 찾는 경우도 많다고 한다.

최근에는 온라인 데이트 사이트에서 반려자를 구하는 노인들이 많다는 신문 기사를 보았다. 스위스 젊은이들이 온라인 데이트 사이트를 이용하는 경우는 흔하다. 그런데 이제 젊은이들뿐 아니라 노인들까지 온라인 데이트 사이트의 고객층으로 부상했고, 아예 노인 전용 사이트도 생겼다. 요즘에는 노년층도 인터넷과 스마트폰 사용에 별 어려움을 느끼지 않는 데다 이혼과 사별 등으로 혼자된 노인들이 늘어난 수명으로 홀로 보낼 여생이 길어졌다. 온라인 데이트 사이트 입장에서는 큰 시장이 열린 셈이다.

우리 부부가 롤모델로 꼽는 노부부가 있는데, 시고모할머니인 리니와 시고모할아버지 카를이다. 리니 할머니는 라파엘 외할아버지의 여동생이다. 카를 할아버지는 젊은 시절 치즈 유통회사를 키워낸 사업가였고, 리니 할머니는 그 회사에서 행정 업무와 비서 일을 하셨다. 두 분은 비교적 건강한 노년기를 보내시고 각각 90세, 88세에 돌아가셨다. 60년 가까이 함께한 금실 좋은 노부부의 삶을 가까이서 지켜본 것은 나에게도 유익한 인생 공부였다.

두 분은 슬하에 자식이 없었지만 서로 의지하고 존중하며 오붓하게 지내시는 모습이 참 아름다웠다. 말 그대로 하루 24시간을 늘 같이 보내셨고, 함께 일을 하니 집에서도 회사 이야기를 많이 할 수밖에 없었다. 그래서 두 분은 휴가 때는 회사 이야기를 꺼낼 때마다 5프랑씩 벌금을 내는 규칙을 정했다고 한다. 그 사이 우리가 모르는 이런저런 어려운 순간들이 왜 없었을까마는, 그 모든 걸 현명하게 극복하셨기에 행복한 노년을 보낼 수 있으셨겠지.

리니 할머니와 카를 할아버지는 80대 중반까지도 날씨 좋은 여름이면 함께 전기자전거를 타고 자전거 투어를 떠났다. 장크트갈렌 St.Gallen 의 자택에서부터 보덴 호숫가를 따라 40킬로미터를 달려 국경 넘어 독일 콘스탄츠 Konstanz 까지 가시곤 했다. 그 길의 중간쯤 호수가 내려다보이는 곳에는 오토 캠핑장이 있다. 부부는 이곳에 고정된 캠핑카와 작은 정원을 분양받아 50년간 여름 별장으로 썼고, 이따금 친구 부부와 함께 이탈리아 북부의 휴양 호텔로 휴가를 가서 1, 2주씩 머물며 온천욕이며 마사지를 즐겼다. 이 노부부는 스위스에서도 부유층에 속했지만, 제2차 세계 대전을 목격한 세대라서 그런지 옷차림과 생활 습관은 항상 소박하고 검소하셨다.

한 번은 두 분 댁에서 담소를 나누다가 내가 스위스의 제철 딸기를 참 좋아한다고 말했다. 그러자 추진력 강한 카를 할아버지가 말씀하셨다. "딸기를 좋아하면 딸기가 어떻게 재배되는지 구경해보는 게 좋겠구나. 우리가 보여줄 테니 함께 보덴 호숫가의 딸기밭에 가보는 게 어떻겠니? 그 근처에 맛난 케이크로 유명한 카페가 있으니 거기도 들르고 말이야."

보덴 호숫가의 딸기밭에서 카를 할아버지와 리니 할머니가 웃고 있다. 58년을 금실 좋게 보내신 두 분은 우리 부부의 롤모델이 되었다.

그리하여 당장 다음 날 오후에 나는 노부부와 딸기밭으로 소풍을 가게 되었다. 햇살 좋은 여름날 오후 카를 할아버지가 운전하시는 차를 얻어 타고 보덴 호숫가로 향했다. 그곳에 스위스에서 가장 큰 딸기 농장이 있었다.

딸기 농장을 구경하고 딸기를 한아름 사서 돌아갈 때였다. 카를 할아버지가 조수석에 타는 리니 할머니에게 자동차 문을 열어 주셨다. 로맨틱하시다고 내가 말하니 카를 할아버지는 이렇게 말하며 웃으셨다. "난 60년 가까이 아내가 한 명뿐이란다. 하하하."

카를 할아버지는 정말 돌아가시기 전까지 아내에게 매번 자동차 문을 열어 주고 결혼반지도 잊지 않고 끼고 다니셨다. 세계에서 '노인이 행복한 나라' 1위로 스위스가 꼽혔다는 기사를 읽었다고 했더니 리니 할머니가 밝게 웃으며 맞장구를 쳤다. "그럼! 우리를 보렴. 이렇게 행복하잖니!" 잠 깐의 머뭇거림도 없이 자신들의 행복을 인정하고 만족스럽게 웃으시는 두 분 표정이 딸기보다 더 달아 보였다.

국민소득 9만 달러의
나라에서 산다는 것

스위스를 여행해 본 사람들은 알겠지만 스위스 물가는 정말 살인적이다. 기본적으로 워낙 고임금인 데다 임대료가 비싸고 대다수 공산품은 수입에 의존하고 있으며 스위스 고유의 화폐인 스위스프랑은 꾸준히 강세이기 때문이다. 스위스는 유럽연합 EU 회원국은 아니지만 EU와 수많은 양자협정을 통해 상당 부분 경제적 혜택을 받는데, 그럼에도 국경을 맞대고 있는 이웃 나라 독일, 오스트리아, 프랑스, 이탈리아와 비교하면 물가가 정말 비싸다.

참고로 최근 몇 년 간 다른 화폐 대비 스위스프랑 환율이 지속적으로 올라서, 외국인들이 체감하는 스위스 물가는 더욱 비싸졌다. 이 책에서는 2023년 연 평균 환율을 기준으로, 1프랑에 한화 1450원으로 계산했다.

✛ 외식

스위스 물가가 얼마나 비싸기에? 우선 2023년 기준 서비스 요금을 보자. 웬만한 식당에서는 가장 저렴한 점심시간에도 물을 포함해서 최소 22프랑 3만 1900원 은 내야 한 끼를 먹을 수 있다. 참고로 스위스를 여행하시는 분들이 식당에 가신다면 저녁보다는 점심에 가시라고 추천하고 싶다. 대부분의 식당에는 점심에 서너 가지 정도의 '점심 메뉴Mittagsmenü'가 있는데, 저녁보다 저렴하고 샐러드나 수프를 세트로 제공하기도 한다.

유럽에서는 식당에서 물을 사 마셔야 하는데 스위스 식당에서는 물한 잔300밀리리터에 최소 4프랑5800원이다. 한식당 김치찌개 1인분은 27~35프랑약 3만 9000원-5만 원, 맥도널드 빅맥 버거는 세계에서 가장 비싼 6.9프랑1만 원이다. 저녁에 식당에서 외식을 하면 기본적으로 물, 에피타이저, 메인 메뉴만 간단히 먹어도 1인당 최소 45프랑6만 5250원은 들고, 여기에 디저트와 술까지 곁들이고 팁까지 내려면 1인당 최소 10만 원은 지출해야 '오늘 외식을 했구나' 하는 기분이 든다.

그러니 한국에서처럼 즉흥적으로 '밥 차리기 귀찮으니 오늘 저녁에는 간단히 외식할까?' 할 수가 없다. 외식은 간단할지 몰라도 가격은 간단하지 않다. 식당 음식이 눈물 나게 맛있다면 가끔 비싼 돈을 주고라도 사 먹는 기쁨이 있을 텐데, 문제는 적어도 한국인에겐 맛까지 별로라는 것이다. 맛없는 음식을 비싼 돈 주고 사 먹고 오면 기분까지 안 좋아진다. 그래서 스위스인들은 한국인들만큼 외식을 자주 하지 않는다. 대개 집에서 직접 요리해.먹고, 사람들을 만날 땐 집으로 식사 초대, 커피 초대를 하는 일이 흔하다.

친구 집에서 차려준 브런치.
스위스 사람들은 지인들을
식당에서 만나기보다는
집으로 초대해 식사를 대접할 때가 많다.
손님을 자주 맞이하다 보니
식탁 차림새도 여느 식당 못지않다.

✚ 대중교통과 화장실 이용

스위스 대중교통의 중심은 기차다. '시민의 발'인 기차 요금이 가뜩이나 비싼 것도 이해가 안 가는데 기차 요금이 오를 때마다 국민들이 별 저항 없이 받아들이는 걸 보면 참 놀랍다. 우리집 근처 기차역에서 스위스 동부의 중심 도시인 장크트갈렌 St.Gallen 중앙역까지 거리는 10킬로미터, 기차로 딱 한 정거장이고 기차 기종에 따라 6~10분쯤 걸리는데 편도 요금이 7.20프랑 1만 440원! 왕복을 끊으면 14.40프랑 2만 880원! 어차피 이래저래 비싸니 자가용 대신 대중교통을 꼭 타야겠다는 생각이 들지 않는다.

유럽 여행을 해본 사람들은 알 것이다. 유럽의 화장실 인심이 야박하다는 사실을. 관광객이 많이 몰리는 곳에서는 화장실에 돈을 내고 들어가야 한다. 화장실 청소에 드는 인건비가 비싸기도 하거니와, 사실 유료 화장실 정책은 거리의 마약 중독자들이 쉽사리 공중화장실에 들어가서 마약을 하지 못하도록 방지하려는 목적도 있다. 현지인들은 어디에 가면 깔끔한 무료 화장실이 있는지 잘 알기도 하고 식당이나 카페에 갈 일이 있으면 화장실에도 꼭 들러야 한다는 걸 경험적으로 알기 때문에 굳이 유료 화장실에 가지 않는다. 우리집에 놀러 왔던 선배네 가족이 취리히 구경을 다녀오더니 황당한 웃음을 지으며 말했다. "성미야, 취리히 중앙역에서 화장실 요금이 2프랑이더라. 네 식구가 소변 한 번씩 보는데 만 원이 넘게 들었어."

✚ 서비스 비용 및 수수료

화장실 인심만 야박한 게 아니라 잃어버린 내 물건을 도로 찾는데도 돈을 내야 한다! 전에는 상상도 못해 봤던 신개념 수수료다. 레나랑 시내에 갔다 왔는데 레나의 새 장갑이 보이지 않았다. 아무래도 기차에 놓고 내린 것 같아서 스위스 국영 철도인 SBB의 홈페이지에서 유실물 보관소 위치를 찾아보았다. 잃어버린 물건을 온라인으로 신고하는 방법이 친절하게 쓰여 있었는데, 잃어버린 물건을 찾을 경우 반환 수수료 Rückgabegebühr 라는 걸 내야 한단다. 반환 수수료는 개인별 기차 회원권에 따라 달라지는데, 나는 잃어버린 장갑 가격보다 비싼 10프랑 1만 4500원 을 내야 했다. 결국 레나랑 7프랑짜리 새 장갑을 사고 말았다.

나중에 SBB에서 일하는 지인에게 이 얘길 했더니 뭐 틀리진 않은 대답이 돌아왔다. "기차에 남겨진 물건들을 수거하고 주인에게 돌려주는 데 인력이 필요하잖아요. 기차에 놓고 내린 물건이 기차를 타고 몇 시간 거리의 다른 도시까지 가게 되면 그걸 다시 회수해 오는 데도 비용이 발생합니다." 어차피 기차표가 이렇게 비싼데, 기차푯값에 그런 서비스까지 포함되어 있어야 하는 것 아니냐고 반박했더니 역시 그는 스위스인답게 원칙적으로 말했다. "푯값에 유실물을 찾는 서비스가 포함되려면 전체 기차표 가격을 인상해야 합니다."

관청에 내는 수수료도 엄청나다. 서류 떼는 데 웬만하면 무료이거나 비싸 봐야 몇천 원이면 되는 한국 관청이 그리워진다. 스위스 관청에서 웬만한 문서 한 장 떼는 데 최소 20프랑 2만 9000원 이든다. 난 한국에서 오래전에 운전면허증을 땄기 때문에 스위스에서는 별도의 시험 없이 간단히 관련 서류만 제출하고 스위스 운전면허증을 발급받을 수 있었는데 그때는 수수료로 100프랑 14만 5000원 을 냈다.

스위스에 거주하는 모든 사람들은 의무적으로 건강보험에 들어야 하는데, 한국처럼 국가 건강보험이 아니라 수많은 사설 건강

보험 중에서 선택한다. 가족 단위가 아니라 1인당 보험료를 내는데, 보험료는 나이, 성별, 거주지역, 옵션 등에 따라 천차만별이지만 성인의 경우 1인당 원화로 30만 원을 훌쩍 넘는다고 보면 된다. 우리 세 식구는 2023년 현재 매달 건강보험료로 668프랑 97만 원 을 내고 있다. 그러니 이제는 서비스 청구서를 받을 때마다 미리 심호흡을 하고 마음의 준비를 하게 된다.

+ 일상생활 비용

미용실은 말할 것도 없다. 대도시의 고급 미용실에 가면 훨씬 비싸겠지만, 머리 길이가 어깨 정도에 오는 내가 평범한 동네 미용실에서 머리를 자르려면 80프랑 11만 6000원 은 줘야 한다. 머리 길이가 짧은 남편은 55프랑 8만 원 을 낸다. 미용실 요금이 엄청 비싼데도 미용 실력은 기대에 미치지 못하기 때문에, 내가 아는 많은 외국인 여성들은 스위스에서는 미용실에 가지 않고 기르다가 고국에 갈 때마다 머리를 하고 온다. 그래서 모처럼 헤어스타일이 짧아진 외국인 여성 지인을 보면 자연스럽게 "고향에 다녀오셨나 봐요?" 하고 물을 정도다.

비단 나뿐만 아니라 스위스에서는 웬만한 중산층들도 사치하지 않고 절약해가며 사는 게 몸에 배어 있다. 웬만한 일은 일꾼을 부르기보다 직접 하는데, 정원일, 간단한 집수리, 자전거 수리, 새로 산 가구 조립 등은 대개 스스로 한다. 가족 중에 이런 일을 잘하는 사람이 있으면 매우 쓸모 있는 사람으로 인정받고 사랑도 듬뿍 받는다.

나는 몇 년 전 생애 처음으로 재봉틀을 장만했다. 내 키가 아주 겸손하기 때문에 새 바지를 살 때마다 기장을 줄여야 하는데 스위스에서는 이 비용이 몇만 원씩 들기 때문이다. 그래서 많은 가정에 재봉틀이 있다. 지금까지 나는 손재주가 없다는, 스스로에 대한 편견을 갖고 있었는데, 막상 필요에 의해 재봉틀을 시작해 보니 정말 재미있었다. 옷 수선비를 아끼는 것은 물론 아이 옷, 커튼, 가방도 직접 만들면서 취미를 찾게 되었다.

소비자 입장에서는 이렇게 높은 서비스 물가가 부담스럽지만, 스위스의 물가 수준과 임대료 등을 고려하면 서비스 제공자들도 그정도 돈을 받아야 이익이 남는다는 것을 차차 깨닫게 되었다. 이제는 한국에서 고작 몇천 원을 내고 바지 기장을 줄이거나 구두 굽을가는 것이 미안하게 느껴지기도 한다. 숙련된 기술에 대한 대가가한국에서는 너무 인색하지 않은가 하는 생각이 드는 것이다.

마을 장터에서 치즈를 파는 모습. 치즈는 스위스인들의 장바구니에서 빠질 수 없는 필수 식료품이다.

토요일 오전이면 스위스의 각 도시 중심가에서는
지역 농민과 상인들이 참여하는 장터가 열려 북적댄다.
겨울에는 크리스마스 장식과 강림절 장식도 판다.

✦ 장바구니 물가

그럼 생활에 필요한 식료품과 공산품 같
은 장바구니 물가는? 서비스 물가만큼
은 아니지만 그래도 높은 편이다. 요즘에
는 한국도 물가가 많이 올랐고 한국의 대
형마트나 백화점도 가격이 비싼 편이라
내 체감에 스위스 장바구니 물가는 한국
과 비슷한 수준이다. 그래도 독일, 오스트
리아, 프랑스, 이탈리아 등 유로화를 쓰는
이웃 나라들과 비교하면 비싸다. 나는 채
소나 고기, 우유, 계란 등 신선식품은 좀
비싸더라도 운송 거리가 짧고 더 믿을 만
한 스위스산을 선호하지만, 시리얼, 세탁
세제, 샴푸, 화장품, 의류 등 공산품은 똑
같은 브랜드의 똑같은 제품이 스위스로
건너만 오면 EU 국가와 비교해 가격이
수십 퍼센트 뛰기 때문에 스위스에서 사
는 게 아깝게 느껴진다.

유럽연합통계청 Eurostat 에 따르면 유럽연합 27개국의 평균 물가
를 100으로 봤을 때 2022년 스위스의 물가는 174.3으로, 이웃 나
라인 이탈리아 100.2, 독일 108.9, 오스트리아 110, 프랑스 110.1
보다 월등히 높다.[5]

5. eurostat (2023). Vergleichende Preisniveaus.

취리히에 위치한 스위스 중앙은행 건물

스위스 금융의 중심지 취리히. 취리히 중앙역 앞으로 뻗어 있는 반호프슈트라세는
스위스에서 임대료가 가장 높은 거리로 꼽힌다.

물론 살인적인 물가라도 사람 사는 세상이니 어떻게든 다 살게 되어 있다. 스위스인들은 대체로 근검절약하며 재력을 과시하지 않는 문화여서, 외모와 옷차림만으로는 그 사람이 부자인지 알아보기가 쉽지 않다. 그리고 스위스는 물가가 높은 만큼 임금도 높다. 세계은행 통계를 보면 스위스의 1인당 국민소득 국민총소득 GNI 은 2022년 기준 8만 9450달러로 세계 4위다.[6] 같은 통계에서 한국의 1인당 국민소득은 3만 5990달러로 196개국 중 33위다.[7] 또 스위스의 1인당 명목 국내총생산 GDP은 2023년 기준 10만 3000달러로 세계 3위다.[8]

✛ 임금과 직업 이야기

스위스에서 일하는 사람들은 얼마나 벌까? 가장 적은 임금을 받는 직업군을 먼저 보자. 대부분의 스위스인들이 체계적인 직업 교육 및 고등교육을 받고 전문성을 인정받는 직업을 택하기 때문에 사실 비숙련 직업군은 대개 외국인 이민자들의 노동으로 채워지는 편이다. 스위스에는 국가 차원의 법정 최저 임금이 따로 없는 데 소수의 칸톤(Kanton, 주)에서만 자치적으로 최저임금 제도를 실시한다, 별도의 직업 교육 없이 누구나 할 수 있는 비숙련 노동, 이를테면 식당 종업원, 건물 청소원, 가사도우미 같은 직업의 경우 대개 시간당 세전 20~25프랑 2만 9000원~3만 6000원을 받는다. 참고로 스위스에는 직업 교육을 받고 관련 자격증을 보유한 식당 종업원, 건물 청소원, 가사도우미도 있으며, 이 경우 전문성을 인정받아 더 많은 임금을 받는다 시급 25프랑에 식당 보조로 일할 경우 한 달에 4000프랑 580만 원을 받는 셈이다. 물론 높은 물가를 감안하면 저임금에 속한다.

6. Worldbank (2023). Gross national income per capita 2022, Atlas method and PPP.

7. Worldbank (2023). 위와 같음.

8. IMF (2023). GDP per capita, current prices.

월급을 떠나서 무엇보다 인상적인 건 직업으로 상대방을 무조건 대단하게 보거나 무시하지 않는다는 것. 물론 어딜 가나 그런 사람들도 있겠지만 한국 사회와 비교하면 선입견이 덜하다. 어떤 직업이든 직업 교육을 받았다면 전문가로 인정해주고 존중한다. 목수, 페인트공, 기계공, 자동차 정비사 같은 소위 블루칼라 노동자도 자기만의 전문성을 인정받고, 돈도 웬만큼 번다. 유교문화의 사농공상 개념은 전혀 없다. 대학도 평준화되어있기 때문에 대학을 나왔는지 여부, 어느 대학을 졸업했는지 여부로 사람을 판단하지도 않는다.

스위스에서는 보통 월급 4000프랑 이하면 외벌이 가족이 살기는 어렵다고 본다. 스위스 신문 존탁스차이퉁 2016년 3월 20일 자에 실린 기사가 흥미롭다. 스위스에서 월 4000프랑 이하를 버는 노동자가 40만 명에 달하고 이 중 13만 명은 직업 교육을 거쳤음에도 불구하고 그것밖에 못 번다는 탄식 어린 기사다. 칸톤 취리히의 경제노동 당국이 발행한 연례 임금백서 Lohnbuch 2016 를 인용했다.

이에 따르면 3, 4년의 직업 교육을 거친 근로자 가운데 주 42시간 근무를 기준으로 한 평균 세전 월급은 메이크업 아티스트 3186프랑462만 원, 여객기 승무원 3400프랑493만 원, 플로리스트 3627프랑526만 원, 매점 판매원 3712프랑538만 원, 미용사 3712프랑538만 원이다. 한마디로 스위스에서 돈 적게 버는 직업들이다. 반면 돈 잘 버는 직업은 외교관1만 3474프랑, 1954만 원, 주임의사1만 2824프랑, 1860만 원, 파일럿8898프랑, 1290만 원, 초등학교 교사6981프랑, 1012만 원 등이다.

어쨌거나 중산층이 두터운 나라, 마약이나 범죄 등으로 타락하지 않는 이상 누구나 성실하게 공교육만 거치면 일정한 생활 수준이 보장되는 나라, 여행과 여가를 즐길 경제적 시간적 여유가 있는 나라다 보니 스위스 사람들은 높은 물가를 감당하면서도 만족스럽게 살아가는 듯하다.

베른Bern

베른Bern

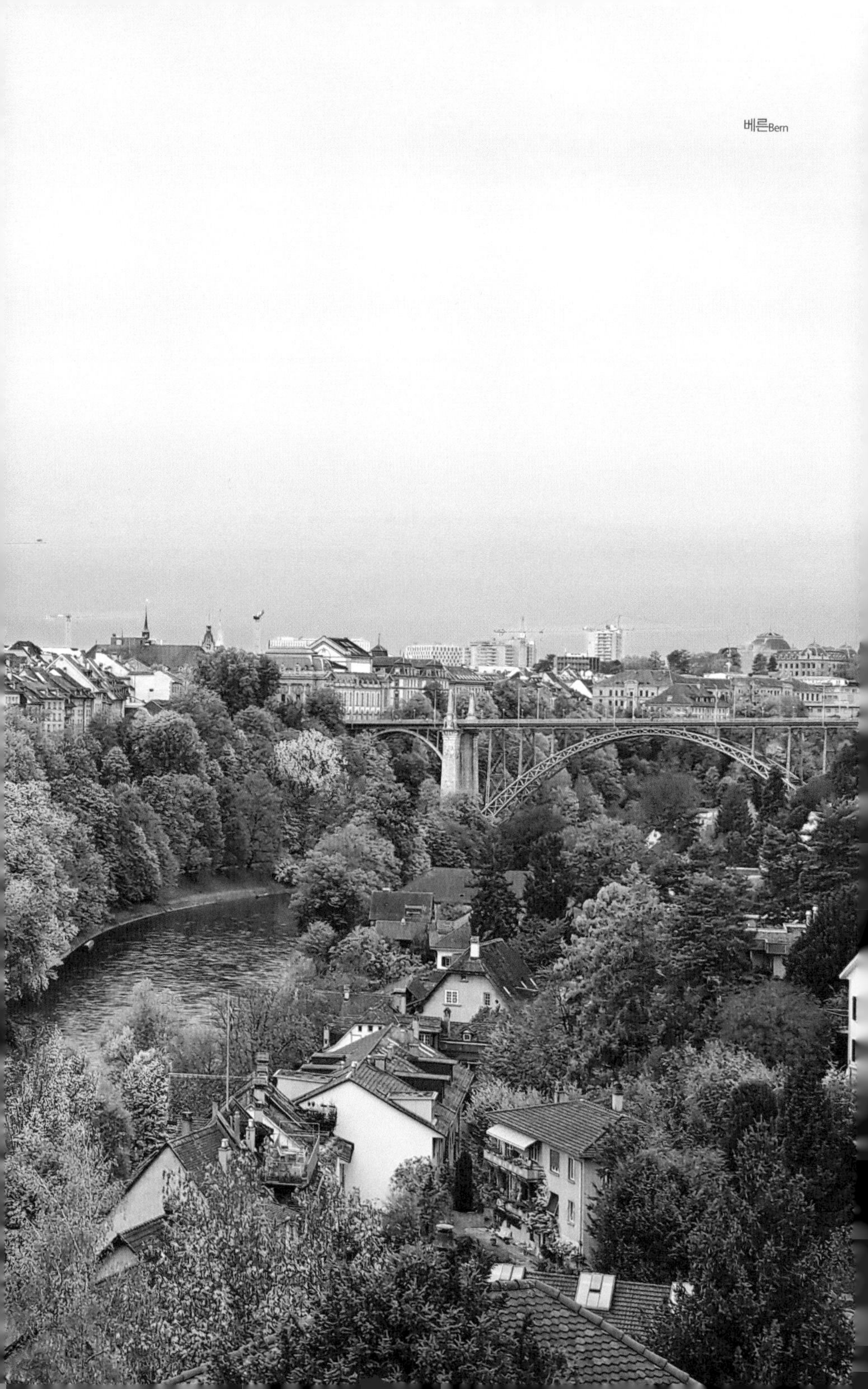

Vom Paar zur Familie

둘에서 셋으로

어린이를 존중하는 사회

레나가 두 돌쯤 되었을 때 한국을 방문했다가 당황스러운 일을 겪었다. 인천에서 버스에 유모차를 가지고 타는데 버스 기사가 다짜고짜 '버스에 유모차를 갖고 타면 어떡하냐'며 화를 낸 것이다. 비행기 기내에도 가지고 들어갈 수 있는 작고 가벼운 접이식 유모차였는데, 레나가 유모차에서 잠이 드는 바람에 레나를 유모차에 태운 채로 버스에 올랐을 뿐이었다. 버스 배차 간격이 긴 데다 저상버스는 몇 시간에 한 대뿐이라 어쩔 수 없이 계단이 있는 버스를 탄 것임에도 버스 기사는 유모차 싣는 걸 도와주기는커녕 '유모차를 버스에 실으면 얼마나 위험한 줄 아느냐, 엄마가 되어서 그런 안전도 모르냐'며 화를 냈다. 나는 순식간에 '맘충'이 되어 버렸다.

달리는 버스 안에서 위험하기만 할 뿐 아무 소용 없을 테니 그저 죄송하다고 말하고 넘어갈 수밖에 없었다. 그런 사고방식을 가진 사람에게는 '대꾸해 봤자'였다. 나 역시 화가 났는데, 첫째로, 교통 약자를 배려하지 않는 버스 기사의 태도에 화가 났고 둘째로, 대부분의 버스 기종이 저상버스가 아니었기 때문이다. 오랜만에 한국에 온 기쁨은 '내 조국은 여전히 각박하구나.' 하는 실망감으로 바뀌었다.

한국에서 어린아이를 키우는 지인들은 대부분 아이들과 이동할 땐 무조건 자가용을 타고 대중교통은 엄두도 못 낸다고 했다. 그럼 자가용이 없는 가정에서는 대체 어떻게 어린아이들과 이동한단 말인가? 그나마 지하철에는 엘리베이터가 잘 설치되어 있어 유모차 이동이 수월하지만, 혼잡한 출퇴근 시간에는 열차 안으로 유모차를 들이밀기도 힘들 뿐 아니라 주위의 따가운 시선을 감수해야 하니 그 시간대 아이와의 이동은 아예 포기해야만 한다.

스위스에서는 유모차를 끌고 버스와 기차를 타는 것이 아주 편하다. 교통 약자의 이동권을 보장하기 위해 모든 버스는 휠체어와 유모차가 최대 세 대까지 탈 수 있는 큰 저상버스로 운영된다. 쌍둥이용 디럭스 유모차를 포함해 유모차 3대까지 한 버스에 같이 탄 것을 본 적도 있다. 한국에서 휠체어를 탄 장애인이 버스를 탄 모습은 단 한 번도 보지 못한 반면, 스위스에서는 휠체어를 일상적으로 마주한다. 버스 기사는 휠체어를 탄 장애인이 버스에 타고 내리는 걸 의무적으로 돕고, 다른 승객들도 유모차의 앞쪽을 들어주는 등 친절한 배려를 베푼다. 승객들은 부모들에게 눈치를 주기는커녕 아기들에게 미소를 보내며 버스 뒤쪽 좌석으로 이동해 공간을 마련해 준다. 이럴 때 문득 느낀다. 아, 여기는 장애인과 아이들이 존중받는 사회구나.

스위스에서는 기차가 한국의 지하철 같은 주요 대중교통 수단인데, 2층으로 된 장거리 기차에는 아이들이 먼 여행을 하는 동안 지루하지 않도록 놀이터처럼 꾸민 놀이 칸이 마련돼 있다. 운전자들은 아이들이 횡단보도를 끝까지 건널 때까지 관대하게 기다리는 등 더욱 조심하여 운전한다. 약국에 가면 아이는 약사한테서 으레 포도당 사탕을 한 알 받고, 정육점에 가면 돌돌 만 얇은 햄을 서비스로 받는다 그래서 레나는 약국과 정육점에 따라가는 걸 좋아한다. 식당에 가면 어린이 손님에게는 자상하게 컬러링 종이와 색연필을 가져다 주기 때문에 아이들은 음식을 기다리는 동안 색칠을 하며 지루함을 달랜다.

스위스 부모들은 육아를 혼자 짊어져야 할 짐이 아니라고 여긴다. 그 배경에는 어린이를 존중하는 사회가 있다. 스위스도 고령 사회라 아이들이 귀해서이기도 하지만 다음 세대를 키운다는 보람으로 모두가 노력하는 것도 크다. 아이들은 어딜 가나 그 존재만으로도 예쁨을 받는다. 그런 데다 유럽에서는 모르는 사람들끼리 눈이 마주쳤을 때 가벼운 미소를 짓는 것이 일반적이니 어린아이와 길을 나서면 아이는 여기저기서 미소를 받는 스타가 된다.

아기가 태어난 것은 축복받아 마땅하므로 몇몇 지인의 할머니들까지 레나의 출생 소식을 전해 듣고는 손수 정성스럽게 뜨개질한 아기용 소품들을 선물로 보내 주었다. 심지어 우리 남편의 옛 여자친구의 어머니까지도 레나의 탄생을 축하한다며 직접 뜨개질한 아기 모자와 장갑을 선물로 보내 왔다. 이런 사회에서 자라나는 아이들은 어딜 가나 자신을 환영받는 존재로 느낀다.

스위스는 아니지만 스위스 국경에서 가까운 프랑스 스트라스부르에서 있었던 일이다. 주말 여행을 떠난 우리 가족은 중세 시대의 가옥과 풍경을 그대로 간직한 쁘띠프랑스 지구를 산책하고 있었다. 그때 고급 호텔 주차장에서 나오던 페라리 슈퍼카가 갑자기 우리 가족 앞에 멈춰 섰다. 이윽고 얼굴에 '부자'라고 쓰여 있는 프랑스 부인이 차에서 내리더니 레나에게 장미꽃 한 송이를 건네며 웃고는 손을 흔들며 떠났다. 갑자기 주목을 받은 레나는 어리둥절했고, 나는 '유럽에서 어린이들은 그 존재 자체로 사랑받는구나'를 통감했다.

어딜 가나 귀찮은 존재, 방해되는 존재로 취급된다면 아이들은 눈치를 보며 자라게 된다. 아이들이 '노키즈 존'이라고 쓰여 있는 식당과 카페에서 문전박대를 당하고, 엄마들은 벌레와 동일 선상의 '맘충'으로 혐오 받는 한국 사회에서 출생률이 늘기를 기대하는 건 어불성설이다. 업소 사정과 영업의 자유도 이해하지 못하는 건 아니지만 이러한 사회적 분위기가 점점 더 일반화되면 부모와 아이들이 당당히 들어갈 수 있는 곳이라곤 상당한 입장료를 내야 하는 키즈카페뿐이다. 이런 세태가 굳어지면 아이들은 공공예절을 배울 기회마저 없어지지 않을까. 아이들은 인위적으로 어린이들만 따로 떼어 모아 놓은 곳이 아닌, 다양한 사람들을 만날 수 있는 공공장소에서 예절과 배려 등 더불어 살아가는 법을 배울 수 있다.

공공장소에서 아이들이 민폐를 끼치지 않도록 부모가 책임지고 예절을 가르쳐야 하는 것은 기본이다. 스위스 부모들은 대체로 공공장소에서는 엄격한 편이어서 어린아이들도 일찌감치 공공예절을 배우는데, 특히 남에게 폐를 끼치면 안 된다는 걸 중요하게 배운다. 놀이터에서 부모는 자기 아이가 그네를 탈 때 뒤에서 기다리는 다른 아이가 있으면 적당히 태운 뒤 양보하도록 가르친다. 아이가 신발을 신은 채로 벤치 위에 올라서면 바로 "안 돼!" 하고 호령이 떨어진다.

스위스 어른들은 아이들이 유치원에 갈 나이가 되면 마치 어른들에게 하듯 일대일로 악수를 청하며 인사한다. 아이들을 어른들과 똑같은 인격체로 대우한다는 뜻이다. 고사리손으로 어른들과 악수하는 유아들을 보면 귀여우면서도 대견하다. 유치원 교사들은 아침마다 유치원 현관 앞에서 아이들을 한 명씩 맞이하는데, 한쪽 무릎을 꿇어 아이와 눈높이를 맞춘 뒤 이곳 예절대로 상대방 어린이와 눈을 마주 보며 악수를 하면서 이름까지 불러준다. "구텐 모르겐 안녕하세요, 레나!"

김소영 작가의 책 『어린이라는 세계』에 이런 구절이 있다. "어린이는 어른보다 작다. 그래서 어른들 눈에 잘 띄지 않는다. 큰 어른과 작은 어린이가 나란히 있다면 어른이 먼저 보일 것이다. 그런데 어린이가 어른의 반만 하다고 해서 어른의 반만큼 존재하는 것은 아니다. 어린이가 아무리 작아도 한 명은 한 명이다. 하지만 어떤 어른들은 그 사실을 깜빡하는 것 같다."[9]

9. 김소영, 『어린이라는 세계』, 사계절, 2020.

스위스 부모들은 육아가 안 힘들까?

레나를 임신해 만삭이었을 때 친구 미셸의 생일 파티에 초대를 받았다. 저녁에 미셸의 집에서 열린 생일 파티에는 놀랍게도 코르넬리아가 왔다. 코르넬리아는 쌍둥이인 첫째와 둘째에 이어 열흘 전에 셋째를 출산한 친구다. 미셸의 절친한 친구지만 출산한 지 며칠 안 됐으니 당연히 못 올 것으로 예상했는데, 그녀는 생후 10일 된 아기를 데리고 손수 운전을 해서 생일 파티에 왔다. 모처럼 외출을 해서 신난다는 표정이었다. 당시 출산을 앞두고 바짝 긴장해 있던 나는 너무나도 멀쩡한 코르넬리아의 모습에 충격을 받았다.

스위스 공영방송 SRF에서 여러 커플의 다양한 출산 과정을 보여 주는 다큐멘터리[10]를 보았다. 그중 셋째 출산을 앞둔 레베카가 눈에 띄었다. 나와 가까운 도시에 사는 데다 다큐멘터리에 등장한 그녀의 산부인과 주치의가 바로 나의 산부인과 주치의였던 살로슈토비츠 박사였기 때문이다. 반가운 마음에 더 집중해서 보았다.

자연주의적인 삶의 방식을 추구하는 레베카 부부는 둘째에 이어 셋째도 집에서 출산하기로 결정했다. 스위스에서 가정분만은 신생아 100명 중 한 명꼴이라고 한다. 산모가 제일 편안하게 느끼는 공간인 집에서, 가족들

10. 「SRF DOK - Wir bekommen ein Baby」, 2022. 04. 15., SRF.

이 함께하는 가운데, 무통 주사 없이 가장 자연스러운 방식으로 아기를 낳는 것이다. 물론 이 과정에는 조산사가 함께한다.

레베카는 집에서 남편과 세 살인 첫째 아이, 16개월인 둘째 아이가 지켜보는 가운데 아기를 낳았다. 내가 놀랐던 건 첫째로, 공영방송에서 여성의 출산 과정을 모자이크 처리 전혀 없이 있는 그대로 보여주었다는 점이다. 모유 수유를 할 때 여성의 젖가슴이 관능미와는 전혀 별개이듯, 아기를 낳고 있는 여성의 하체도 숨겨야 할 필요가 없는 자연스러운 신체의 일부로 여긴 것이다.

둘째로 놀라웠던 건 산모가 태어나는 아기를 '스스로' 받는 모습이었다! 레베카는 다리를 벌리고 쭈그려 앉은 자세로 힘을 주다가 밑으로 나오는 아기를 받아 곧바로 품에 안았다. 진통과 환희가 섞인 소리로 포효하며 아기를 받아 드는 그녀의 모습은 원시의 행복 그 자체였다. 감동적인 출산 장면이었지만 나로서는 도저히 시도할 엄두도 낼 수 없는 출산 방법이었다. 진통만으로도 충분히 힘들 텐데 아기를 자기 손으로 직접 받아 내다니. 그저 '엄청 대단하다'는 생각뿐이었다.

초등학교 교사인 내 친구 바네사에겐 아이가 셋이다. 초등학교 2학년생 딸 하나와 각각 세 살, 한 살인 아들 둘이다. 육아가 만만치 않을 텐데 바네사가 키우는 건 아이들뿐만이 아니다. 개 두 마리, 닭 네 마리, 사랑 앵무

새 네 마리까지다. 이 많은 생명체들을 돌보느라 바쁠 텐데도 바네사는 가끔 우리 세 식구 하나씩 먹으라고 닭들이 낳은 달걀 세 알을 작은 바구니에 담아 우리집 우편함에 넣어 놓고 가는 사랑스러움도 겸비하고 있다.

물론 위에 언급한 엄마들의 사례는 유독 슈퍼우먼 같아서 강렬한 기억을 남겼는지도 모른다. 그렇다고 해도 스위스에서 아이를 키우고 다른 부모들을 만나면서 놀랐던 적이 한두 번이 아니다. 그러니까, 그 누구도 육아가 힘들다고 말하지 않는다! 한국에서는 애 키우기 힘들다는 말을 귀에 딱지가 앉도록 듣는데, 대체 스위스 사람들은 왜 그런 말을 안 할까? 실은 남몰래 엄청 힘들면서도 자존심 때문에 아무렇지 않은 척하는 걸까? 원체 체력적으로 타고나서 육아를 가뿐히 해내는 것일까? 아니면 한국인인 내가 모르는 어떤 육아의 비밀이 있나?

이곳의 부모들은 출산 후 산후조리원도, 산후 도우미도 없이 병원에서 집으로 돌아오자마자 오롯이 둘이서만 신생아를 돌본다. 친정에 가서 산후조리를 하거나 친정어머니에게 집안일과 육아를 도와 달라고 SOS를 치는 경우는 본 적이 없다. 그 와중에 식사도 잘 챙겨 먹고, 생후 일주일도 안 된 아기를 유모차에 태워 산책을 나간다.

나도 똑같은 과정을 거쳤다. 출산 후 몸이 회복되지 않은 상태에서, 잠도 충분히 자지 못한 채 밤낮으로 신생아를 돌보며 모유 수유를 하고, 남의 도움 없이 남편과 둘이서 밥을 해 먹는 등 집안일까지 다 해내야 했다. 그 시기에 나는 체력적 정신적으로 완전히 소진되었다. 이 부담은 그대로 여러 가지 신체적 증상으로 드러나 병원을 수없이 드나들어야 했다. 지금까지 내 인생에서 가장 힘들었던 시기를 꼽으라면 단연코 신생아를 기르던 시절이라고 말하겠다.

몸소 경험한 바였기에, 나는 신생아를 둔 스위스 부모들을 만나면 아기의 탄생을 축하함과 동시에 약간의 위로 차원으로 '요즘 많이 힘들지요?' 하고 물어보게 된다. 그런데 대개 초보 부모들의 대답은 이렇다. "잠이 좀 부족하긴 하지만 괜찮아요. 아기와 우리 부부가 서로에 대해 알아가는 이 시기를 기꺼이 즐기고 있어요." 그들은 신생아 키우는 것을 독일어로 즐긴다 genießen 고 표현한다. 영어의 엔조이 enjoy 에 해당하는 단어다. 참으로 우아한 표현이다. 나는 아이가 신생아였을 때 좀비 같은 표정으로 시간 맞춰 젖을 먹이느라 피폐했는데, 대체 이들은 어떻게 우아하게도 신생아와의 일상을 즐긴다는 걸까?

물론 스위스 부모들도 사람인지라 육아의 어려움을 표현하긴 하지만 그 빈도와 강도는 한국 부모들에 비해 현저히 낮게 느껴진다. 한국에서 흔히 듣는 '육아 전쟁', '육아 스트레스', '독박 육아' 같은 무시무시한 말들은 스위스에서 결코 들어보지 못했다.

스위스의 합계 출산율 여성 한 명이 평생 낳을 것으로 기대되는 평균 자녀 수은 2021년 기준 1.51명으로 OECD 경제협력개발기구 회원국 평균인 1.58명을 약간 밑도는 수준이다. 같은 해 한국의 출산율은 0.81명으로 OECD 회원국 중 꼴찌이자 유일하게 한 명도 안 되었다.[11] 스위스 통계청 BFS에 따르면 2021년 스위스에서 신생아 8만 9400명이 태어났는데, 이 신생아 수는 전년 대비 4.1% 증가한 것이며 1972년 이후 50년 만에 최대였다.[12] 우리 동네만 봐도 아이가 셋인 집이 흔하고, 오히려 우리집처럼 외동아이가 있는 집이 조금 특이하게 보일 정도다.

그런데 한국에서 흔하게 듣는 출산 장려책은 스위스에선 눈을 씻고 찾아봐도 없다. 아기를 낳았다고 주는 혜택이 없어도 너무 없어서 부모 입장에선 아쉬울 뿐이다. 스위스에서는 자녀당 출생 시부터 16세까지 매달 최소 200프랑씩 아동수당, 교육을 받고 있는 15~25세 자녀에겐 매달 최소 250프랑의 교육수당이 지급되는 정도다 정확한 액수는 칸톤마다 다르다. 요즘 한국의 '첫 만남 이용권', 부모급여, 양육수당, 아동수당, 무상보육, 무상급식 같은 넉넉한 금전적 혜택이 오히려 부러울 정도다. 그런데도 스위스의 젊은 부부들은 출산 혜택과 상관없이 본인들이 '자발적으로' 아이를 많이 낳고 있는 것이다.

사실 스위스가 아이를 키우기에 이상적인 나라는 아니다. 사회문화적

---

11. OECD (2023). Fertility rates.
12. Bundesamt für Statistik (2022). 89400 Geburten im Jahr 2021 - ein Höchststand seit 1972.

이유를 꼽자면 북유럽과 비교해서 스위스는 전통적으로 아빠가 일을 하고 엄마는 집에서 아이들을 돌보는 고정된 성역할이 강한 편이다. 이 점은 스위스의 정치권과 미디어에서 일과 양육의 양립 문제를 거론할 때마다 늘 비판의 대상이 된다. 1971년에야 처음으로 여성 참정권이 승인되었으니 성역할에 있어서 스위스가 얼마나 보수적인지 알 수 있다. 연방제를 채택한 스위스는 칸톤마다 법이 조금씩 다른데, 스위스에서 가장 보수적이기로 소문난 아펜첼이너로덴 칸톤에서는 무려 1990년에야 여성 참정권이 승인되었다.

스위스에서 아이를 키우기가 만만치 않은 또 다른 현실적 이유는 인건비가 상당히 높은 데서 기인한다. 한국 같은 무상 보육은 꿈도 못 꾸고 어린이집 비용이 턱없이 비싸서 무료 공교육이 시작되는 유치원에 가기 전까지는 가정 보육을 해야 한다. 맞벌이 때문에 어쩔 수 없이 아이를 어린이집에 맡기더라도 비용을 고려해 일주일에 하루 이틀 정도만 맡길 수밖에 없다. 2023년 기준으로 스위스 부모의 3분의 1 정도가 아이들을 어린이집에 맡기는데, 주중 5일 내내 어린이집에 가는 원생은 전체 어린이집 원생의 12%에 불과하다.[13]

금액이 어느 정도기에 그 힘들다는 가정 보육을 굳이 선택할까? 어린이집 비용은 가정의 소득에 따라, 아이의 연령대에 따라 달라지는데, 우리

13. Das Schweizer Parlament (2023). "Kita Plätze für alle" ist in aller Munde. Ist der Bedarf von Kita Plätzen wirklich flächendeckend ausgewiesen?.

집에서 가장 가까운 소도시의 어린이집은 3~18개월 된 아기를 맡길 경우 종일반 '하루' 비용이 최저 29.02프랑_{연 소득 3만 프랑 이하인 가정의 아이}에서 최고 138.37프랑_{연 소득 10만 프랑 이상인 가정의 아이}에 이른다. 즉 어린이집 종일반 '하루' 비용은 원화로 계산하면 최저 약 4만 2000원에서 최고 약 20만 원이다.

더구나 내가 살고 있는 게마인데_{Gemeinde, 기초자치단체}의 경우 어린이집조차 없어 이웃 도시의 어린이집에 아이를 맡겨야 하는데, 이 경우 우리는 외부 거주자이기 때문에 최고 비용을 내야 한다. 하루에 20만 원씩을 어린이집 비용으로 내야 하는 처지였다! 엄마가 아이를 어린이집에 맡기고 일을 하러 가봤자 번 돈 대부분을 고스란히 어린이집에 '반납' 해야 하는 상황이 되는데, 이 때문에 우리집은 물론이고 많은 가정이 불가피한 상황이 아닌 이상 어린이집 대신 가정 보육을 택한다. 비용도 비용인 데다, 아이와의 애착을 잘 형성할 수 있도록 내 새끼 내가 키우자는 것이다.

또 대부분의 학교와 유치원에는 일괄적인 급식 시스템이 없기 때문에 학생들은 점심시간이 되면 집에 가서 식사를 하고 오후 수업을 위해 다시 학교나 유치원으로 향한다. 집에서 누군가가 점심을 준비해 놓고 아이를 기다려야 한다는 뜻이다. 부모 입장에서는 여간 불편한 구조가 아니다. 맞벌이 때문에 아이 점심을 챙겨줄 사람이 없는 경우라면 학교에 '점심 식탁_{Mittagstisch}'이라는 이름의 정기 급식을 일정 비용_{우리 게마인데 유치원생과 초등}

학생의 경우 한끼에 11프랑을 내고 신청할 수 있으며, 학교에서는 요일에 따라 신청한 아이 수만큼 음식을 요리해 제공한다.

국가가 책임지고 저렴한 보육기관을 제공해주지 않고, 밥은 각자 알아서 차려 먹어야 하며, 비싼 인건비 때문에 선뜻 베이비시터를 쓰기도 어려운 나라에서 한국처럼 출산율이 곤두박질치기는커녕 젊은 부부들은 자녀를 알아서 잘도 낳는다. 도대체 그 이유가 뭘까. 스위스 부모들은 어떻게 이 상황을 헤쳐 나가며 그럼에도 불구하고 생각보다 가뿐하게 아이들을 키우는 걸까.

딸 하나를 둔 초보 엄마로 고군분투하던 나는 차차 스위스인들의 육아 방식을 관찰하기 시작했다. 나는 이렇게 녹초가 됐는데, 스위스 부모들은 도대체 왜 힘들단 말을 하지 않는지 너무나도 궁금했다. 나도 더 이상 육아가 힘들다고 투정 부리고 싶지 않았고, 스트레스 없이 느긋하고 우아하게 즐기며 아이를 키우고 싶었다. 내 예민하고 소심한 성격을 이겨내고 이웃 엄마들처럼 대범하고 가뿐하게 육아를 해내고 싶은 마음이었다.

내 아이가 유치원에 다니는 지금에서야 비로소 절반 정도는 스위스 엄마들처럼 여유로워졌다. 이렇게 되기까지는 수많은 시행착오와 도전이 있었고, 스위스인 남편의 영향도 컸을 것이다. 이제 그동안 관찰해 온 스위스 부모들의 육아 방식을 정리해 글로 옮길 때가 되었다는 생각이 들었다.

스위스 육아법들을 지인뿐 아니라 한국의 다른 부모들과도 공유하고 싶어졌다. 나 또한 육아가 힘들었던 한국인 엄마였으니까. 스위스라는 나라는 한국과 지리적으로 멀고 제도와 문화도 전혀 다르지만, 오히려 그렇기에 한국의 부모들과 정부 기관이 생각지도 못했던 육아 아이디어를 얻고 발상의 전환을 해볼 수 있지 않을까.

스위스에서 아이 낳기

출산은 모든 인간의 도리가 아니라 개인의 선택이다. 싱글 때부터 그렇게 생각했고 아이를 낳아 기르고 있는 지금도 이 생각에는 변함이 없다. 광화문에서 신문 기자로 바쁘게 일하던 싱글 시절에는 언젠가 짝을 만난다면 결혼은 해보고 싶었지만 아이를 낳고 싶은 마음은 없었다. 여자라면 왠지 아이를 낳고 싶은 본능 같은 게 있을지도 모르겠는데, 나에겐 그런 마음이 전혀 없었다. 아이 키우기 힘들다는 얘기를 미디어에서 진력이 나도록 접했기 때문일까. 내 인생 나 혼자서 책임지는 것조차 버거운 시기였다.

신혼 시절, 스위스에 정착하면서 독일어를 배우고 취직도 하게 되어 활력 있는 일상을 보내고 있었다. 결혼한 지 1년이 지나자 남편이 슬슬 아이를 가져보자고 말했다. "아이? 나는 아이를 낳을 생각이 없는데… 애 키우기 정말 힘들대. 내 친구들 애 키우는 얘기 들어보니까 장난 아니야. 난 못할 것 같아. 그냥 우리 둘이서 인생 즐기면서 행복하게 살자." 남편은 조금 당황한 눈치였다. 그러고 보니 결혼 전에는 당장 국제결혼과 체류 비자 발급 등 복잡한 행정 절차에 집중하느라 2세 계획에 대해 진지한 대화를 나눠본 적이 없었더랬다. 남편은 조곤조곤 말을 이어갔다. "자식을 낳아서 그 아이에게 충분한 사랑을 주고 잘 키워서 독립된 인간으로 사회에 내보내는 일, 참 보람찰 것 같아. 우리 부모님이 나와 형제들을 키운 것과 비슷한 방식으로 내 아이를 키우고 싶어. 함께 다시 고민해 줄 수 있을까?"

그것은 정말이지 자녀 계획의 이유에 대한 완벽한 모범 답안 같으면서도 나로서는 이전에 단 한 번도 떠올려 본 적 없는 신선한 발상이었다. 사실 인류 역사의 상당 기간을 차지한 농경 사회에서는 농사짓는 노동력을 얻고 부모의 노후를 부양하게 하려는 목적으로 자녀를 많이 낳지 않았는가. 나는 이런 풍속이 현대 사회에서도 이어져, 집안의 대를 잇거나 부모를 부양하도록 하려는 '수단'으로 아이를 낳는 것이 아닌가 생각해 왔다. 동양의 남아 선호 사상이 대표적인 증거다. 물론 지금은 시대가 바뀌고 있고, 노후에 자식에게 의지하지 않으려는 부모들이 많다는 걸 안다.

자식에게 아무것도 바라지 않고, 그저 독립된 사회인으로 키워내는 데서 보람을 찾고 싶다는 남편의 의견은 내게 새로운 시각을 열어주었다. 더 나아가 자기 부모 같은 부모가 되고 싶다고 하니, 그가 얼마나 온화한 가정에서 좋은 가정 교육을 받고 자랐는지 느껴졌다. '그래, 당신은 내 새끼의 아비가 될 자격을 갖췄어!'

한편으로 부모들이 육아가 힘들다 우는소리를 하면서도 자녀를 낳아기르는 이유가 무엇인지 궁금했다. 첫째 아이 키울 때 그렇게 힘들었다면서 왜 둘째까지 낳는 걸까. 자식을 사랑하는 그 마음이란 대체 뭘까. 연인이나 부모를 향한 사랑과는 어떻게 다르기에 자식을 위해 대신 죽을 수도 있다고까지 말하지? 거창하게 말하자면 인류학적 호기심이 점점 커졌다. 돌봄이 그토록 고강도 노동임에도 인류가 계속해서 자식을 낳아온 이유는 무엇일까. 죽기 전에 그것을 이해하고 싶었다. 그 해답의 대가가 엄청 클지라도.

그렇게 우리는 아이를 갖기로 결정했다. 남편의 설득에 넘어간 것이다. 나의 만 서른네 살 생일 무렵이었다. 결정하고 보니 왠지 꼭 합격해야 할 시험을 보는 기분이었다. 초저녁에 동네를 산책하면서 '오늘 밤에 나는 내 몸속에 생명을 잉태할 것이다'라고 생각하자 기분이 묘했다. 그리고 그 자기 충족적 예언⑦대로 한 번에 임신이 되었고 정확하게 출산예정일에 딸아이가 태어났다. 감사하게도 모든 것이 계획대로 착착 순조롭게 진행되고 있었다. 출산 이후에는 여러 가지 순조롭지 않은 일들이 기다리고 있었지만….

레나가 태어난 지 5년이 지났다. 그사이 자식 사랑에 대한 나의 인류학적 호기심은 웬만큼 해답을 찾아갔다. 인간은 아름다움을 추구하는 동물이다. 그래서 이왕이면 예쁘고 잘생긴 사람을 좋아하고, 아름다운 경치를 보려고 시간과 돈을 들여 여행을 가고, 아름다운 작품을 보려고 미술관에 간다. 나도 그동안 그렇게 살아왔다. 그런데 자식을 낳고 보니 그동안 내가 그렇게 찾아다닌 아름다움은 아무것도 아니었다. 엄마로서 바라보는 내 자식은 세상 모든 아름답다는 것들을 훨씬 뛰어넘도록 아름답다. 그리고 세상에서 가장 아름다운 그 존재를 태어나게 한 사람이 바로 나와 남편이다. 세상에서 가장 아름다운 이 아이가 나를 엄마라고 부르며 나를 절대적으로 사랑해 준다. 그런 황홀함에 취해 또다시 육아의 고됨을 잊게 된다. 그 어떤 고찰을 뛰어넘는 깨달음이었다. 그래서 인류가 지금까지 이어져온 것이 아닐까.

+ + +

임신한 당시 나는 스위스 제조 기업의 경영지원팀에서 일했는데, 한국에서의 기자 생활에 비하면 힘들지 않은 업무였고 회사가 가족 친화적이라 여자 직원들의 임신이나 출산휴가에 눈치를 주는 일도 없었다. 내 직속 상사는 다섯 아이의 아빠였기에 예비 엄마였던 나를 잘 이해해 줬다. 그럼에도 불구하고 무거운 배를 이끌고 일하고 오면 정말 지쳤다. 임신을 하면 집안에 느긋하게 앉아 모차르트를 들으며 뜨개질을 하거나, 따뜻한 방에서 차 마시고 귤 까먹으면서 책을 읽고, 먹고 싶은 것은 마음대로 다 먹고 그럴 줄 알았는데, 현실은 전혀 그렇지 않았다. 임신을 경험해 본 사람들은 잘 알 것이다. 만사가 귀찮고 피곤한 그 심정을. 짬이 나면 조금이라도 눕고 싶었다.

임신 기간 동안 한국에 가지 못했다. 직장에 다니고 있기도 했고, 임신한 몸으로 장거리 비행과 시차 적응의 피로를 겪고 싶지 않았다. 그러다가 임신 초기에 남편 앞에서 엉엉 운 적이 있다. 물냉면이 몹시 먹고 싶어서였다. 스위스에 와서 그토록 울어본 적은 처음이었는데, 지금 생각하면 겨우 물냉면 때문이었다니 참을 수 없는 존재의 가벼움을 느낀다. 인간은 대체 무엇으로 사는가? 본디 가장 좋아하는 음식으로는 단연 물냉면을 꼽고, 가장 좋아하는 사자성어는 '냉면개시 冷麵開始'일 정도였으니 임신 초기 식욕이 폭발할 때 어땠겠는가.

여기 스위스에는 한국사람이 적어 한식당이 드물뿐더러, 취리히에 겨우 있는 한식당 메뉴에는 당시 물냉면이 없었다. 그렇다면 직접 만들어 먹는 수밖에…. 나는 차로 한 시간을 운전해서 취리히의 유일한 한국 슈퍼까지 찾아갔다. 그러나 면만 팔뿐 육수는 팔지 않고 있었다. 면은 팔지만 육수는 팔지 않는 그 모순된 개념은 무엇인가. 너무 실망스러웠다. 참고로 나는 물냉파요, 비냉파가 아니다. 육수 없이 소스만으로 비빔냉면을 해먹는 것은 내 식욕에 대한 타협에 불과했다. 물냉면과 비빔냉면은 엄연히 다르니까.

그해 초여름 시댁 식구들과 함께 여덟 명이서 영국 런던으로 4박 5일 여행을 갔다. 나는 런던에 가기 전부터 버킹엄 궁전이나 타워브리지 같은 건 궁금하지도 않았고 그저 런던 어디서 물냉면을 먹을 수 있는지 찾기에 바빴다. 한식당들을 폭풍 검색하여 물냉면을 수소문했다. 다른 식구들이 런던아이를 타러 가거나 쇼핑하러 간 동안 우리 부부만 팀에서 이탈했다. 임신 초기여서 체력적으로 상당히 피곤할 때였는데, 인터넷에서 검색했던 '물냉면 파는' 한식당을 지도를 들고 직접 찾아다녔다.

그렇게 기대하고 염원했던, '물냉면 파는' 한식당의 문 앞에 당도했다. 그런데…, 알고 보니 폐업한 식당이었다. 충격을 받은 나는 눈물을 글썽였다. 아니, 폐업을 했으면 식당 블로그랑 페이스북 페이지에도 공지를 해야지, 인터넷에서 보면 버젓이 영업을 하고 있는 것처럼 보이는데 어쩌라고 그렇게 방치한 건지 무책임함에 화가 났다.

그날 저녁 시댁 식구들과 함께 다른 한식당에 갔다. 그래, 런던에는 한식당이 많으니까. 드디어 메뉴판에 당당히 쓰여 있는 물냉면을 주문했고 몇 분만 있으면 '물냉면님'을 영접한다는 생각에 설렜다. 그러나 불길한 예감은 왜 항상 들어맞는지…. 조금 뒤 직원이 와서 말했다. "죄송하지만 지금 물냉면은 안 되고 비빔냉면만 됩니다." 죄 없는 남편은 좌불안석 내 눈치만 살폈다. 너무나 실망스러웠지만 어쩔 수 없이 비빔냉면을 먹었다. 비빔장을 비비는 젓가락 사이로 눈물이 한 방울 떨어질 뻔했다.

다음 날 저녁에는 런던의 평범한 영국식 펍에 저녁을 먹으러 갔다. 물론 내 마음 같아서는 삼시세끼 한식당에 가고 싶었지만 시댁식구들도 함께 있으니 이날은 대세에 따랐다. 정말이지 먹고 싶은 메뉴가 하나도 없었다. 속이 느글거리는 피쉬 앤드 칩스 따위에는 애당초 눈길도 가지 않았고, 그나마 샐러드가 신선하고 개운하겠다 싶어 샐러드를 주문했다.

조금 뒤 직원이 와서 말했다. "죄송하지만 지금 샐러드는 안 됩니다."

순간 이 직원이 나를 놀리려고 전날 "물냉면은 안 된다"고 했던 그 직원으로 변신한 것 같았다. 물냉면이 불러일으킨 피해망상이다. 내 참을성의 한계가 폭발했다. 나는 시댁 식구들 앞에서 눈물을 주룩주룩 흘리며 울기 시작했다. 나 또한 정말 창피했고, 머릿속으로 '나 지금 미친 여자같다'고 생각했지만, 가슴으론 당최 그 서러움을 자제할 수 없었다. 무슨 대단한 산해진미를 먹겠다는 것도 아니고 그저 물냉면 한 그릇이 먹고 싶을 뿐인데, 그것도 안 되어서 그냥 샐러드 한 접시 먹으려고 했을 뿐인데 왜 내가 주문한 건 번번이 안 된다는 건가. 임신했는데 먹고 싶은 것도 마음대로 못 먹는 타향살이의 서러움이 북받쳐 올랐다.

시아버님과 서방님들은 당황하고, 죄 없는 남편은 급히 메뉴판을 다시 보면서 대책을 강구했다. 내 맞은편에 앉아있던 실비아 아주머니가 그래도 임신한 여자의 그 심정을 이해하고 위로해 주셔서 그나마 눈물을 그칠 수 있었다.

한 달쯤 지나 마침 미국에 사는 친한 친구 부부가 이탈리아 밀라노로 출장을 온다는 연락을 받았다. 우리 부부는 망설임 없이 4시간을 운전하여 밀라노에 도착했다. 물론 친구 부부를 만나는 게 목적이긴 했지만, 예전에 밀라노에 갔을 때 그곳 한식당에서 물냉면을 맛있게 먹은 기억이 떠올랐기 때문이다. 이번에도 어김없이 달려갔고, 밀라노의 한식당에서 마침내 물냉면을 한 입 먹은 순간 내 귓가에 베토벤의 '환희의 송가'가 울려

퍼졌다.

우리는 밀라노 한국 슈퍼에 찾아가 무려 냉동 육수를 포함한 물냉면 재료를 사서 미리 준비해 간 아이스박스에 담아 가져왔다. 어찌나 애지중지 모셔왔던지 모르는 사람이 봤으면 성화를 봉송하는 줄 알았을 것이다. 밀라노에 다녀오고 나서야 나의 물냉면 폭풍은 겨우 잠잠해졌다.

원래 물냉면을 좋아하기도 했지만 임신을 하고 나니, 그리고 여기서는 결코 쉽게 사 먹을 수 없다고 생각하니 더욱더 간절했다. 사막에서 물이 없다고 생각하면 더 목이 마른 것처럼 말이다. 닿을 수 없는 것에 닿고픈 인간의 심정은 뭘까. 나의 오아시스가 물냉면 식당이라면 유럽이라는 사막 그 어딘가에서 오아시스를 찾을 수 있을까…. 그걸 맘껏 먹을 수만 있다면 아기를 순산할 수 있을 것 같은데. 이 모든 것이 외국에서 임신한 죄라면 죄였다.

+ + +

임신 기간 동안 받은 산부인과 검사에선 모든 게 정상이었다. 진통을 기다리며 크리스마스 연휴를 보내고 출산예정일 하루 전날 다시 정기검사를 받았다. 그런데 이날따라 갑자기 혈압이 150까지 오르고 소변에선 단백뇨가 검출되는 등 임신중독증으로 의심되는 증상들이 나타났다. 게다가 양수의 양도 줄고 아기 심장 소리도 조금 불규칙했다. 산부인과 주치의는 내게 진통이 올 때까지 기다리는 건 의미가 없다며 당장 유도분만을 해야 한다고 했다. 그게 뭐지? 임신 서적을 완벽히 마스터했다고 생각했는데, 유도분만이란 것은 내 예상에 없던 복병이었다.

출산 장소로 미리 예약해 둔 칸톤 종합병원 산부인과로 향하기 전, 집에 들러 전날 먹다 남은 김밥으로 서둘러 점심을 해결했다. 한국인이 애를 낳으려면 무엇보다 밥심이 필요하니까. 오후에 병원에 도착해 각종 검사를 받다가 저녁에는 병원 식당에서 남편과 카레라이스를 먹었다. 출산에 대비한 밥심에 집착하고 있었기 때문에 유일하게 쌀밥이 들어간 메뉴를 그나마 골랐다.

스위스의 분만실에서는 진통 시부터 아기가 태어난 뒤 산모에게 마무리 처치를 할 때까지 모든 과정을 파트너 남편이나 연인 가 함께한다. 한국에서 소위 '산모의 굴욕'이라고 일컬어지는 제모와 관장은 하지 않는다. 저녁 7시쯤 간호사가 질 속에 유도분만제를 삽입해 주었다. 세 시간이 지나자 진통이 시작되었고 또다시 두 시간이 흘러 자정이 지나서야 간호사가 분만실로 이동할 때가 되었다고 전했다. 스위스의 분만실에서는 의사 얼굴을 보기가 힘들다. 분만은 독일어로 헤밤메 Hebamme 라고 불리는 전문 조산사 산파 의 도움으로 진행되며, 의사는 아기가 태어나는 순간이나 의료적 개입이 필요한 경우에만 '짠' 하고 등장한다.

분만실에 도착해 내 분만을 담당할 헤밤메를 만났다. '산파'라고 하면 연륜 있고 풍만한 체형에 산모의 모든 고통을 보듬어줄 것만 같은 인자한 스타일을 예상했는데, 그녀는 아직 애 한번 안 낳아봤을 듯한 앳된 얼굴에 가녀린 체형이었다. 하지만 시종일관 친절하면서도 침착했고 노련했다. 그녀에게 나는 당장 무통분만 주사를 놓아 달라고 부탁했다. 무통분만이야말로 이 상황에서 내가 누릴 수 있는 유일한 사치였고 나는 나를 위해 기꺼이 그걸 누리기로 했다.

마취의사가 와서 무통주사를 놓는 동안 나는 진통으로 헉헉대는 와중에 남편에게 선언했다. 둘째 아이는 낳지 않을 거라고. 아직 첫째 아이도 세상에 나오지 않았는데, 결정 장애가 있는 나로서는 놀랍도록 빠른 의사결정이었다. 무통주사의 효과가 나타나기까지 경험한 진통만으로도 고통은 충분했다.

체질적으로 밤을 새우지 못해 학창시절에도 시험공부 때문에 밤을 새워 본 적이 없는 내가 분만실에서 밤을 새워가며 힘을 주었지만 아기는 쉽게 나오지 않았다. 무통주사의 약발도 다했는지 다시 고통이 커져갔다. 슬슬 아침이 밝아오자 의사가 말했다. "아기가 스트레스를 받고 있는 것 같아요. 한 번만 더 힘을 줘보고 그래도 안 되면 흡입기를 사용해 아기를 빼내겠습니다." 그 순간 정신이 번쩍 들었다. 흡입기라면 임신 서적에서 봤던, 변기 뚫는 뚫어뻥처럼 생긴 기구가 아닌가. 그런 이상한 물건으로 내 아기의 머리를 잡아 뺀다니, 상상만 해도 끔찍했다.

나는 밤샘 출산에 지친 상태에서도 말 그대로 젖 먹던 힘까지 모조리 짜내어, 우주의 모든 에너지를 끌어모아 마지막 힘을 강하게 주었다. 헤밤메는 내게 칭찬과 격려를 아끼지 않았고 힘을 더 잘 줄 수 있도록 용기를 북돋워 주었다. 미리 연습해 두었던 호흡법도 큰 도움이 되었다. 놀랍게도 그 순간 커다랗고 물컹한 것이 미끄러지듯 내 몸을 빠져나가는 느낌이 들었고 의사와 헤밤메가 기뻐하는 소리가 들렸다. 아기가 세상으로 나온 순간이었다. 초인적인 힘을 발휘했다는 말은 이럴 때 쓰는 것이구나! 마침내 힘든 진통이 끝나고 출산에 성공했다는 안도감에 기뻤다.

나는 아기를 가슴에 받아 안았다. 아기가 태어나자마자 안정감을 느끼고 엄마와 교감하도록 엄마의 맨 가슴 위로 올려 놔주는 게 이곳 산부인과의 일반적인 절차다. 아기는 나오자마자 여기가 어딘지 영문을 모르겠다는 표정으로 눈을 끔뻑끔뻑하다가 조금 뒤 울기 시작했다. 내 어린 시절 사진과 닮은 듯한 아기 얼굴을 보며, '정말 내 새끼구나' 하는 생각이 들었다.

사실 아기가 뱃속에 있었을 땐 아기를 가졌다는 실감이 나지 않아 이렇다 할 모성애도 잘 느껴보지 못했었다. 그런데 아기가 내 몸 밖으로 나와 눈을 껌뻑거리는 모습을 본 그 첫눈에 나는 이 아이를 미치도록 사랑하게 되었다. 뇌에서 옥시토신 호르몬이 펑펑 솟구치는 느낌이 들 정도였다. 내가 낳은 아기라는 사실만으로 이렇게 순식간에 무조건 사랑에 빠지다니 신비로웠다.

내가 이렇게 사랑에 빠져 정신 못 차리는 동안 태반이 배출되었는데, 1.5리터 페트병 분량에 맞먹는 출혈과 함께 태반이 튀어나오는 바람에 분만실은 피범벅이 되었다. 남편의 말에 따르면 커다란 소고기 한 덩어리가 피와 함께 폭발하는 것 같았다고 한다. 의사가 회음부 절개된 곳을 봉합하고 간호사와 헤밤메가 피범벅이 된 분만실을 정리하기까지 두 시간 정도를 분만실에서 아기와 남편과 함께 보냈다.

이윽고 분만실로 아침식사가 도착했다. 밤을 새워 아기를 낳느라 기운이 하나도 없는 데다 영양이 풍부한 모유를 생산해야 하니 잘 먹을 준비가되어있었다. 메뉴는, 짜잔… 쟁반 위에 빵과 잼, 차가 덩그러니 놓여있었다. 내가 해산을 했다고 스위스 병원에서 잉어를 푹 고아 주거나 미역국에 불고기를 차려 주길 바란 것은 아니지만 이건 정말이지 실망스러웠다. 영양 보충하라고 고기라도 한 점 줄 거라고 생각했는데, 산모에게도 아침식사는 그저 평범한 아침식사인 것이다. 나는 살기 위해 먹었다. 고국을 떠나 타지에서 아이를 낳고 기르는 서러움이 본격적으로 시작되었다.

그래도 스위스의 칸톤 종합병원 산부인과는 산모를 편안하게 해주었고 헤밤메, 간호사, 의사 등 의료진이 매우 친절했다. 의료진의 편의보다는 산

2부 둘에서 셋으로

모와 아기의 안정을 우선시한다는 느낌이 들었다.

출산 전 남편과 함께 이 병원에서 헤밤메가 진행하는 출산 준비 코스를 수강했었다. 스위스에서는 첫 아이를 출산 예정인 대부분의 부모들이 커플 단위로 이 산전 교육을 수강하는데, 출산시 어떻게 호흡하고 힘을 줘야 하는지, 파트너가 분만실에서 산모를 어떻게 도와줄 수 있는지 등을 배울 수 있는 실용적인 교육이었다. 이로써 예비 아빠들은 출산이 산모 혼자만의 고통이 아니라 파트너가 함께 해나가는 팀워크임을 마음에 되새기게 된다. 이때 미리 분만실을 둘러볼 수도 있다. 산모는 본인의 선호에 따라 수중분만을 선택할 수도 있고, 분만 자세도 환자용 침대를 벗어나 본인이 편한 방식으로 다양한 동작을 취할 수 있다. 이를 위한 도구들 짐볼, 천장에 달린 끈 등도 분만실에 마련되어 있다.

"임신과 출산은 질병이 아니며, 따라서 산모는 환자가 아닙니다." 당시 출산 준비 코스를 이끌던 헤밤메는 이렇게 강조했다. 출산이 힘든 과정이긴 하지만 이를 자연스럽게 받아들여야 한다는 말이었다. 당연히 산모를 아픈 환자 취급하지도 않는다. 병원에서 환자복을 제공하지도 않아서 산모는 자신에게 가장 편안한 옷을 입고 출산을 한다. 나도 집에서 베고 자던 내 베개를 들고 분만실에 들어가 쿠션으로 썼다. 제왕절개나 회음부 절개는 꼭 필요한 상황에서만 실시하고, 아기가 태어난 순간부터 되도록 엄마와 많은 시간을 보내도록 한다. 임신과 출산, 입원에 들어가는 모든 비용은 건강보험이 적용된다. 임신 사실을 확인한 첫 검사부터 출산 후 퇴원까지 나는 돈 한 푼 내지 않았다. 입원실에서 남편이 주문해 먹은 병원 밥값이 추후에 청구된 것이 전부다.

우리 부부가 간소한 아침을 먹는 동안 간호사는 아기를 데려가 각종 검사를 했다. 아기는 아주 건강했다. 아기를 데리고 돌아온 간호사는 내게 상의를 벗고 누우라고 한 뒤 내 가슴 위로 역시 옷을 입지 않은 딸아이를 안겨주었다. 그 위로 이불을 덮었고 창문으로 들어오는 오전의 겨울 햇살이 우리를 포근하게 감쌌다. 나와 갓난아기는 그 자세로 몇 시간을 잤다. 아기는 엄마 뱃속에서 9개월간 익숙했던 엄마의 심장 소리를 듣고 엄마 냄새를 맡으며, 고되었던 출생의 피로와 세상의 낯섦에서 오는 스트레스를 잊었으리라.

스위스의 산부인과에서는 모자동실 母子同室이 원칙이다. 산모와 아기가 분만 직후부터 같은 방에 함께 머문다. 아기가 엄마 옆에서 안정감을 느낄수 있고 엄마는 아기의 요구에 즉각 반응해 줄 수 있어 모유 수유에도 좋다. 입원실은 대개 여러 산모가 함께 쓰지만 개인 비용을 추가로 내고 가족실 산모 한 명의 가족끼리만 쓰는 방을 쓸 수도 있다. 가족실이 아닌 이상 파트너는 집에서 잠을 자고 방문 시간에만 방문이 허용된다. 우리 가족은 일반실을 예약했기에 라파엘은 집에 가서 잠을 잤다.

아기와의 첫날밤, 나는 수면 부족과 피로로 상태가 엉망진창이었는데 간호사는 입원실에 아기와 나만 덩그러니 놓고 나가버렸다! 모자동실의 취지는 자연주의적이고 아름답지만, 실제로는 제발 가지 말아 달라고 간호사 바짓가랑이라도 붙들고 싶은 심정이었다. 이제 엄마 경력이 하루도 안 된 초보 엄마는 밤새 요령껏 자기 잠도 자면서 아기가 울면 젖 주고 기저귀도 갈아줘야 한다.

아기를 낳고 나흘 만에 퇴원하여 집에 왔다. 산후조리원이나 산후 도우미 같은 것은 없는 이 나라에서, 각자도생의 육아가 시작되었다.

아빠들의 육아

얼마 전 첫아기를 낳은 친구 부부를 찾아갔다. 초등학교 특수 교사인 카트린과 대학교 연구원인 크리스티안은 아기를 갖기까지 오랜 기다림을 견딘 끝에 건강한 아들 레온을 출산했다. 한국에서는 예로부터 산후조리에 필요한 최단기간인 삼칠일, 즉 3주가 지나야 손님을 맞는 풍습이 있는데, 스위스에서는 아기를 낳자마자 병원과 집으로 손님들이 드나든다. 카트린과 크리스티안이 우리 가족을 초대했을 때 아기는 겨우 생후 열흘쯤이었다.

원래 자연주의 출산을 계획했던 카트린은 뱃속 아기의 위치가 자연분만에 적합하지 않아 결국에는 병원에서 제왕절개로 출산을 했다. 이 때문에 수술 후 회복에 집중해야 하는 상태였다. 그런데도 막 모유 수유를 마치고 거실로 나와 우리를 맞아주는 카트린의 얼굴에는 여유로움이 느껴졌다. 그것이 어떻게 가능했을까? 바로 크리스티안이 아기의 출생일부터 '아빠 출산 휴가' 중이라 집안일을 도맡고, 신생아 돌보기에도 적극적으로 나서고 있었기 때문이다. 덕분에 카트린은 출산 후 회복과 모유 수유에만 집중할 수 있었다.

스위스의 아빠들은 아기 출생 직후 2주간의 유급 출산 휴가를 쓰도록 법으로 정해져 있다. 이 기간에는 통상 임금의 80%를 지급받는다. 여기에 직장과 합의하여 연간 4~6주에 이르는 유급 휴가 중 일부를 쓰거나 별도로 무급 휴가를 신청해서 출산 휴가를 연장할 수도 있다. 크리스티안은 법정 아빠 출산 휴가 2주에 유급 휴가 2주를 붙여 한 달간의 출산 휴가 중이었다.

한편 산모에게는 법정 16주의 출산 휴가가 보장되며, 이 가운데 14주까지는 통상 임금의 80%를 지급받는다. 그러나 출산 후 4개월만에 업무에 복귀하는 경우는 드물다. 직장과 상의하여 유급 휴가나 무급 휴가를 붙여 쓰는 사례가 많다. 카트린도 이를 활용해 7개월간의 출산 휴가를 얻었다. 참고로 임신 기간부터 출산 후 16주까지 임산부를 직장에서 해고하는 것은 법으로 금지되어 있다. 임신을 했다는 이유로 직장에서 따가운 눈초리를 받거나 해고당하는 전근대적 상황은 상상하기 힘들다.

스위스에서 아빠의 육아는 너무나도 당연하게 여겨진다. 가정 내 성역할이 보수적이었던 전 세대에는 아빠의 육아 참여가 적었다고 하는데, 지금 세대에서는 더 이상 그렇지 않다. 아빠는 임신, 출산, 모유 수유를 못할 뿐이지 그 외의 육아는 엄마와 아빠가 공평하게 나누어야 한다고 생각한다. 라파엘도 이런 사고방식을 기본으로 장착하고 있었기 때문에 육아 분담에 큰 갈등이 없었다. 물론 남편이 출산 휴가를 마치고 일을 하러 간 사이에는 아직 출산 휴가 중이던 나 혼자 아이를 돌봤다. 하지만 남편의 퇴근 후와 주말에는 함께 육아를 했다. 스위스에서는 야근이나 주말 근무가 거의 없고 정해진 근무 시간에 집중적으로 일한다. 늦지 않게 퇴근하는 것이 일반적인 근무 환경이라, 아빠의 실질적인 육아가 충분히 가능하다.

아기 분유 타기, 젖병 소독하기, 트림시키기, 목욕시키기, 기저귀 갈기, 재우기, 놀아주기, 우는 아기 달래기 등은 초보라면 누구나 실전에서 부딪혀 가며 익힐 수밖에 없다. 스위스에서는 초보 엄마들만큼 초보 아빠들도 처음부터 이 과정을 함께 겪으며 육아를 익히기 때문에 '아빠도 육아를 하고 싶지만 잘 못한다' 내지는 '본능적으로 엄마가 더 잘한다'는 핑계는 통하지 않는다. 부모가 육아라는 목표를 좌충우돌 함께 해 나가면 동지애도 깊어진다.

신생아를 2주 이상 돌본 아빠와 그렇게 하지 않은 아빠는 육아에 임하는 태도가 분명 다를 수밖에 없다. 출산 휴가가 끝나고 다시 직장에 복귀한 아빠들은 집에서 홀로 아기를 돌보고 있는 엄마들이 얼마나 대단한 노동을 하고 있는지 십분 인정한다. 경제 활동을 하지 않고 집에서 아기를 돌보는 일을 두고 '집에서 논다'고 표현하는 무례함을 저지르지 않는다.

배우자나 다른 사람의 도움 없이 혼자 아이를 돌본다는 뜻의 '독박 육아'가 한국 사회에서는 흔하다. 자식의 소중함은 부모가 함께 느끼면서도, 육아는 엄마의 몫이며 엄마가 본능적으로 더 잘한다는 잘못된 인식이 한국 사회에는 아직도 상당히 남아있다. 간혹 독박 육아라는 단어 자체에 거부감을 드러내는 사람도 있다. '자기 새끼를 자기가 키워야지, 그걸 독박이라며 징징댄다'고 혀를 차는 어르신이 그 예다. 그렇게 말하는 남자 어른이라면 본인의 자식이 어렸을 때 손수 자식 기저귀 한 번 안 갈아 봤을 가능성이 크다. 육아란 몸소 해 보지 않으면 전혀 알지 못하는, 완전히 새로운 차원의 노동이다. 또, 한두 세대 전만 해도 아이들은 대가족 안에서 부모뿐 아니라 조부모와 삼촌, 고모 등의 돌봄을 두루 받으며 자랐다. 그러니 핵가족이 대부분인 지금 엄마 혼자서 24시간 내내 육아와 집안일을 도맡는 독박 육아는 완전히 새로운 개념의 육아법이자 사회 현상으로 여겨진다.

스위스를 비롯한 유럽에는 한국과 같은 '산후조리'의 개념이 없기 때문에 산후조리원도 없고 국가지원 산후 도우미 같은 제도도 없다. 인건비가 상당히 비싼 스위스에서 어지간한 재력가가 아니고선 종일제 혹은 입주 베이비시터 이모님을 고용하는 것은 그림의 떡이다. 스위스의 '국민 영웅'이자 세계적인 테니스의 황제 로저 페더러 정도의 재력이 된다면 모를까, 평범한 중산층 가정에서는 불가능하다고 본다. 여담이지만 페더러 부부는 딸 쌍둥이에 이어 아들 쌍둥이를 낳은, 겹쌍둥이 사 남매의 부모다

프리랜서 조산사가 집으로 찾아와 산모와 아기의 건강을 체크하고 모유 수유를 도와주며 육아 팁을 전해주는 제도는 있다. 방문 시간은 회당 최대 한 시간 정도고, 아기를 돌봐주는 서비스가 아니라서 산후 도우미와는 개념이 다르다. 산후 8주까지, 필요에 따라 최대 16회까지 조산사의 방

문을 받을 수 있으며 이에 따른 비용 전액은 건강보험에서 부담한다.

나는 스위스에서 출산한 한국인 여성으로서 아기가 신생아였을 때 적지 않은 상실감에 시달렸다. 한국에서는 출산 후 산후조리원에서 차려 주는 뜨끈한 미역국에 영양 가득한 반찬으로 몸보신하고 아기를 간호직원들에게 맡긴 채 잠을 푹 잘 수도 있다니, 상상만 해도 부러웠다. 스위스에서는 아예 불가능해서 괜히 더 아쉽고 서글펐다.

그럼에도 불구하고 내가 신생아 육아를 무사히 해낼 수 있었던 건 스위스에 산후조리원은 없지만 독박 육아도 없기 때문이었다. 내 옆에는 산후도우미 대신 남편이 있었다. 천부적으로 요리에 소질이 없는 스위스 남자가 인터넷으로 검색한 레시피를 보며 끓인 미역국에서는 맹물 맛이 났다. 내 생애 그렇게 맛없는 미역국은 처음 먹어봤으나 물론 그 말은 지금까지도 남편에게 하지 않았다 스위스 사람들은 뭔지도 모르는 미역을 손수 요리한 노력이 가상했다. 서툴지만 내게 미역국을 끓여주는 사람이 곁에 있다는 사실은 큰 위로였다. 미역국 위로 눈물이 뚝뚝 떨어졌다. 출산 직후 세 번이나 닥친 지긋지긋한 유선염으로 하루하루를 좀비처럼 지내며 힘겨운 모유 수유를 이어가고 있던 나는, 그 눈물 젖은 미역국을 먹으며 기운을 냈다.

+ + +

공기업에서 마케팅을 담당하는 파비오와 주류회사 재무팀에서 일하는 페트라는 우리 가족의 가까운 이웃이자 친한 친구들이다. 이 부부는 초등학교 1학년과 유치원생인 두 딸을 두었는데, 둘째 딸 리아가 레나와 동갑이어서 아이들이 아기였을 때부터 동네에서 자연스럽게 친해졌다.

페트라는 매주 금요일에만 일하는 워킹맘이다. 파트타임 정규직이 흔한 스위스에서는 많은 엄마가 일주일에 하루나 이틀만 일하고 나머지 시간에는 아이들을 돌본다. 물론 그만큼 월급도 적어지고 대개 간부급 포지션은 포기해야 하지만, 엄마 입장에서는 조금이라도 일을 지속하는 것이니 경력 단절을 피할 수 있고, 또 일주일에 며칠은 육아에서 벗어나니 기분 전환(!)에도 도움이 된다는 장점이 있다.

이러한 파트타임 정규직은 근무 시간을 시스템으로 철저히 측정하는 기업 문화, 일자리 하나를 여럿이 나눠 갖는 잡 셰어링Job Sharing의 보편화 등을 전제로 한다. 매일 출근하고 퇴근한 후에는 집안일과 육아까지 말 그대로 전쟁을 치르는 풀타임 워킹맘에 비하면 월급은 줄더라도 육체적 정신적으로는 훨씬 지속 가능한 방법이다.

인건비가 비싼 스위스에서는 어린이집 보육료가 매우 비싸기 때문에 미취학 아동을 둔 집에서는 가급적 가정 보육을 선택한다. 조부모가 가까이 살 경우 일주일에 하루 정도 아이들을 돌봐 주기도 하지만 파트타임 정규직 제도를 잘 활용해서 엄마와 아빠가 둘 다 파트타임으로 일하면서 가정 보육을 하는 가족이 흔하다. 예를 들어 아빠가 월, 화, 수요일에 일하고 60% 엄마는 이때 아이들을 돌본다. 목, 금요일에는 엄마가 일하고 40% 아빠가 아이들을 본다. 둘의 근무량은 총 100%가 된다. 즉, 아빠와 엄마의 월급이 같다고 전제하면 가정 내 수입은 아빠 혼자 돈을 벌었을 때와 똑같아진다. 물론 부모 양쪽이 풀타임으로 맞벌이를 할 때 비하면 여전히 외벌이 수입이긴 하다. 그러나 부모가 둘 다 파트타임으로 일하면 일과 육아를 균형 있게 분담하는 구조가 되고 아이들은 아빠와도 많은 시간을 보낼 수 있어서 좋다는 장점이 있다.

아빠가 아예 전업주부가 되어 아이들을 돌보는 경우도 드물지만 있다. 우리 동네에 사는 슈테판은 자기 직업을 소개할 때 서슴지 않고 주부 Hausmann, 여성은 Hausfrau 라고 말한다. 여섯 살 딸과 두 살 아들 남매를 돌보며 이웃 엄마들의 수다에도 잘 끼는 아저씨다. 원래 전기공이었던 그는 고등학교 교사인 아내의 연봉이 자신의 연봉보다 훨씬 높아서 첫째가 태어나자마자 일을 그만두고 전업주부가 되었다. 두 아이가 모두 학교에 다니게 되면 그는 자신의 전문성을 살려 다시 전기공으로 일할 것이라고 말했다.

파트타임 정규직으로 일과 육아를 병행하는 아빠들이 많기 때문에 평일 대낮에 마트에서 아이와 함께 장을 보는 아빠, 놀이터에서 아이들과 노는 아빠들을 흔하게 볼 수 있다. 긴 머리를 산발하거나 발레 수업에 발레 복을 거꾸로 입고 오는 여자아이들의 뒤에는 아니나 다를까 꼭 아빠들이 있다. 그렇다고 육아를 열심히 하지 않는 것은 아니므로 귀엽게 보고 넘겨 야지, 지적이나 잔소리는 금물이라는 지혜도 나는 깨달았다. 평생 자기 머리 한번 묶어본 적 없는 라파엘도 이제는 딸의 요구에 따라 포니테일, 삐삐 머리 등을 묶어줄 수 있게 되었다.

신생아 때부터 공평하게 육아를 해온 아빠들은 아이들이 유치원에 입학할 때쯤 되면 어느 정도 '육아의 달인'이 된다. 한번은 기차를 탔는데 한 아빠가 혼자서 아이 넷을 데리고 기차에 올랐다. 모두 배낭을 멘 모습을 보니 다 같이 소풍을 가는 모양이었다. 아빠는 가운데 탁자를 사이에 두고 마주 앉는 좌석에 아이들을 앉힌 뒤 배낭에서 뭔가를 주섬주섬 꺼냈다. 배낭에서 커다란 빵 한 덩어리와 치즈, 슬라이스 햄이 나왔다. 누가 스위스 아빠 아니랄까 봐, 스위스 군용 주머니칼로 빵을 자르고 그 사이에 치즈와 햄을 끼워 샌드위치를 뚝딱 만든 다음 아이들에게 나눠줬다. 한두 번 배급 해 본 솜씨가 아니었고 아주 노련했다. 남성성의 상징으로 보였던 스위스 군용 주머니칼이 야무진 '육아템'으로 빛을 발하는 순간이었다.

페트라는 '금요일의 워킹맘'이기 때문에 금요일이면 아침 7시가 되기도 전에 집을 나선다 일찍 출근하면 그만큼 일찍 퇴근할 수 있기 때문. 그날 두 딸을 깨워 등교 준비를 시키는 것은 아빠 파비오의 몫이다. 아이들이 학교와 유치원에 가 있는 사이 파비오는 재택근무를 한다. 대부분의 스위스 학교와 유치원에는 급식이 없어서 아이들은 집에 와서 점심을 먹는다. 파비오는 재택근무를 하다 말고 점심시간 12시에 맞춰 아이들 식사를 준비하고 오후 1시쯤 다시 재택근무를 시작한다. 그때쯤이면 아이들의 외할머니가 와서 아이들을 돌본다. 칠순의 외할머니는 주로 아이들을 밖으로 데리고 나가서 신나게 뛰어놀게 한다. 일주일에 하루 반나절만 손녀들을 봐주니 외할머니도 생기가 넘치고 이 시간만큼은 온전히 아이들과 시간을 보낼 수 있다. 오후 4시 반이면 파비오의 재택근무가 끝나 장모님으로부터 육아의 바통을 이어받는다. 저녁 식사 준비도 당연히 아빠의 몫이다.

이렇게 육아에 참여하느라 파비오는 금요일에는 평소보다 적은 시간을 근무하지만, 금요일을 위해 다른 요일에 초과 근무를 하기에 문제는 없다. 아이들은 엄마가 일하러 간 사이 아빠와 좀 더 많은 시간을 보내는 금요일을 '아빠의 날'이라고 부르며 좋아한다.

평일 낮에 놀이터에서 아이들과 놀아주는 아빠들을 흔하게 본다.

유치원 '아빠의 밤'에서 아빠들이 자녀가 들고 행진할 종이 등을 직접 만들었다.

레나가 아빠와 피어발트슈태터 호숫가에서 공놀이를 하고 있다.

2부 둘에서 셋으로

아빠의 육아가 당연한 사회이기에, 유치원과 학교에서 진행하는 부모 참관 행사라면 아빠들도 꼭 참석하는 편이다. 참석을 위해 직장을 조퇴하거나 하루 휴가를 내는 것은 흔한 일이다. 아빠도 자녀의 유치원과 학교가 어떻게 돌아가는지, 반 친구들의 이름은 무엇인지, 선생님과 학부모들은 누구인지 알 필요가 있기 때문이다.

유치원에서 정기적으로 저녁에 열리는 '부모의 밤'에서는 교사들이 유치원 활동에 대한 정보를 부모들에게 전달하고 질문에 답을 해준다_{이 시간에 아이들은 이미 양치를 하고 잠자리에 들 준비를 하기 때문에 조부모나 시간제 베이비시터가 집에서 아이들을 돌본다}. '부모의 밤' 행사의 끝에는 다과가 준비되어 있다. 엄마들이 주로 좋아하는 스파클링 와인뿐 아니라 아빠들이 선호하는 맥주도 있다. 아빠들은 함께 맥주를 마시며 통성명을 하고 아이들 이야기를 나누며 친분을 쌓는다.

유치원에서 한번은 '부모의 밤' 대신 '아빠의 밤'이 열렸다. 가톨릭교인이 다수인 스위스에서는 강림절 기간의 저녁에 어린이들이 등을 들고 행진을 하는 풍습이 있다. 이때 사용할 등은 직접 만든다. 그런데 유치원생들이 만들기에는 고난도 작업이라 퇴근한 아빠들이 대신 유치원에 모여 교사의 지도에 따라 등을 만들기 시작했다. 모두 자신의 아이가 들고 행진할 종이 등이라고 생각하며 열심이었다. 레나도 아빠가 만들어 준 사슴 얼굴 모양의 종이 등을 들고 행진을 했다. 아빠의 사랑은 꼭 특별한 날에만 느낄 필요는 없다. 아빠의 사랑도 엄마의 사랑처럼 일상적으로 흘러야 한다. 이렇게 스위스 아이들은 아빠와 엄마의 사랑을 골고루 받으며 자란다.

놀기 위해
일하는 사람들

스위스와 한국이 다른 점을 꼽으라면 밤을 새워도 모자라지만, 아직까지도 완전히 익숙해지지 않은 것이 하나 있다. 스위스 사람들, 노는 걸 너무 좋아한다!

한국에서 어렸을 때는 입시와 취직 준비로 바빴고, 회사에 다닐 때는 야근 및 휴일 근무, 짧은 휴가를 당연하게 받아들였다. 한국에서는 아이든 어른이든 놀 시간이 절대적으로 부족하다. 사회적으로도 공부와 일이 최우선이며 여가 생활은 뒷순위로 간주된다. 이런 분위기니 한국 사회에서 '논다'는 말은 부정적인 말로 쓰이기도 하고, 많이 놀기라도 하면 죄책감마저 생긴다.

스위스에 왔더니 온 국민의 최우선 순위가 '노는 것'이다. 그럼에도 세계 최상위권의 국민 소득을 자랑하는 나라라니 아이러니하다. 한국은 잘 일하기 위해 잘 쉬어야 한다며 지금에서야 점점 여가를 장려하는 분위기지만, 스위스 사람들은 잘 놀기 위해서 일을 한 지 벌써 오래다. 놀지 않고 일이나 공부만 하는 사람은 괴짜 혹은 매력 없는 사람으로 여겨진다.

대체 얼마나 많이 놀기에? 절대적인 휴가 일수를 살펴보자. 스위스 근로자들은 연간 최소 4주의 유급 휴가를 보장받는다. 이 가운데 2주는 연이어 써야 한다. 연령과 직장에 따라 연간 5주, 6주에 이르는 유급 휴가를 얻기도 한다. 스위스 최대 명절인 크리스마스부터 새해까지는 그 해의 초과 근무 시간을 휴가로 대체하여 일주일쯤 쉬는 직장인도 많다. 휴가가 길기로 유명한 이웃 나라 프랑스처럼 스위스도 바캉스 시즌이면 모든 상점이 2~3주씩 문을 닫는다.

평소에는 근검절약하는 스위스 사람들도 휴가 비용만큼은 아낌없이 지출한다. 몇 주씩 휴가를 가려면 차량 기름값이나 비행기 요금은 물론이고 몇 주간의 숙박 비용까지 만만치 않은 예산이 필요하다. 스위스 사람들은 휴가의 온전한 즐거움을 위해 평소에 알뜰하게 생활하는 것인지도 모른다.

은행 홍보 담당자인 미셸과 레스토랑 매니저로 일하는 파비안 부부에겐 두 살짜리 딸과 4개월 된 아들이 있다. 일요일 오후 이들의 집에 초대받아 갔더니 미셸은 직접 구운 레몬 케이크를 내놓았고, 파비안은 바리스타 자격증 소지자답게 카페보다 더 맛있는 카푸치노를 만들어 주었다. 티타임이 시작되자 미셸은 여느 스위스 사람들이 그러하듯 휴가 이야기부터 꺼냈다. "다음 주에 우리네 식구가 5주 동안 휴가를 가요. 자동차로 독일을 거쳐 덴마크, 스웨덴까지 가기로 했어요. 아이들이 장시간 차에 앉아 있는 게 힘들까 봐 경유지마다 숙소를 예약해 놨답니다."

영유아 두 명을 동반해서 스위스에서 북쪽으로 1400킬로미터나 떨어진 스웨덴의 예테보리까지 자동차 여행을 간다니, 나로서는 엄두도 안 나지만 스위스 부모라면 충분히 가능한 시나리오다. 미셸과 파비안 부부는 이미 지난해 두 돌이 채 안 되었던 첫째를 데리고 둘째를 임신한 상태에서 알래스카로 한 달간 여행을 갔더랬다. 휴가 계획을 아이들 위주로만 짜기보다는 부모의 욕구도

놀기 위해 일하는 사람들

충분히 고려하여 결정하니 육아 스트레스도 풀리고 만족감도 큰 모양이었다. 부모가 엄청난 체력의 소유자여야 한다는 조건이 붙지만….

스위스에서 사무직, 기술직 종사자나 점원 등 대다수의 직업군은 주당 최장 45시간까지 일할 수 있고 일부 직업군은 주당 최장 50시간까지만 일하게 되어있다. 이렇듯 스위스의 노동시간은 유럽의 다른 나라들과 비교하면 오히려 긴 편이다. 유럽연합EU 통계청Eurostat에 따르면 2021년 스위스 풀타임 직장인의 주당 노동시간은 43.6시간으로 유럽에서 2위였다. 유럽 국가의 주당 노동시간은 세르비아44.2시간가 가장 길었고, 핀란드38.9시간가 가장 짧았다.[14]

나의 남편만 봐도 근무 시간이 결코 짧지 않다. 라파엘은 아침 7시에서 7시 반 사이에 사무실에 도착해서 늦으면 오후 6시, 이르면 오후 5시에 퇴근한다. 점심시간을 제외하면 하루에 적게는 8시간 반에서 길게는 10시간쯤 일하는 셈이다. 근무 시간에는 휴대전화도 보지 않고 업무에만 효율적으로 집중해서, 나도 웬만하면 남편에게 문자 메시지를 보내지도, 기다리지도 않는다.

라파엘은 점심시간을 쪼개 회사 근처에서 조깅을 하거나 헬스클럽에서 운동을 한다. 병원 방문이나 아이와 관련된 사정이 있으면 유연하게 한두 시간 늦게 출근하거나 오후 4시에도 퇴근할 수 있다. 퇴근 후나 휴가 기간에 일과 관련된 연락을 받는 일은 드물고, 회식이라고는 1년에 한 번 연말에 팀원들과 식당에서 저녁을 먹는 '크리스마스 디너'가 전부다. 이 나라에서 일과 삶의 균형은 휴가뿐 아니라 '저녁과 주말이 있는 삶'에서도 여실히 드러난다.

---

14. eurostat (2023). Hours worked per week of full-time employment.

이처럼 근로자들은 일할 땐 집중해서 일하되, 업무 외 시간은 침해할 수 없는 사적인 영역으로 존중받으며 충분한 휴가 일수를 보장받는다. 한마디로 놀 권리와 놀 시간을 '사회적으로' 인정받고 있는 것이다. 사회에서 먼저 멍석을 깔아주니 국민들은 일말의 죄책감 없이 신나게 잘 논다. 여기서 논다는 건 한국처럼 밤늦게까지 술 마시며 유흥을 즐긴다는 뜻이 아니다. 가족이 있는 사람들은 퇴근 즉시 연어의 회귀본능처럼 집으로 돌아온다. 이들에게 논다는 건 가족과 함께하는 다양한 활동, 취미 생활, 여행 등 삶을 즐기는 모든 활동을 의미한다. 잘 놀 줄 모르는 나로서는, 잘 놀고 기꺼이 즐길 줄 아는 삶도 참 멋지다는 생각이 든다.

놀기 위해 일하는 사람들

비앙코 호수 Lago Bianco

장크트갈렌St.Gallen, 세 개의 연못Drei Weieren

애서 산장Ascher

2부 둘에서 셋으로

유아의 일상에도 틀과 질서가 있다

스위스에서는 아기 때부터 규칙적으로 짜인 일상 Struktur im Alltag 속에서 질서를 지키며 살아가는 연습을 한다. 이는 당연히 부모와 사회가 훈련한 결과다. 그 틀 안에서 질서를 지키는 한 아이들은 자유를 누릴 수 있다.

레나를 낳고서 우리 부부의 숙제는 레나를 어떻게 규칙적으로, 그것도 일찍 잠자리에 들게 하느냐였다. 더 이상 낮잠을 자지 않기 시작한 두 살 이후부터는 수면 시간을 잡아 주는 것이 매우 중요했다. 레나 또래의 아이들을 둔 부모들을 만날 때마다 아이들의 기상 시간과 취침 시간을 물었다. 그리고 이 전수 조사를 통해 놀라운 발견을 했다. 아이들의 시간표를 법으로 정해 놓은 건 아닐까, 싶을 정도로 많은 아이들의 일과가 비슷했다.

스위스인들의 하루는 한국보다 보통 한 시간 일찍 시작해서 한 시간 일찍 마무리된다. 대부분의 관공서와 학교, 상점이 오전 8시에 문을 열고, 직장인들도 늦어도 오전 8시에는 근무를 시작한다. 한국의 관공서와 학교, 직장 근무가 보통 오전 9시에 시작하는 것에 비하면 '얼리버드'인 셈이다. 나는 한국에서 회사에 다닐 때 자정은 되어야 잠을 잤는데 스위스에 와서는 남편을 따라 밤 10시 반이면 잠자리에 드는 것으로 생활 리듬을 바꿀 수밖에 없었다.

스위스 사회를 움직이는 이 생활 리듬, 곧 부모의 생활 리듬에 따라 아이들도 일찍 자고 일찍 일어난다. 많은 가정에서 유아 및 유치원생의 하루는 이렇다.

오전 6시~7시: 기상

오전 9시: 오전 간식 Znüni

낮 12시: 점심 식사

오후 12시 반~1시 반: 식후 휴식 Zimmerstunde

오후 4시: 오후 간식 Zvieri

오후 6시: 저녁 식사

오후 7시~8시: 취침

스위스 어린이들은 보통 오전 6시에서 7시 사이에 일어난다 가끔 아이가 아프거나 피곤해서 그보다 늦게 일어났다면 엄마들은 아이가 '늦잠'을 잤다고 표현한다. 일찍 일어난 만큼 점심시간이 되기도 전에 아이들은 허기를 느낀다. 그래서 스위스에는 '오전 9시에 먹는 간식'이라는 뜻의 츠뉘니 Znüni 가 있다. 이 시간에는 아이들뿐 아니라 직장인들도 커피와 간식을 먹는 츠뉘니 시간을 잠시 갖는다.

츠뉘니의 단골 메뉴는 깁펠리 Gipfeli, 스위스식 크루아상. 프랑스식 크루아상보다 기름기가 적고 담백하다 를 비롯한 달지 않은 빵 종류, 통곡물 크래커, 스위스의 대표 과일인 사과와 배, 얇고 길게 자른 당근과 오이, 방울토마토, 호두와 아몬드 같은 견과류 등이다. 아이들이 정말 이런 건강한 간식을 좋아할까 싶다면 오전 9시에 스위스의 공원이나 호숫가에 가보라. 아장아장 걸으면서 오이를 우적우적 씹어 먹는 유아들을 다수 볼 수 있을 것이다.

점심식사가 끝나면 '침머슈툰데 Zimmerstunde'라는 이름의 식후 휴식을 갖는다. 침머슈툰데를 우리말로 직역하면 '방 시간'인데, 자기 방에 들어가서 혼자 휴식을 취하는 시간을 의미한다. 스위스와 독일을 여행해 본 사람들 중에는 오후에 식당이 문을 열지 않아 당황한 경험이 있을 것이다. 스위스와 독일의 식당들은 점심 영업이 끝나면 오후 2시에서 6시 사이에는 식당 문을 닫고 저녁 6시부터 저녁 영업을 위해 다시 문을 연다. 문을 닫는 이 오후 시간을 두고도 '침머슈툰데'라고 부른다. 그 시간에 식당 주인과 종업원들은 점심을 먹고 휴식을 취한 뒤 저녁 영업을 준비한다. 점심 시간을 놓친 손님 입장에서는 배가 고파 현기증이 날 테지만, 요식업 종사자들의 휴식 시간 또한 중요한 것이다.

식당의 침머슈툰데처럼 아이들도 집에서 식후 휴식 시간을 갖는다. 보통 30분에서 1시간 정도 자기 방에 들어가 혼자 시간을 보낸다. 오전에 노느라 흥분하고 피곤한 아이들은 이 시간에 긴장을 풀고 오후 놀이를 위한 에너지를 충전한다. 침대에서 잠시 낮잠을 자거나 빈둥거리고, 그림책을 보거나 장난감을 가지고 논다. 인상적인 점은 유아들이 '혼자서' 이 시간을 보낸다는 것이다. 부모들은 이 시간에 식탁을 정리하고 잠시 아이들과 떨어져 스마트폰을 들여다볼 여유도 생긴다.

나는 다른 집 아이들이 모두 침머슈툰데를 한다는 것을 레나가 이미 두 돌이 지난 뒤에야 알게 되었다. 침머슈툰데라니, 이게 웬 떡이냐. 레나는 하루 종일 엄마 뒤를 졸졸 따라다니는 '엄마 껌딱지'였기에 식후 30분만이라도 각자 방에서 떨어져 있다면 오후 육아가 조금 수월할 것 같았다. 그날부터 레나에게 침머슈툰데의 취지를 알기 쉽게 설명해 주고 시계의 긴 바늘이 어디까지 오면 다시 만나자고 가르쳐 주었다.

처음에 레나는 이 약속을 무슨 놀이처럼 흥미롭게 여겼지만 결국에는 시작한 지 5분도 안 되어 나한테 왔다. 아기 때부터 서서히 습관으로 정착시켰다면 모를까, 두 살짜리 아이에게 어느 날 갑자기 혼자 방에서 30분을 보내게 하는 것은 무리였다. 적은 시간이라도 5분, 10분, 15분씩 시간을 늘려가며 연습을 시켰다. 물론 아이는 이 시간을 몹시 심심해했지만, 심심하면 심심한 대로 이 시간을 홀로 보내야 한다는 것을, 그리고 이 시간에 엄마도 해야 할 일이 있다는 것을 서서히 깨닫게 됐다.

레나와 동갑인 이웃집 리아는 침머슈툰데의 정석을 보여주었다. 오후 놀이 약속을 잡을 때면 리아의 엄마 페트라는 늘 오후 2시를 제안했다. 리아가 점심을 먹고서 반드시 한 시간 동안 침머슈툰데를 해야 하기 때문이다. 워낙 활동량이 많아 오전에 활발하게 뛰어논 리아는 점심을 먹고 나면 몹시 피곤해져 스스로 침머슈툰데를 원한다고 한다. 이 시간만큼은 두 살 많은 언니와도 함께 놀지 않고 각자 자기 방에서 휴식을 취한다고 페트라가 말했다. "리아는 낮잠을 자진 않지만 혼자 침대에서 빈둥거리는 걸 좋아해. 침머슈툰데를 하지 않으면 오후에 급격히 체력이 바닥나서 울고불고해."

침머슈툰데를 마친 아이들은 오후를 가능한 한 밖에서 뛰놀며 보낸다. 그러다 오후 4시쯤이 되면 놀이터에 있는 보호자들은 다 같이 약속이나 한 듯 가방에서 주섬주섬 간식을 꺼낸다. '오후 4시에 먹는 간식'이라는 뜻의 츠피어리 Zvieri 다. 매일 같은 시간에 산책을 나갔다는 철학자 칸트처럼 스위스 아이들은 놀다가도 이 시간이 되면 간식을 먹는다. 츠피어리는 츠뉘니보다는 느슨해서 과일이나 통곡물 크래커 같은 건강식뿐 아니라 단과자나 젤리도 허용되는 편이다.

츠뉘니와 츠피어리라는 규칙적인 간식 시간 덕분에 아이들은 수시로 군것질을 하지 않는 습관을 들인다. 간식은 정해진 시간에 반드시 식탁이나 야외 벤치에 앉아서 먹고 간식 시간이 끝나면 다시 논다. 그러니 과자 같은 걸 이리저리 돌아다니면서 집어 먹는 버릇을 들일 수가 없다. 시도 때도 없이 입에 뭔가를 달고 다니지 않으니 식사 시간에는 적당히 배가 고픈 상태에서 충분히 식사를 할 수 있다.

오후 5시에서 5시 반 사이가 되면 놀이터의 아이들과 보호자들은 인사를 나누고 각자 집으로 흩어진다. 부모들은 더 놀고 싶다고 버티는 아이들을 구슬려서 종종걸음으로 서두른다. 늦어도 저녁 6시까지는 식사 준비를 해야 하기 때문이다. 한국에서 매일 기사 마감 시간에 늦지 않으려고 고군분투하던 일간지 기자 시절처럼 지금의 나는 저녁 6시 땡, 할 때까지 저녁밥을 차리느라 서두른다. 저녁 식사가 늦어지는 만큼 아이도 늦게 잠들기 때문이다!

스위스 가정에서 저녁 6시에 저녁 식사를 한다는 건 부모가 이미 그 전에 퇴근했다는 뜻이다. 앞서 말했듯 스위스의 직장인들은 일찍 출근하기에 오후 5시면 퇴근한다. 6시 반쯤 저녁 식사를 마치면 부모들은 아이들을 씻기고서 잠자리에 들기 전에 책을 읽어준다. 아이들은 그날 얼마나 피곤하게 놀았는지에 따라 저녁 7시에서 8시 사이에 잠이 든다.

이렇게 꽉 짜인 스위스 아이들의 일과가 답답하게 느껴지는 사람도 있을 것이다. 아이들은 군인이나 로봇이 아니니까. 또 매일 반복되는 똑같은 시간표가 양육자 입장에서는 지겨울 수도 있다. 하지만 아기 때부터 이렇게 규칙적인 일상을 경험해 온 아이들은 이 생활 리듬 안에서 안정감을 느끼고 시간 감각을 발달시킬 수 있다. 이는 이미 입증된 연구 결과다.

스위스를 비롯한 독일어권 국가에서 아동의 성장과 발달을 논할 때 빠지지 않는 권위자가 있다. 바로 스위스 출신의 소아청소년과 의사인 레모 H. 라르고 박사1943~2020 다. 라르고 박사는 스위스 취리히대학교 어린이 병원의 성장발달과장으로 30여 년간 근무하면서 독일어권 어린이들의 발달 과정을 장기간에 걸쳐 연구한 것으로 유명하다. 신생아부터 청소년 시기까지 아우르는 여러 베스트셀러의 저자이기도 하다.

라르고 박사에 따르면 어린이들은 어른들이 느끼는 시간 감각을 잘 느끼지 못한다. 지금 다섯 살인 레나만 봐도 공간을 인지하는 능력은 잘 발달했지만 동네에서 자주 다니는 길을 잘 찾는다 시간에는 감이 없다. 서둘러 외출해야 하니 5분 안에 옷을 입으라고 해도 세월아 네월아 하는 일이 부지기수고, 겨울철에 아침이 아직 어두울 때는 자고 일어나서도 그때가 아침인지 밤인지 구분하지 못한다. 알고 보니 레나만 그런 게 아니었다. 아이들 대부분은 시간의 흐름을 감지하는 능력이 미숙하다.

라르고 박사에 따르면 아이들은 사춘기가 될 때까지 시간 인지 능력이 계속해서 발달한다고 한다. 시계를 볼 줄 알게 되고 수에 대한 이해력이 높아진다고 해서 시간 감각이 좋아진다고 판단하면 안 된다는 것이다. 아이들은 시곗바늘이 가리키는 숫자적 시간 자체보다도, 그 시간에 구체적으로 한 경험에 비추어 시간을 인지한다. 라르고 박사는 아이가 자신의 일과를 예측하기 어려우면 만성적인 스트레스를 받고 정신적, 육체적으로 불편함을 겪게 된다고 말했다. 보호자들은 아이들의 개인적인 시간 감각

및 계획 능력을 고려하여 하루 일과를 짜는 것이 좋고, 아이들이 부담을 느끼지 않도록 자기 일과에 대한 예측 가능성과 통제력을 부여해 줘야 한다고 말했다.[15]

아이의 스케줄에 대해 부모와 아이가 사전에 커뮤니케이션하는 것은 무척 중요하다. 나도 레나의 주중 일과를 되도록 비슷하게 유지하되, 요일별로 조금씩 달라지는 오후 활동들에 대해서는 전날 저녁에 미리 말해 준다. 이를테면 화요일 오후에는 발레 수업에 가고 목요일 오후에는 수영 수업에 간다는 것을 미리 상기시켜 주는 것이다. 그러면 레나도 다음 날 아침에 일어났을 때 자기가 오늘 하루 무엇을 하게 될지 예측하게 되고 그 시간에 맞춰 외출 준비를 하는 데도 더욱 협조적이다.

아이들의 규칙적인 시간표, 즉 일상의 '틀' 덕분에 부모들은 비로소 육아에서 벗어나 자기만의 시간을 보낼 수 있다. 저녁 8시, 아이들이 잠자리에 든 후 부모는 와인을 한잔하든, 텔레비전을 보든, 세금 정산을 하든 뭐라도 할 시간이 생기며 이는 내일 또다시 펼쳐질 육아를 지속할 수 있게 만든다.

반은 한국인, 반은 스위스인인 레나도 다섯 살인 지금은 이와 같은 하루 일과에 습관을 들였다. 그리하여 우리 부부는 대개 저녁 8시, 아이가 실컷

---

15. Remo H. Largo, 『Kinderjahre』, Piper, 2021.

뛰어논 날에는 저녁 7시 반에도 육아 퇴근이 가능하게 되었다. 가족의 일상에 질서를 부여하니 부모는 '저녁이 있는 삶'이라는 자유를 누리게 되었다.

완벽주의 엄마의 운콤플리치어트

나에겐 고질적인 완벽주의 성향이 있다. 한때는 이것이 나를 어떤 일에 열심히 집중하게 만드는 강점이라고 생각했다. 특히 수업에 빠지는 것은 상상할 수 없는 일이어서 초등학교부터 고등학교까지 12년간 개근상을 받곤 했다. 대학생 때 일본어 학원에 가는 길에 버스 안에서 저혈압으로 쓰러졌다가 다른 승객들의 도움으로 정신을 차린 적이 있다. 깨어난 후 나는 병원이나 집으로 가지 않고, 가던 길로 일본어 학원에 가서 수업을 받았다. 수업이 끝난 뒤 어머니에게 전화해서 아침에 버스에서 쓰러진 뒤에 학원에 갔다고 말했다가 엄청 혼이 났다. 지금 생각하니 좀 무모하다 싶을 정도다.

30대 중반에 접어들면서부터 슬슬 완벽주의가 나의 약점이라는 사실을 깨닫게 되었다. 일이 애초에 계획한 대로 완벽하게 진행되지 않으면 스트레스를 받았고 사실 세상 대부분의 일들은 계획대로 진행되지 않는 법인데, 어떤 프로젝트를 완벽하게 해낼 자신이 없으면 아예 시도해 보지도 않고 포기하거나 뭉개버리곤 했다. 그런 내 모습에 스스로 실망하면서 자존감도 떨어져 갔다. 작은 실수라도 하지 않으려고 꼼꼼하게 일을 처리하다 보면 신경이 예민해지기도 했다. 완벽주의를 고치고 싶어 심리학 서적을 찾아보고 의식적으로 노력하는 중이다.

　　　　　2부 둘에서 셋으로

아기를 낳고 첫 1년 동안은 늘 긴장한 상태였다. 이 역시 돌이켜보면 다 잘해 내고 싶은 완벽주의 때문이었던 것 같다. 아기의 욕구에 즉각적으로 반응하기 위해 내 신체는 24시간 내내 대기 상태였다. 물론 아기의 생존을 위해 산모의 몸이 특별히 생물학적으로 예민하게 반응하는 것도 있겠지만 나는 아기가 울기라도 하면 큰일이라도 난 것처럼 즉시 달래 주려고 애를 썼다.

특히 험난한 모유 수유로 나는 점점 지쳐갔다. 초유가 나오자마자 시작된 유선염이 재발하고 또 재발하면서 피폐한 날들을 보냈다. 알고 보니 나는 치밀유방으로 애초에 젖 뭉침과 유선염 위험이 높았다. 잘못된 수유 자세 탓인지 수유 초기에 유두에 상처까지 생겼는데, 아기에게 젖은 빨려야 하니 수유 때마다 말 그대로 유두가 찢어지는 극심한 통증에 시달렸다. 정말이지 출산의 고통보다 더 심한 통증이었다. 모유 수유를 병행하면서도 온갖 수단과 방법을 동원해 이 상처가 아물기까지는 무려 석 달이 걸렸다. 모유 양이 부족하진 않았기에 힘든 수유 상황에서도 모유 수유를 이어갔다. 내 몸이 부서지더라도 아기에게 분유보다 좋다는 모유를 먹이길 포기할 순 없었다. 첫돌까지는 어떻게든 모유를 먹이고 싶었다.

하지만 결국 세 번째 유선염으로 병원에 사흘간 입원하게 되었고, 재발 위험이 높으니 당장 약을 먹고 단유해야 한다는 의사의 말을 듣고서야 체념하고 젖을 뗐다. 목표로 했던 1년은 못 채웠지만 그래도 7개월은 모유 수유를 했으니 나쁘지 않은 결과라고 받아들였다. 모유 수유 기간이 무슨 성적표도 아닌데….

고집스럽게 버텼던 7개월간의 모유 수유는 신체적, 정신적으로 나를 극심한 스트레스로 몰아갔다. 다시는 힘든 모유 수유를 하고 싶지 않아 둘째 계획은 생각조차 할 수 없었다. 이 정도 고통이면 훗날 아이를 더 낳지 않은 데 대한 미련도 후회도 없을 것 같았다.

병원의 모유 수유 상담사에게 이 얘길 했더니 그녀는 나를 불쌍하다는 눈초리로 쳐다보았다. "모유 수유 때문에 아이를 더 이상 낳지 않겠다니, 그건 너무 슬프군요." 가녀리고 창백한 인상의 상담사에겐 놀랍게도 아이가 셋이라고 했다. 사실 둘째를 정 원한다면 힘든 모유 수유 대신 분유를 먹이는 것도 방법이었겠지만, 그건 완벽주의 성격인 나로서는 타협하기 어려웠다.

질 좋은 모유를 먹이려면 내가 잘 먹어야 한다는 생각에 밥을 제대로 챙겨 먹는 일도 적잖은 노동이었다. 스위스식으로 간단히 빵이나 파스타로 끼니를 해결해서야 아이에게 충분한 영양소가 골고루 갈까 싶기도 했다. 나 대신 한식을 요리해 줄 사람도 없고 손쉽게 반찬을 사 먹을 곳은커녕 한국 식재료를 구하기도 힘든 스위스에서 아기를 돌보며 끼니마다 손수 한식을 차려 먹는 건 정말 고집스러운 행동이었다.

내 주변의 스위스 엄마들은 젖의 양에 따라 2개월에서 4개월 정도 모유 수유를 한다. 법정 육아 휴직이 16주에 불과해서 다시 일을 하러 나가려면 대부분 4개월 안에 단유를 하는 게 실용적이다. 나도 육아 휴직 4개월을 쓴 뒤 직장에 40% 파트타임 정규직으로 업무 시간을 줄여서 복귀했는데, 휴식 시간을 틈타 유축기로 젖을 짰고 재택근무를 할 땐 쉬는 시간마다 아기에게 젖을 물렸다.

처음엔 아기가 도무지 젖병을 물려고 하지 않아 애가 탔다. 직장 복귀 시기에 맞춰 한국에서 친정엄마가 오셔서 3개월간 아기를 봐 주셨는데, 유축한 모유를 젖병 안에 담아줘도 레나는 입으로 퉤 밀어내기만 할 뿐 도무지 먹질 않았다. 엄마 젖꼭지로 직접 먹는 모유에 익숙하던 레나는 실리콘 젖꼭지의 이물감이 싫었던 모양이다.

회사는 가야 하는데 아기가 젖병을 거부하니 그렇게 애가 탈 수가 없었다. '자식 내 맘대로 안 된다'는 말을 처음으로 실감한 순간이다. 그나마 회사 사무실로 출근하는 건 일주일에 한 번뿐이었지만 그 하루라도 아기가 먹지 않고 나만 기다린다니, 상상할 수 없는 일이었다. 이유식을 시작하기 전이라 아기가 먹을 수 있는 건 오로지 내 몸에서 나오는 젖뿐이었다. 회사가 차로 20분 거리에 있었는데, 아침 수유 직후 출근하고, 점심시간에 집에 와서 수유하고, 다시 회사에 갔다가, 늦지 않게 퇴근하여, 또 저녁 수유를 했다.

훗날 친한 친구가 된 페트라는 이런 내 얘길 뒤늦게 듣고서 말했다. "널 진작에 알았더라면 모유 수유한다고 버티는 너를 어떻게든 뜯어말렸을 거야. 아기에게 제일 중요한 건 모유가 아니라 행복한 엄마라고." 모유 양이 적었던 페트라는 두 딸에게 각각 2개월씩 모유를 먹였고, 모유 수유 기간이 비교적 짧았던 것에 대한 죄책감이나 아쉬움은 전혀 느끼지 않는다.

모유 수유를 비롯한 육아는 물론 요리, 청소 등 집안일까지도 완벽하게 해내려고 하니 그 스트레스가 내 몸에 여실히 드러났다. 아기를 낳고 첫 1년간 유선염뿐 아니라 원인을 알 수 없는 만성 두드러기, 손목 염증, 만성 피로 등으로 수시로 병원을 드나들어야 했다. 한국에서 살 땐 그땐 아직 젊어서 그랬는지 모르겠지만 아파서 병원에 간 적이 손에 꼽을 정도로 드물었는데, 정작 병원비 무섭기로 소문난 스위스에서 온갖 병치레를 다 했다. 나중에는 폭탄 같은 병원비 영수증이 나와도 그저 될 대로 되라는 심정이었다. 아기는 정말 예쁘고 사랑스러웠지만 내 몸은 피폐했다. 지금도 레나의 아기 때 사진을 보면 참 귀엽지만 그 당시 나의 힘들었던 기억까지 트라우마처럼 함께 떠오른다.

스위스 공영방송 SRF에서 가족의 번아웃Burnout 을 다룬 다큐멘터리를 방영했다.[16] 번아웃은 주로 일 때문에 발생하는 것으로 알려져 있는데, 부모 역할에서도 충분히 번아웃이 올 수 있다는 내용이었다. 사실 부모들은

---

16. 「SRF Puls」, 「Burnout wegen der Familie – Stress und Überforderung statt Familienglück」, 2022. 11. 14., SRF.

수면 부족, 스트레스, 일과 가정의 양립에 따른 부담에 시달리면서 피로 회복을 위한 시간적 여유는 없어 번아웃이 오기 쉽다. 하지만 이에 대한 사회적 담론이나 정책은 거의 없다.

이 방송에서는 부모의 번아웃에 대해 연구한 벨기에 루뱅 Louvain 대학교 심리학 교수 모이라 미콜라쟈크 Moïra Mikolajczak 를 인터뷰했다. 보통 자녀 수가 많을수록, 또는 이혼 가정일수록 부모의 번아웃 가능성이 높으리라 추측하지만 연구 결과 이는 완전히 틀렸음이 밝혀졌다. 미콜라쟈크 교수는 부모 번아웃의 원인으로 부모의 완벽주의 이 부분에서 화들짝 놀랐다, 육아를 위한 주변의 도움 부재, 부모가 아이를 단호하게 훈육하는 데 어려움을 겪는 경우를 들었다.

방송에서는 부모 번아웃의 해결책으로, 부모가 모든 것을 완벽하게 할 수 없다는 사실을 인정하고 스스로 우선순위를 정하라고 했다. 이를테면 아이와 놀아주는 데 더 많은 시간을 들이는 대신 청소 시간을 줄이는 식이다. 또 조부모, 이웃, 친구 등 주변 지인들에게 도움을 적극적으로 요청하는 것도 아주 중요하다. 현대 사회의 핵가족 시스템에서는 부모들이 육아의 부담을 홀로 지게 되면서 번아웃 경향이 높아지기 때문에 힘들면 힘들다고 주위에 말하고 꼭 도움을 요청해야 한다는 것이다.

독일어 단어 중에 운콤플리치어트 unkompliziert 라는 형용사가 있다. 직역

하면 '복잡하지 않은'이라는 뜻이다. 스위스에서는 이 말을 까다롭지 않고 유연한 성격에 대한 칭찬의 의미로도 쓴다.

나는 레나가 어릴 때 길바닥에 실수로 떨어뜨린 과자는 주워 먹지 못하도록 했는데, 언젠가부터 깨닫게 되었다. 스위스의 모든 어린이들은 길바닥에 떨어뜨린 과자를 당연하게 주워 먹으며 스위스 엄마들은 그런 것에 아랑곳하지 않는다는 걸. 오히려 여기 엄마들은 과자에 흙이 좀 묻어 있으면 면역력에 좋다며 대수롭지 않게 여긴다. 운콤플리치어트 하나.

내 아이가 콧물을 흘리면 콧물이 채 다 나오기도 전에 깔끔하게 닦아주곤 했는데, 스위스의 유아들은 시도 때도 없이 코를 흘리고 다니며 엄마들도 그걸 졸졸 따라다니며 닦아 주느라 에너지를 쏟지 않는다. 운콤플리치어트 둘.

한번은 스위스인 친구와 캐주얼한 식당에 갔다. 음식이 나오자 아직 돌도 안 된 그녀의 아들은 식욕이 왕성해서 빨리 '맘마'를 달라며 흥분했다. 보통 이 연령의 아이에겐 어른이 시킨 음식의 일부를 앞접시에 덜어 주는 것이 일반적이다. 그런데 그녀는 파스타를 손으로 집더니 앞접시도 없이 아이 앞에 그대로 놓아주었고, 아이는 그걸 자기 손으로 잘도 먹었다. 빵을 접시 없이 식탁 위에 올려주는 경우는 스위스에서 많이 봤지만 소스가 묻어 있는 파스타 면을 아무렇지 않게, 그것도 집도 아닌 식당의 식탁 위에 올려놓는 것은 처음 목격했다. 엄마와 아이는 모두 즐거워 보였다. 예전의 나 같았으면 식당 식탁 위의 보이지 않는 온갖 세균들을 걱정했을 텐데 심지어 코로나 시국이었다, 이제는 그녀의 모습이 그저 시원시원하게 육아를 해내는 까다롭지 않은 엄마로 보여 닮고 싶을 지경이었다. 운콤플리치어트 셋.

스위스 사람들은 평일에는 주로 점심에 따뜻한 음식을 먹고 저녁에는 빵으로 간단히 식사를 한다. 그래서 저녁 식사 시간을 '빵 Brot'과 '저녁 Abend'을 합성한 '브로트아벤트Brotabend'라고 부른다. 빵에 버터와 잼, 꿀 등을 바르고 치즈, 햄, 각종 채소와 과일을 곁들여서 간단하게 차려 먹는 식사다. 그런데 한국인인 내 눈에는 '빵 쪼가리로 때우는' 이 식사로 성장기 아이가 필요한 영양소를 골고루 얻을 수 있을지 의문이 들었다. 실은 한국 엄마로서 아이에게 고작 빵으로 끼니를 준다는 은근한 죄책감이 더 컸던 것 같다. 레나도 빵보다는 따뜻한 밥을 좋아해서 나는 저녁에도 인덕션 앞에서 냄새 풍기며 요리를 하느라 바빴고 매일 새로운 메뉴를 고민했다.

동네 놀이터에서 함께 놀던 아이들의 엄마들은 저녁 시간이 다가오면 슬슬 저녁에 먹을 빵을 사야 한다며 빵집으로 향했다. 그런데 저녁마다 빵을 먹는 집 아이들은 영양소에 대한 내 우려와 달리 키가 쑥쑥 잘 크기만 했다. 사실 키를 좌우하는 것은 유전자가 절대적이고, 키가 작아도 건강하면 그만이다. 이제는 나도 일주일에 하루는 죄책감에서 벗어나 편하게 빵으로 저녁을 차린다.

아이에게 수돗물을 먹이는 것도 나에겐 도전이었다. 스위스는 물이 깨끗하고 수돗물의 품질 관리가 엄격해서 전 국토에서 수돗물을 마셔도 된다고 스위스 식품안전수의약청 BLV 이 권장하고 있다. 탄산이 첨가된 물을 선호하거나 미네랄을 보충하려는 목적으로 생수를 사서 마시는 사람들도 있지만 굳이 정수기를 설치한 집은 한 번도 본 적이 없다.

아이가 있는 가정에서는 외출을 할 때 항상 물병을 들고 다니고 외부에서 물이 떨어지면 근처에서 아무 수도꼭지나 찾아 물을 받아 마신다. 외출 시 가장 찾기 쉬운 수도꼭지는 단연 화장실 수도꼭지다. 화장실 수도꼭지에서 물을 채워 아이들에게 주는 부모들을 자주 보았다. 정수기 물이나 생수가 아닌 수돗물을 받아 마시는 것도 왠지 찝찝한데, 더군다나 비위가 약한 나는 화장실 세면대에서 받아온 물이라는 사실을 알고도 마실 자신이 없었다. 원효대사 해골물이 떠올랐다. 그래도 언젠가는 나도 아무렇지 않은 듯 화장실 수돗물을 마실 수 있다면 좋겠다. 부모가 까다롭지 않게 화장실 수돗물을 떠와서 마시는 모습을 보여 주면 아이도 자연적으로 까다롭지 않게 자라게 될 테니까.

내가 '운콤플리치어트'를 떠올리며 아이에 대한 불필요한 통제를 내려놓게 된 일화가 있다. 사실 나는 레나를 예쁜 공주보다는 털털한 하이디나 공대 누나처럼 키우고 싶었기에 일부러 중성적인 색깔에 어른들이 보기에 세련된 디자인의 옷들 위주로 마련해 놨었다. 장난감도 성에 대한 고정관념을 주입하기 쉬운 바비 인형이나 화장놀이 같은 것은 피했고, 포클레인이나 자동차 같은 남자아이들이 선호하는 장난감도 적절히 사다 주었다.

그런데 소위 여성스러운 것에 대한 선호는 후천적인 게 아니라 정말 선천적으로 유전자에 박혀 있는 것인지 레나는 세 살 무렵부터 핑크색과 공주에 대한 취향을 적극적으로 드러내기 시작했다. 그동안 사다 놓은 민트색, 하늘색 옷과 신발, 가방 등은 단호하게 거부하고 핑크색이나 공주 디자인의 옷만 입으려고 했다. 더구나 핑크와 공주의 조합은 그 자체로 너무나 촌스러웠기에 레나가 그렇게 입고 외출을 하면 그 부끄러움은 고스란히 엄마의 몫이 되었다.

미리 장만해 놓았던 중성적인 옷들을 아이가 입지 않으니 아까운 마음도 컸다. 그래서 한동안은 이것저것 입혀 보려고 시도했으나 그럴수록 나도 지치고 아이도 힘들었다. '과연 누구를 위한 코디인가.' 어느 순간 '그래, 위험한 것도 아닌데, 레나의 취향을 존중하자. 불필요한 통제를 내려놓자.'는 결심을 하게 되었다. 아이 스스로 입을 옷을 고르니, 내가 도와주지 않아도 신이 나서 옷을 스스로 잘도 입었다. 내려놓기로 결정하니 나도 편하고 레나도 즐거웠다.

이윽고 어느 따뜻한 봄날 레나와 식당의 야외 테이블에 앉아 점심을 먹고 있었다. 봄날 유럽의 야외 테이블에서는 겨우내 부족했던 햇볕을 쬐는 것은 물론 지나가는 사람들을 관찰하는 재미가 있다. 그때, 어느 할머니가 노란 티셔츠에 노란 바지를 입고 노란 양말과 노란 샌들을 신은 채 노란 장바구니를 들고 지나갔다. '저 할머니는 노란색을 진심으로 사랑하는 사람일까, 아니면 다른 사연이 있는 걸까.' 문득 옆에 앉은 레나를 돌아보았다. 내 딸은 핑크색 티셔츠에 핑크색 레깅스를 입고 핑크색 운동화를 신고 있었다. 아! 다양성을 존중하자.

완벽주의 버리기 연습, 예민하게 굴지 않기 연습을 해 온 나는 이제 수돗물을 아무렇지 않게 마시고 아이에게도 컵에 수돗물을 따라주는 덜 까다로운 엄마가 되었다. 단, 부엌의 수돗물만이다. 공중화장실의 수돗물을 마시려면 아직은 마음의 수련을 더 거쳐야 할 것 같다.

나는 이 딱딱한 단어 '운콤플리치어트'를 잠언처럼 되새기고 또 되새기며 적어도 육아에서만큼은 완벽주의를 버리기 위해 애를 쓰고 있다. 내가 완벽한 엄마가 되려고 할수록 내 스트레스는 높아지고 아이에 대한 통제 욕구는 더 커질 것이다. 아이는 엄마의 예민한 태도를 그대로 모방하며 까다로워질 테고 독립심은 키워지지 않을 테지. 그래서 이제는 아이와 공중화장실에 같이 들어갈 때 변기 위에 휴지를 깔지 않기로 다짐했다. 쉽지 않은 결정이었지만 아이에게 오염 강박을 물려주고 싶지 않았다. 운콤플리치어트 넷!

자연이 알려준 삶을 사랑하는 법

"아이들은 하루에 최소 한 번은 밖에 나가 놀아야 합니다."

스위스 부모들이 무슨 종교처럼 숭배하는 말이다. 이 말에 이의를 다는 사람은 거의 이단 취급을 당한다고나 할까. 비가 와도, 눈이 와도, 얼어붙을 것만 같아도 이 나라 아이들은 밖에 나가 논다. 궂은 날씨를 핑계로 밖에 나가지 않으면 사람들은 하나같이 이 속담을 말한다. "나쁜 날씨란 없습니다. 나쁜 옷차림이 있을 뿐이에요 Es gibt kein schlechtes Wetter, nur schlechte Kleidung." 비가 내리면 방수 의류로 무장하고, 추우면 따뜻하게 껴입으면 된다는 소리다. 아이가 감기에 걸렸으니 밖에 안 나가는 게 낫겠다고 하면 또 사람들은 하나같이 이렇게 입을 모은다. "신선한 공기를 쐬는 것은 좋습니다 Frische Luft tut gut."

이 절대적인 금언은 신생아에게도 해당된다. 출산 후 병원에서 사나흘 정도 지내고 집으로 온 직후부터 산모들은 신생아를 유모차에 태우고 매일 산책을 나간다. 우리는 여느 스위스 가족들보다는 조금 늦게 출산 열흘째 되는 날에 처음으로 레나를 유모차에 태우고 산책을 나갔다. 나는 유선염으로 시름시름 앓고 있던 터라 산책이고 뭐고 간에 부족한 잠이나 자고 싶었다. 하지만 마찬가지로 '바깥에서 놀기' 종교의 맹신도인 남편의 강력한 권유로 산책에 나섰다. 회음부 절개 봉합 부분이 아직 아물지 않아 엉

거주춤한 자세로 천천히 걸어야 했다.

1월 초였지만 햇빛이 쨍하고 하늘은 파랬다. 밖에 자의로 나온 것은 아니었으나 막상 상쾌한 겨울 공기를 맡으니 기분이 좋아졌다. 지난 열흘간 내가 아기와 함께 동굴 속에 갇혀 있었구나. '신선한 공기를 쐬는 것은 좋다'는 관용구는 아기뿐 아니라 산모에게도, 아니 모두에게 적용되는 말이었다. 맑은 공기를 쐬며 몸을 움직이니 기분 전환도 되고 지친 몸에 조금 활력이 생기는 것 같았다. 그 상쾌한 경험 이후, 나도 다른 스위스 엄마들처럼 하루에 최소 한 번은 아기를 유모차에 태우고 산책을 나갔다. 신생아들은 유모차에서 대부분 잠만 자지만, 신선한 공기를 쐬면 면역력이 좋아지고 밤에도 더 잘 잔다는 것이 스위스 사람들의 믿음이다.

아기를 데리고 겨울 산책을 하는 게 일상이다 보니 유럽에는 유아용 방한, 방수 제품이 발달했다. 유모차 부속품으로는 따뜻한 양털로 만든 슬리핑백이나 시트가 필수다. 아기들은 걸음마를 시작하기도 전부터 겨울이면 방한, 방수가 모두 되는 스키복을 일상적으로 입고 다닌다.

레나가 걸음마를 시작한 이후로는 유모차 산책보다는 자연스럽게 동네 놀이터에서 야외 활동을 했다. 집에서만 있는 것보다 바깥에서 놀아야 레나가 저녁에 조금이라도 일찍, 그리고 깊이 잠을 잔다는 걸 경험으로 깨닫고 나니 밖에 안 나갈 수가 없었다. 점심을 먹고 침머슈툰데를 마치면 오후 간식과 물통을 챙겨서 놀이터로 가는 것이 매일의 루틴이 되었다. 그러다 보니 레나는 놀이터에서 자주 보는 아이들과 친구가 되었고 나 역시 동네 엄마, 아빠, 할머니, 할아버지들까지 두루 알게 되었다.

그런데 나는 사실 아웃도어 활동보다는 실내 생활에 익숙한, 뼛속까지 서울 사람. 비가 오거나 추운 날에는 솔직히 집 밖으로 나가기가 싫다. 한국에선 비 오는 날 집에서 빈둥거리며 책을 읽는 게 낙이었는데, 눈 펑펑 오는 겨울날에는 보일러를 온돌 기능으로 세게 틀어 놓고 방바닥에서 몸을 지져야 맞는데 스위스에 그런 빵빵한 바닥 난방은 아쉽지만 없다, 나더러 아이랑 밖에 나가서 썰매를 타라고? 무엇보다 기능성 의류를 아이에게 몇 겹씩 입혀서 외출하는 것 자체가 번거로웠다. 귀찮고 또 귀찮았다.

확실히 스위스 사람들은 어릴 때부터 늘 집 밖에서 활동하며 자라왔기에 그것이 번거롭거나 귀찮다고 생각하지 않는 것 같다. 알프스의 험난한 산악 지형에서도 자연에 순응하며 살아온 민족이라 그런가. 이 나라 사람들은 비가 오면 비가 오는 대로 우비를 입고 자전거를 탄다. 그래서 주말에 날씨가 궂을 때면 나는 집에 있고 남편이 레나를 데리고 밖으로 나간다.

한번은 비가 쏟아지는 날이었는데 레나가 자전거를 타고 싶다고 했다. 나는 전형적인 한국인 엄마답게 타일렀다. "레나야, 밖을 봐봐. 지금 비가 오잖아. 비가 오는데 어떻게 자전거를 타니?" 그런데 남편은 누가 스위스인 아니랄까봐 "비가 내려도 자전거를 탈 수 있지!" 하고 받아쳤다. 그렇게 남편은 레나에게 방수 바지와 우비를 입히고 고무장화를 신겨 데리고 나갔다. 창밖을 보니 레나는 신나는 얼굴로 빗속에서 아빠와 함께 자전거를 타고 있었다. 이런 스위스 사람들, 부전녀전이구나.

레나가 유치원에 들어가고부터 매일 아침 등원을 준비할 때마다 나는 필수로 스마트폰 날씨 앱을 통해 오늘의 날씨를 확인한다. 유치원에서는 매일 최소 30분을 놀이터에서 보내기 때문이다. 물론 비가 오건 눈이 오건 상관없으며, 아이들은 날씨에 맞춰 자연스럽게 노는 방법을 터득하게 된다. 그래서 오늘 비가 올 것 같으면 방수 바지와 우비, 고무장화를 꼭 입혀 보내고, 눈이 올 것 같으면 스키복을 입혀 보낸다. 그러니 공주 같은 드레스에 구두를 신고선 유치원에 갈 수가 없다. 실제로 유치원 입학 설명 자료에 '등원 시 가급적 원피스 같은 옷은 입히지 말고, 더러워져도 괜찮은 옷만 입혀 보내라'고 쓰여 있었다. 외할머니가 레나에게 선물해준 공주 드레스는 안타깝게도 옷장 안에 걸려만 있다.

이렇게 야외 활동이 가능한 데는 다 이유가 있다. 공기가 깨끗하고, 비는 맨머리로 맞고 다녀도 될 만큼 오염되지 않았기 때문이다. 어린이들이 뛰어놀 수 있는 놀이터가 도처에 널려 있고 도심에서도 유모차를 끌고 다닐 수 있는 공원과 호숫가 산책로가 잘 조성된 덕도 크다. 스위스는 코로나19로 사회적 거리두기가 시행되었을 때도 어린이들에게 마트나 식당

같은 실내 시설 방문을 자제시켰을지언정 야외 활동은 평소와 다름없이 지속했다.

한국에서는 미세먼지와 황사, 오염된 비 때문에 어쩔 수 없이 아이들을 실내에서 놀게 하는 형편이다. 한국에서 아이를 키웠다면 나 역시 많이 고민했을 것이다. 날씨를 상세하게 알려주는 스마트폰 앱을 사용해 매일 공기오염도를 체크해서 그리 심하지 않은 날에는 가급적 아이를 데리고 밖으로 나가는 방법이 최선일 것이다. 실내 키즈카페의 플라스틱 놀이기구들 사이에서 뛰어노는 것과 야외에서 바깥 공기를 마시고 햇빛을 쬐며 뛰어노는 것은 엄연히 다르기 때문이다.

스위스 아이들은 눈이 오건 비가 오건 따뜻한 방수 의류로 무장하고 밖에 나가 뛰어논다.

폭설이 온 날에는 아이를 썰매에 태우고 장을 보러 갔다.

+ + +

　'스위스' 하면 내 또래의 한국 엄마들은 아마도 어린 시절 만화영화로 접했던 〈알프스 소녀 하이디〉를 떠올릴 것이다. 스위스 작가 요한나 슈피리가 1880년 발표한 원작 소설 『하이디 Heidi 』를 1974년 일본의 다카하타 이사오 감독이 애니메이션으로 만들면서 세계적으로 유명해졌다. 나 역시 어린 시절 이 만화영화를 보며 아름다운 자연이 펼쳐진 스위스라는 나라에 막연한 동경을 느꼈다. 하이디는 부모를 여의고 산속에 사는 괴팍한 할아버지에게 맡겨졌는데 불우한 상황에서도 알프스의 아름다운 초원에서 천진난만하게 뛰어놀며 밝게 자란다. 짧은 머리와 맨발은 들판에서 자유롭게 뛰노는 하이디의 트레이드마크가 되었다.

스위스 아이들은 정말로 하이디처럼 뛰어논다. 여자아이들도 톰보이 스타일로 헝클어진 머리와 맨발, 흙이 묻은 옷차림으로 뛰어노는 게 일상이다. 대부분의 놀이터 바닥은 흙과 잔디, 나무 칩 등 자연 재질로 되어있고 놀이기구들은 플라스틱이 아닌 단단한 나무로 만들어졌으며 모래놀이 공간도 꼭 있다. 우레탄 바닥재와 플라스틱 놀이기구로 만들어진 한국의 아파트 놀이터보다 훨씬 자연에 가깝다.

그래서 스위스 아이들의 옷과 신발은 금방 더러워진다. 야외에서 하도 뛰어놀다 보니 청바지 무릎이 찢어져서 무릎 부분에 천을 덧대서 기워 입고 다니는 아이들이 흔하고, 마트에서는 아예 찢어진 바지 무릎에 덧댈 예쁜 캐릭터 모양 천조각을 판다. 아이들이 '유난스럽게' 노는 게 아니라, 그렇게 뛰어놀도록 부모들이 '놔둔다'고 하는 게 맞는 말일 듯싶다. 세상의 모든 아이들은 본능적으로 신나게 뛰어놀 만반의 준비가 이미 되어 있으니까.

아이가 그렇게 자유롭게 뛰어놀도록 '놔두는' 건 사실 나처럼 깔끔떠는 엄마 입장에서 쉬운 일은 아니었다. 예전에는 아이한테 옷 더러워진다고 주의 주고, 맨발로 걸어 다니다 혹시나 유리 조각 같은 것에 찔리기라도 할까 봐 꼭 신발을 신기고…. 동네 놀이터에서는 우리 아이만 차가운 도시 아이 같았다. 잔머리가 한 올이라도 내려오지 않게 깔끔하게 묶어 똑딱핀까지 꽂은 머리, 티끌 하나 묻지 않은 깨끗한 옷과 신발….

옷이 더러워지든 말든 아이들이 맨발로 바닥에 뒹굴며 놀아도 잔소리는커녕 함께 깔깔대며 웃고 있는 다른 엄마들을 보니 깨달음이 왔다. 가만 보니 이건 나 편해지자고 아이를 자유롭게 놀지 못하게 하는 것이었다. 우리 애가 영국 왕실의 공주도 아닌데 말이다. 옷이야 애초에 더러워져도 될 옷을 입혀서 나가고, 더러워지면 빨면 되는 게 아닌가. 놀이터 바닥에는 잔디와 흙이 깔려 있으니 맨발로 다니다 다칠 위험은 적었다. 집에 들어가 자마자 더러워진 발을 닦아주면 끝나는 거였다. '그래, 내가 조금 더 수고롭더라도 아이를 제약 없이 뛰어놀게 하자!'

대부분의 스위스 놀이터 바닥은 흙, 잔디, 나무 칩 등 자연 재질로 되어 있고,
놀이기구들은 플라스틱 대신 나무로 만들어졌다.

스위스의 놀이터에는 꼭 모래놀이 공간이 있다. 아이들은 맨발로 옷이 지저분해질 때까지 신나게 놀고, 부모들도 아이들을 그렇게 마음껏 뛰놀게 놔둔다.

스위스 어린이들의 야외 활동을 대표적으로 보여주는 것이 바로 '숲속 놀이 그룹'이다. 독일어로 발드슈필그룹페 Waldspielgruppe 라고 하며 대개 3세 어린이들이 유치원에 입학하기 전 1, 2년간 다니는 사설 놀이 기관을 가리킨다. 10명 안팎의 어린이들이 교사 및 보조 교사와 함께 일주일에 한 번, 2시간 반 정도 숲속에서 놀며 다양한 활동을 한다. 부모의 역할은 아이에게 날씨에 맞는 옷을 입힌 뒤 데려다 주고 데리고 오는 일뿐이다. 레나는 두 살 반부터 유치원 입학 전까지 2년간 우리 동네의 발드슈필그룹페에 다녔다. 서울 촌놈인 내가 아이에게 채워 주지 못하는 리얼 야생 버라

이어티를 외주로 준 것이다.

레나의 숲속 놀이 그룹 선생님 헬레나는 20년 가까이 아이들과 함께 숲을 누빈 베테랑이었다. 숲속 놀이 그룹이 모이는 장소는 그녀가 태어나고 자란 농장이었다. 숲속 놀이 그룹은 항상 농장의 닭, 돼지, 소들에게 먹이를 주는 활동으로 시작한다. 송아지나 새끼 고양이가 태어나면 이들에게 우유를 먹이는 것은 아이들의 몫이다. 물론 농장의 동물들은 아이들의 체험을 위해 상업적으로 세팅된 것이 아니라 순수 농업을 목적으로 사육하는 동물들이다. 인위적으로 동물들을 가둬 놓은 동물원에 가지 않아도 아이들은 동물들을 보살피고 동물들과 친해지는 법을 배운다.

숲속 놀이 그룹 역시 날씨와 상관없이 열린다. 폭우나 폭설 등 안전상의 이유로 숲속 활동이 어려울 것 같으면 농장에 머무르며 그림 그리기, 만들기 등 다양한 활동을 하고, 대부분의 경우에는 가축들에게 먹이를 준 뒤 농장에서 300미터쯤 떨어진 숲으로 천천히 걸어간다. 아이들은 숲속에서 솔방울과 나뭇잎, 나뭇가지 등을 재료 삼아 소꿉놀이며 모래놀이를 하고 간식도 먹는다.

숲속 놀이 그룹 시절에 레나는 봄이면 들판에서 들꽃을 꺾어다 꽃다발을 만들어 나에게 선물했고, 가을에는 꽈리와 솔방울을 철사로 엮어 가을 분위기가 물씬 나는 근사한 장식품을 만들어 왔다. 사과 수확 철에는 농장에서 딴 사과를 직접 주스로 짜서 마셨고 눈이 쌓이면 숲 근처 언덕에서 엉덩이가 시리도록 썰매를 탔다. 날씨가 추우면 숲속에 있는 작은 통나무 집으로 들어가 백설공주와 일곱 난쟁이들이 앉았을 법한 작은 의자에 옹기종기 앉아 헬레나 선생님이 읽어주는 책 이야기에 귀를 기울였다. 헬레나는 이따금 장작으로 불을 피운 뒤 그릴에 소시지를 구워 아이들에게 나눠주었는데 레나는 이것을 정말 좋아했다.

2년간 매주 숲에서 계절의 변화와 자연을 온몸으로 느꼈던 레나는 점차 씩씩하고 용감한 아이로 성장해 갔다. 맘껏 옷을 더럽히며 놀 줄도 알게 되었고 궂은 날씨쯤에는 개의치 않으며 땅바닥에 떨어져 흙이 묻은 과자도 대수롭지 않게 주워 먹는 '까다롭지 않은' 아이가 되어 갔다. 추운 겨울날 숲속에서 헬레나 선생님이 끓여준 따뜻한 수프의 맛을 레나는 훗날 '고향의 맛'으로 추억하게 될 것이다.

+ + +

스위스 아기들은 등산용 캐리어에 업혀 등산을 시작한다. 알프스의 나라답게 등산은 스위스의 '국민 스포츠'다.

산책로에 자리한 식당의 야외 놀이터. 산책을 마치고 어른들은 야외 좌석에 앉아 음료수를 마시며 햇빛을 쬐고 아이들은 놀이터에서 뛰어논다.

스위스는 알프스의 나라답게 전국에 등산로와 산책로가 거미줄처럼 잘 조성되어 있다. 어딜 가나 요소요소에 등산로 및 산책로를 알려주는 표지판이 있어 길을 잃을 염려가 없다. 험준한 알프스 고봉을 오르는 등산로뿐 아니라 유모차를 끌고 걸을 수 있는 평탄한 산책로도 널려 있기 때문에 걷기는 명실공히 스위스의 국민 스포츠다. 부모들은 배낭 형태로 된 등산용 아기 캐리어에 아기를 짊어지고 등산을 하고, 아기들은 걸음마를 떼자마자 산책과 하이킹에 익숙해진다.

가족이 함께 걷기 수월한 등산로나 산책로에는 꼭 서민적인 식당이나 카페가 있다. 여름에는 주로 야외에 좌석을 마련해 놓는데, 이런 야외 공간에는 어김없이 놀이터가 있다. 그래서 아이들은 조금 지루할 수도 있는 하이킹을 하고 나서 보상처럼 짠, 하고 나타나는 놀이터에 신이 난다. 아이들이 놀이터에서 뛰어노는 동안 부모도 시원한 맥주나 스위스 특산물인 사과 음료를 마시며 목을 축인다. 한국의 키즈카페와 비슷하지만 야외 놀이터라는 점, 그리고 비싼 입장료 없이 야외에서 음료수를 마시며 쉬는 서민적인 식당이라는 점이 다르다. 역시 바깥에서 뛰어노는 것을 중요하게 생각하는 스위스인들의 '니즈'를 충족시키는 포인트인 셈이다.

한번은 한국에서 대학 선배 가족이 일주일간 놀러 왔다. 초등학교 2학년, 4학년인 두 아들은 처음엔 스위스를 여행하는 동안 태블릿으로 게임을 할 수 없다는 사실에 실망했다. 그러나 우리집에서 지내는 동안 레나와 함께 매일같이 밖에 나가 들판과 공원에서 뛰어놀더니 더 활력 넘치고, 더 많이 웃는 모습을 보였다. 선배네 가족은 스위스 여행을 마치고 한국으로 돌아간 뒤 가족끼리 야외 활동을 전보다 훨씬 많이 하게 된 것이 큰 변화라고 전해 주었다.

자연 속에서 마음껏 뛰놀고 실컷 웃는 아이들은 만족감을 갖고 삶을 사랑하게 된다. 그런 환경을 제공하는 것은 부모가 해줄 수 있는 큰 선물일 것이다.

남다른 체력의 비결

스위스 사람들은 놀더라도 대개는 가족과 함께 논다. 부모가 힘들어도 어쩔 수 없이 아이와 '놀아 주는' 것이 아니라 부모도 아이와 함께 놀며 즐긴다는 개념이다. 온 가족이 함께 즐길 수 있는 스포츠나 여가 활동이 보편화되어 있기 때문이다. 그 점을 알아차린 것은 나의 육아에 등장한 획기적인 터닝포인트였다.

나는 원체 아이 눈높이에 맞게 놀아 주는 것을 잘 못한다. 책을 읽어 주거나 함께 미술관, 박물관에 가는 등 나의 관심사에도 해당하는 건 잘 해주지만, 역할놀이라든지 놀이터에서 몸으로 놀아 주는 것은 도무지 쉽지가 않다. 아이랑 놀아 주다가도 집안일 거리가 눈에 띄면 나도 모르게 자리에서 일어나 집안일을 하고 있으니 그럴수록 아이는 불만이다.

스위스 부모들이 아이들과 놀러갈 계획을 말해줄 때면 부모들부터 신이 나 있다는 것을 알 수 있다. 그들도 자기들이 놀 생각에 설레는 것이다. 스위스에서는 국민들의 생활체육이 매우 발달해 있다. 한국도 이제는 경제적으로 웬만큼 성장했지만 선진국과 비교해 삶의 질에서 결정적으로 떨어지는 점은 여가 시간과 더불어 생활 체육의 기회다.

세계에서 최단기간에 눈부신 경제 발전을 이룬 나라, 세계적으로 인정받는 정보기술IT 산업과 문화 산업, 높은 교육 수준을 지닌 한국에서 온 내가 스위스 사람들 앞에서 자존심이 좀 상할 때가 있는데, 바로 내가 스포츠 무능자임을 고백해야 할 때다. 나는 한국에서 등산을 자주 했고 헬스클럽도 열심히 다녔으니 운동과 아예 담쌓은 사람은 아니지만, 한국에서는 꼭 배울 필요가 없었던 운동 종목들이 스위스에선 생활의 필수이기 때문이다.

스위스의 '국민 스포츠'는 누가 뭐래도 스위스에 산이 많으니 등산, 호수가 많으니 수영, 눈이 많으니 스키, 자전거 길이 많으니 자전거다. 등산이야 걸을 수만 있으면 누구나 할 수 있는 거고 나 역시 등산을 좋아하기 때문에 통과. 그런데 대중교통이 발달한 서울에서 나고 자란 나로서는 굳이 자전거를 탈 필요성을 느껴본 적이 없고, 수영은 배워본 적도 없고, 스키는 대학 때 1학점짜리 교양 과목으로 스키캠프에 가서 타본 게 전부인지라 스위스에 오자마자 순식간에 스포츠 문외한이 되어버렸다.

특히 자전거를 못 타는 것은 스위스 생활에 큰 불편함을 초래했다. 도시가 아닌 이상 웬만한 마을에서는 서울처럼 대중교통 배차 간격이 짧지 않기 때문에 자동차나 자전거가 필수다. 나는 운전은 잘하지만 집에 차가 한 대뿐이라 남편이 차를 타고 출근하면 뚜벅이가 되는데, 이럴 때 자전거를 잘 타는 능력은 매우 쓸모가 있다.

스위스는 유럽의 다른 나라들처럼 자전거 전용도로가 많고 찻길에도 자전거 차선이 표시되어 있으며 어딜 가나 자전거 주차장이 있는 등 자전거 친화적인 나라라서 자전거를 탈 이유는 충분하다. 스위스의 부모들은 아이가 걸음마를 떼기도 전부터 아이를 자전거 트레일러에 태우고 들판과 호수로 소풍을 가는 것은 물론 장을 보러 가거나 어린이집에 데려다준다. 학생과 직장인에게도 자전거는 유용한 통근 수단이다. 라파엘은 날씨 좋은 여름철에는 차 대신 전기자전거를 타고 편도 20킬로미터 거리의 직장으로 출퇴근한다.

취리히 중앙역의 자전거 주차장.

유원지에도 자전거를 타고 오는 가족들이 많다.

라파엘의 꿈은 우리 가족이 함께 자전거 투어를 하는 것이었다. 그는 크게 내색하진 않았지만 은근히 나도 자전거를 함께 탔으면 하는 바람을 내비쳤다. 라파엘이 여느 스위스 아빠들처럼 자전거 트레일러에 레나를 태우고 소풍을 갈 때마다 나는 자전거를 못 탄다는 핑계로 혼자 집에 있었다. 나 역시 스위스 엄마들이 아이들을 자전거 트레일러에 태우고 동에 번쩍 서에 번쩍 다니는 모습을 볼 때마다 왠지 체력적으로 무능한 엄마가 된 것 같아 배울 필요를 느꼈다. 자전거뿐 아니라 다양한 스포츠에 능한, 강한 체력의 엄마들이 멋있어 보이기도 했다.

결국 스위스살이 5년 만에, 아니 내 생애 처음으로 내 자전거를 장만하게 되었다. 운동 신경이 아예 없진 않아서 몇 번 연습을 해보니 어찌저찌 탈 수 있게 되었다. 겁이 많은 나는 혹시라도 사고가 날까 무서워서 찻길에서 타지는 않고 자전거 전용도로나 들길에서만 타는 수준이다. 그래도 이제는 세 식구가 함께 주말에 자전거를 타고 근처로 소풍을 갈 수 있는 정도에 도달했다. 혼자서 자전거를 타고 집에서 4킬로미터 떨어진 마트에서 장을 봐올 수도 있게 되었다. 자전거 바구니에 채소와 과일을 가득 싣고 바람을 맞으며 달리니 스스로가 꽤 멋지게 느껴졌다. 이게 바로 자유부인이구나!

스위스에서의 삶에서 자전거가 얼마나 필수냐면 초등학교에서 의무적으로 자전거를 교육할 정도다. 학생들은 단순히 자전거를 체육적으로 잘 타는 것은 물론이고 안전을 위해 교통규칙까지 제대로 익혀 시험을 통과해야 한다. 이곳에서 자전거란 단순히 여가 선용의 차원을 넘어 자동차처럼 삶에 필수이기 때문이다.

아기 때부터 부모가 일상적으로 자전거 타는 걸 보고 자라는 아이들은 당연히 유아 때부터 자전거에 관심을 보이며, 부모 역시 아이들에게 자전거를 적극적으로 가르쳐 준다. 스위스 아이들은 보통 두 돌쯤부터 페달 없이 두 발로 바닥을 밀면서 균형 감각을 익히는 유아용 자전거Laufrad를 타는데 이것에 익숙해지면 금방 다음 단계로 넘어갈 수 있다. 그리하여 이르면 대개 3세, 늦어도 5세가 되면 보조 바퀴 없는 두발자전거를 능수능란하게 타게 된다. 레나도 그렇게 두 살 때부터 페달 없는 자전거를 타기 시작하여 4세 생일이 지나자마자 두발자전거를 쌩쌩 잘 타게 되었다.

페달 없이 두 발로 바닥을 밀면서 균형감각을 익히는 유아용 자전거.

2부 둘에서 셋으로

날씨 좋은 주말이면 자전거 투어를 하는 가족들을 흔히 볼 수 있다. 우리 가족도 그중 하나다.

2부 둘에서 셋으로

날씨 좋은 주말이면 자전거를 타고 소풍을 다니는 가족들을 흔하게 본다. 아이가 아직 스스로 자전거를 타기 전이면 자전거 트레일러에 태우고, 아이가 자전거를 곧잘 타면 자기 자전거를 타고서. 아이가 피곤해서 더 이상 페달 밟길 거부하는 상황도 있기 때문에 성인 자전거 뒤에 어린이 자전거의 앞바퀴를 연결하기도 한다. 아이가 힘을 들이지 않고도 부모와 함께 자전거를 탈 수 있는 장치 덕분이다. 햇살 가득한 날 자전거를 타고 놀러 다니며 아이는 물론이고 부모도 함께 그 시간을 즐길 수 있다.

+++

자전거와 더불어 스위스에서 중요한 건 수영이다. 크고 작은 호수가 지천인 스위스의 지리적 특성상 운동 목적은 물론이고 물에서 발생할 수 있는 안전사고에 대비해 더더욱 수영을 중요하게 여긴다. 수영도 마찬가지로 초등학교 필수 과목이다. 또 어딜 가나 일정 규모 이상의 도시에는 반드시 공립 실내 수영장과 야외 수영장이 있다. 굳이 장거리 운전을 해서 비싼 입장료를 내고 워터파크에 갈 필요 없이, 누구나 자전거로 닿을 수 있는 가까운 거리에, 저렴한 요금으로 이용 가능한 수영 시설이 마련되어 있는 것이다.

스위스 사람들에게 내가 수영을 못 한다는 사실을 고백해야 할 때마다 조금 부끄럽다. 학창 시절에 학교에서 체육의 일부로 수영을 배웠더라면 실기 시험을 잘 보기 위해서라도 어떻게든 연습해서 수영을 할 수 있게 되지 않았을까. 나 때는 수영이 학교 과목도 아니었고 집 주변에 실내 수영장도 없어서 수영이란 걸 배울 기회조차 없었는데, 스위스에 오니 순식간에 수영 못하는 소수자가 됐다.

한번은 큰맘 먹고 수영 초급 코스에 등록한 적이 있다. 나를 포함한 8명의 수강생은 아니나 다를까 모두 외국인이었다. 스위스인들은 이미 어릴 때부터 수영을 해왔으니 수영 초급 코스에 올 이유가 없다. 물에 떠서 개구리헤엄이라도 쳐보는 것이 내 목표였는데, 학기가 끝날 때까지 결국 물에 뜨지 못했다. 나보다 덩치가 훨씬 큰 사람들도 물 위에서 평화롭게 잘만 떠 있는데 왜 나는 물에 뜨지 못할까. 마흔이 다 되어가는 나이에 수영을 배우는 것은 정녕 불가능한 일일까, 시무룩했다.

호수가 지천인 이곳에서 해가 긴 여름에는 퇴근 후에는 물론 점심시간에도 자전거에 간단하게 수건 한 장 싣고 호수에 가서 수영을 하는 사람들이 많다. 남녀노소, 날씬한 사람, 뚱뚱한 사람 모두 공평하게 호수에서 머리만 내놓고 잔잔하게 수영을 하며 여름을 만끽한다. 서울 사람인 내 눈에는 무척이나 낭만적으로 보이는 일상이다.

여름이면 스위스 사람들은 호수에서 수영하며 한낮의 열기를 식힌다.
이들에게 수영이란 생존을 위한 기술일 뿐 아니라 일상을 즐기는 데도 꼭 필요하다.

평일 오후 연못가에서 일광욕을 즐기는 사람들.

　　　　　　　　2부 둘에서 셋으로

스위스 아이들은 이르면 생후 3개월부터 부모와 함께하는 아기 수영 코스에 참여해 물과 친해지고, 4세가 되면 체계적으로 짜인 수영 코스에 참여한다. 레나 역시 아기 수영을 거쳐 지금은 일주일에 한 번, 45분씩 어린이 수영 코스를 수강한다. 아이들이 수영 수업을 하는 동안 다른 엄마들은 깊은 물에 들어가 수영을 즐기며 아이들을 기다리는데, 벤치 지킴이인 나는 늘 수영장 한편의 벤치에 앉아서 아이들이 어떻게 수영을 배우는지 지켜본다.

✦ ✦ ✦

스위스의 학교에는 겨울에 이른바 '스포츠 방학'이라 불리는 스키 방학이 일주일 있다. 가족과 함께 스키를 타러 가라고 공식적으로 방학을 내주는 것이다. 방학이 아니더라도 초등학교 고학년이 되면 학교 차원에서 교사와 학생들이 다 같이 스키캠프를 가므로 스키를 탈 줄 아는 것은 이곳에서 어느 정도 교양에 해당한다. 스위스가 산악 지형인 데다 겨울철이면 고산지대에 눈이 많이 내리는지라 스키 타기에 이상적인 나라인 만큼 스키장도 곳곳에 널려 있다. 스위스 아이들이 걸음마를 떼자마자 스키를 배운다는 말은 과장이 아니다. 발과 키가 큰 편이면 세 살 때부터 스키를 시작한다. 레나는 여느 스위스 아이들과 마찬가지로 세 살에 처음 스키를 접했고, 네 살 때부터는 매년 스포츠 방학 때마다 스키학교에 간다.

어린이들이 스키 수업을 받는 사이 부모들은 리프트를 타고 올라가 스키를 즐긴다. 아이들이 어느 정도 스키를 타게 되면 그때부턴 온 가족이 함께 스키를 즐기니, 육아가 아니라 정말 부모와 아이가 함께 노는 '공통의 취미' 수준에 도달한다.

스위스 아빠의 열성으로 레나는 세 살 때 처음으로 스키를 배웠다.

앞에서 언급한 스포츠 외에도 스위스인들은 조깅, 테니스, 체조 등 다양한 체육을 즐긴다. 지역마다 온갖 스포츠 동호회를 갖춰 놓고 있다. 애를 키워본 사람은 안다. 육아의 팔 할은 체력이라는 걸. 스위스 부모들은 굳이 시간을 내어 헬스클럽에 가지 않아도 온갖 생활 체육에 익숙하기에 체력이 강하고, 그래서 육아도 한결 가뿐하게 여기는 것이 아닐까.

레나가 유치원에 가고 나면 나는 아침마다 30분씩 동네를 산책한다. 내 옆으로 유모차를 밀면서 조깅하는 엄마들, 자전거 트레일러에 아이 두 명을 태우고 자전거를 타는 엄마들이 쌩쌩 지나간다. 이 스위스 엄마들과 나는 애초부터 체급이 다르다고 생각했다. 허리가 내 목까지 오는 엄마들, 어릴 때부터 일상적으로 자전거를 타온 덕분에 허벅지 근육이 운동선수처럼 단단한 엄마들, 10킬로그램이 훌쩍 넘는 아기를 한 팔로 옆구리에 끼고 다른 팔로는 집안일을 하는 엄마들을 보면서 그들을 따라 할 엄두조차 내지 못했다.

하루는 미루고 미루던 운동을 해야겠다는 마음에 운동화 끈을 질끈 동여매고, 갑작스런 운동에 무릎에 무리가 가지 않도록 스트레칭에 공들인 뒤 조깅에 나섰다. 해보고 너무 힘들면 안 해야지, 하는 우유부단한 생각으로, 사람들 눈에 잘 안 띄는 들판 쪽으로 조금씩 달리기 시작했다. 고작 100미터도 안 달렸을 때 내 뒤에서 달리던 자전거가 속력을 줄여 내 옆으로 오는 기척이 느껴졌다.

"오, 성미! 조깅을 시작한 거야? 정말 잘 생각했어!"동네 친구 페트라였다. 앗, 빼도 박도 못하고 들켰구나. 나는 두 손으로 얼굴을 가린 채 웃어버렸다. 그녀는 자전거를 타고 4킬로미터 떨어진 피트니스센터에 운동을 하러 가는 길이었다. "아니, 그냥 한번 해보는 거야. 계속 달릴 수 있을지는 모르겠는데, 너한테 들켜버렸으니 앞으로 안 달리면 안 되겠구나!"그렇게 규칙적으로 아침 조깅을 시작하게 되었다.

레나는 유치원에서 돌아올 때마다 가방도 내려놓지 않고 내게 묻는다. "엄마, 오늘도 조깅했어?"무슨 숙제 검사하는 것처럼. 하프 마라톤까지 출전한 라파엘은 규칙적으로 조깅을 하는데, 라파엘은 달리고 레나는 그 옆에서 자전거를 타며 부녀가 함께 운동한다. 이제 엄마도 조깅을 한다고 자랑스럽게 말할 수 있게 되었다. 레나도 활력 넘치는 엄마의 모습을 좋아한다.

내가 체력을 키우면 나뿐만 아니라 내 가족에게도 좋은 건 두말할 나위가 없다. 놀이터에서 손자 손녀들과 함께 몸으로 뛰어노는 70대 스위스 할머니들을 보면서 나도 저렇게 늙어가고 싶다는 생각이 들었다.

알면 알수록 독특한 나라, 스위스 이모저모

스위스 생활 10년 차에 접어든 지금, 어느 정도는 이 나라에 적응했다고 생각하지만 그래도 가끔 이 나라 참 독특하다고 생각할 때가 있다. 해외 토픽에서나 봤을 법한 곳에 살고 있는 느낌이랄까. 그 몇 가지 사례를 여기에 소개한다.

+ 언어

스위스의 땅덩이는 한국 면적의 40%, 인구는 880만 명에 불과하지만 공식 언어는 무려 네 가지나 된다. 국경이 독일, 오스트리아, 리히텐슈타인, 프랑스, 이탈리아에 접해 있는 만큼 독일어, 프랑스어, 이탈리아어, 그리고 스위스 그라우뷘덴 지방의 소수언어인 레토로만어가 쓰인다. 스위스 인구의 약 63%가 독일어를 사용한다.

공문서와 문어文語로는 표준 독일어를 쓰지만 일상 회화에서는 '스위스독일어'라고 하는 방언을 사용하는데, 독일인들은 알아들을 수 없을 정도로 표준 독일어와 많이 다르다. 그래서 나처럼 스위스의 독일어권에 사는 외국인들은 먼저 표준 독일어를 배워야 하고, 그 후에 스위스독일어를 또 따로 배워야 현지인처럼 사는 데 지장이 없다. 산 넘어 산이다.

+ 정치 형태

스위스는 서유럽의 한가운데에 자리한 나라지만 유럽연합EU 회원국이 아니다. EU 가입 추진이 여러 차례 국민투표에 부쳐졌지만 중립성을 선호하는 다수의 국민들이 EU 가입을 반대했기 때문이다. 대신 EU와 120여 개 양자 협정을 별도로 체결하여 밀접한 관계를 유지하고 있다. EU 회원국이 아니니 화폐는 유로가 아닌 스위스프랑CHF을 쓰며, 물가는 국경을 접하는 이웃 국가들에 비해 월등히 비싸다. 유럽 한가운데에 경제적으로 고립된 섬 나라 같다고나 할까.

이 작은 나라 스위스는 미국처럼 땅덩이가 거대한 나라에게나 어울릴 법한 연방제를 채택하고 있다. 그래서 국가의 공식 명칭도 스위스 연방Confoederatio Helvetica, 약자로 CH이다. 연방Bund 정부, 칸톤 정부, 시·게마인데기초자치단체로 국가권력이 분산되어 있다. 칸톤은 미국의 주州에 해당하는데 총 26개가 있으며 각 칸톤은 상당한 자치권을 갖고 있다. 그래서 스위스인들에게 스위스의 법이나 제도에 관해 물으면 항상 이런 대답이 돌아온다. "칸톤마다 달라요." 이 책에서 언급한 공교육 제도도 스위스 전체가 큰 틀에서는 비슷하나 세부적인 면에서는 칸톤마다 조금씩 다름을 밝혀둔다.

스위스는 직접 민주주의를 실시하는 나라로도 유명하다. 엄밀히 말하면 상·하원 양원제로 구성된 의회에서 정치가 이뤄지는 간접 민주주의와 국민이 국가 차원의 국민 투표를 비롯해 자신이 거주하는 칸톤, 시·게마인데의 다양한 안건에 직접 투표를 하는 직접 민주주의가 섞여 있다. 그만큼 투표가 잦다. 우리집에도 남편 앞으로 툭하면 두툼한 투표 용지가 날아온다. 현장 투표와 우편 투표가 가능한데 이렇게 투표가 자주 있는 나라에서 2023년 현재 아직 전자 투표는 실시되지 않고 있다. 스위스에서는 아직 많은 것들이 아날로그다.

직접 민주주의를 여실히 보여주는 것이 란츠게마인데Landsgemeinde라는 이름의 행사다. 주민 수 6000명이 채 안 되는 아펜첼 같은 작은 게마인데에서는 1년에 한 번 유권자들이 광장에 모여 여러 안건에 대해 거수로 투표하는 진풍경이 벌어진다. 전통 의상을 입고 허리에 검을 찬 채로 모여 투표하는 유권자들을 보면 갑자기 중세 시대로 돌아간 듯한 착각이 든다.

정부 조직에서는 스위스 연방 의회에서 선출된 7명의 연방각료 Bundesrat가 외교부, 재무부, 내무부 등 7개 정부 부서의 장관임기 4 년으로 활동한다. 독특한 점은 이 연방각료 7명이 매년 돌아가면서 공평하게 1년씩 대통령을 맡는다는 것. 자기 나라 대통령이 누군지도 모르는 스위스인들이 많다는 얘길 들었을 땐 혀를 끌끌 찼는데, 1년이라는 시간이 후딱 지나가는지라 정말 현재 대통령은 누군지 헷갈릴 때가 있다!

연방각료들은 한국의 장관에 해당하지만 대개 서민적으로 생활한다. 연방 정부가 위치한 베른에서는 연방각료들이 자전거를 타고 출퇴근하거나 장을 보는 모습을 가끔 볼 수 있다고 한다. 2018년 대통령 겸 내무부장관이었던 알랭 베르세가 유엔총회 참석차 미국 뉴욕 유엔본부에 갔을 때 찍힌 사진 한 장이 화제가 되었다. 정장 차림으로 유엔본부 야외 잔디밭의 연석에 엉덩이를 대고 앉아 자료를 보며 메모를 하는 모습이었다. 이 사진이 화제가 된 건 스위스가 아니라 아프리카에서였다. 특권의식과 부패로 악명 높은 아프리카 정상들과 달리 평범한 서민 같은 대통령의 모습에 신선한 충격을 받은 아프리카인들이 이 사진을 소셜네트워크서비스 SNS에 올려 금세 퍼진 것이었다.

스위스의 의원들이 원칙적으로 따로 생업을 갖고 있는 점도 독특하다. 수도 베른에 있는 연방 의회는 정기 회의를 연간 4회, 각 3주씩 여는데, 의원들은 이때만 베른에 와서 정치 활동을 하고 나머지 기간에는 자신의 거주지에서 생업에 종사한다. 정기 회의 기간에만 소정의 의원 보수를 받고 주소득은 생업으로 버는 것이다. 그래서 스위스 의회를 '민병 의회Milizparlament'라고도 부른다. 의원들의 직업은 기업인, 법조인, 농부, 의사 등 다양한데 최근 들어서는 풀타임으로 다양한 정치 활동에 종사하는 직업 정치인이 늘고 있다.

베른의 연방 의사당 건물 '분데스하우스Bundeshaus'. 토요일 오전이면 분데스하우스 바로 앞 광장에서 장터가 열린다. 이는 수백 년간 이어진 전통으로, 연방 의회가 권위를 앞세우기보다 국민들과 동등한 위치에 있음을 보여준다고 나는 생각한다.

알면 알수록 독특한 나라,
스위스 이모저모

여름이면 분데스하우스 앞 광장에는 바닥 분수가 가동되고 어린이들은 이곳에서 물놀이를 즐긴다. 26개의 바닥 분수는 스위스 연방을 구성하는 26개의 칸톤을 상징한다.

✛ 사회복지

국민들의 소득이 높다는 건 곧 노동력이 비싸다는 뜻이므로 물가도 비싸다. 스위스가 부자 나라라고 해서 북유럽 같은 복지국가를 상상하기 쉬운데 그 정도는 아니다. 스위스의 사회복지 시스템이 탄탄하게 구조화되어 있는 것은 사실이지만, 북유럽 국가들과 비교하자면 세금이나 사회 보장 보험 비용은 상대적으로 적게 내고, 그만큼 사회 복지 혜택도 적다. 또 북유럽과 비교하면 여성과 남성의 출산 휴가 기간도 짧고, 보육료도 비싸다.

스위스에서 또 하나 독특한 점. 우리집에 불이 난다면? 소방서 신고를 받고 출동한 소방대원들은 대부분 우리 동네 아저씨들일 것이다. 스위스 전역에서 약 8만 명의 소방관 가운데 1.5%만 직업 소방관이고 98.5%는 자신이 속한 시·게마인데의 자원봉사 소방관이다. 이러한 민병대 소방관은 스위스의 오랜 전통으로, 이제는 여성들도 자원봉사 소방관으로 활동할 수 있다. 소방관들은 대기 근무에 해당하는 날에는 신고를 받고 5분 내에 유니폼으로 갈아입고 출동할 수 있을 만한 거리에 머물러야 한다. 그런데 요즘에는 소방관 자원봉사자 수가 줄어 소방서 운영에 어려움이 많다고 한다. 소방관 활동을 안 하는 가정은 연 과세소득의 일정 비율_{거주지에 따라 비율이 다르다}을 소방세로 납부해야 한다.

✛ 병역

징병제를 실시하는 스위스에서 모든 스위스 남성은 병역의 의무를 갖는데, 신체검사 등의 결과 현역으로 판정되지 않더라도 좋아할 까닭이 없다. 현역 미판정자는 연소득의 3%를 병역세로 내야 하기 때문이다. 그리고 한국의 공익 근무 요원과 비슷한 민간복무 Zivildienst를 수행해야 한다.

현역 복무일수는 245일인데, 최초의 신병 교육 18주 이후에는 집으로 돌아가 학업이나 생업에 종사하다가 이후 10년에 걸쳐 3주씩 총 6회의 소집 복무를 한다. 남자친구나 회사 동료가 갑자기 '군대에 가야 한다'며 3주씩 사라지는 것은 흔한 일이다. 군대에 가 있는 기간 동안 직업 활동을 하지 못하지만 걱정할 필요는 없다. 이 기간의 직장인 및 자영업자의 소득은 상당 부분 보전되기 때문이다. 이 소득은 결국에는 국민들의 소득에서 떼는 분담금으로 부담된다.

알면 알수록 독특한 나라,
스위스 이모저모

무르텐Murten

졸로투른Solothurn

스위스 아이들의 잠, 식사, 독립심

한국의 예능 프로그램 방송을 보다가 라파엘의 눈이 휘둥그레졌다. 연예인의 집안 곳곳에 카메라를 설치해 연예인 가족의 일상을 들여다보는, 한국에서는 흔한 가족 예능이었다. 라파엘은 프라이버시의 경계를 넘어온 가족의 잠자는 모습까지 적나라하게 공개하는 방송에 놀랐지만, 거대한 가족 침대에서 더 큰 충격을 받았다. 한국에서는 부모와 아이들이 함께 자는 문화가 보편적이고 그에 맞춰 4인 가족이 넉넉하게 누울 수 있는 가족 침대까지 파는 데 반해, 스위스에서는 그 정도 침대는 구할 수도 없을뿐더러 온 가족이 같이 자는 건 아직 금기시되기 때문이다.

서구의 많은 나라처럼 스위스 어린이들도 자기 방의 자기 침대에서 혼자 자는 것이 보편적이다. 아기들은 생후 수개월 안에 젖을 뗌과 동시에 자기 방에서 혼자 잔다. 아기가 분리 수면과 통잠을 시작하면 부모는 방해받지 않고 푹 잘 수 있으며 부부관계도 편안해진다. 아이가 돌이 지났는데도 부모 침대에서 같이 자는 것은 부끄러운 것으로 간주된다. 아이가 자기 침대에서 혼자 자다가 새벽에 깨서 부모 침대로 기어들어 오는 경우는 종종 있지만 잠을 자는 곳은 원칙적으로 자기 방, 자기 침대다.

우리 가족에게는 다른 스위스인들에겐 말할 수 없는 비밀이 하나 있다. 예상했겠지만 우리 세 식구는 함께 잔다. 한국에서 흔히 보는 거대한 가족 침대가 있는 것도 아니어서 더블 침대에 껴서 다 같이 잔다. 침대를 가로로 가로질러 자는 걸 좋아하는 레나의 한쪽 다리가 내 얼굴 위로 올라오는 일은 예사다.

물론 우리 가족이 처음부터 기꺼이 다 같이 자기로 한 것은 아니었다. 스위스 문화대로 아이와 부모가 따로 자는 걸 항상 추구해 오긴 했으나 쉽지 않았다. 레나가 신생아 때는 내가 밤중 모유 수유를 편하게 하려고 안방 침대에서 레나랑 같이 잤고, 다음 날 출근을 해야 하는 라파엘은 많은 신생아의 아빠들이 그렇듯 다른 방에서 혼자 잤다. 젖을 뗀 후에도 레나는 자기 침대에서 혼자 잠들지 못하고 엄마 품에서만 자려고 했다. 아기가 잘 자는지 수시로 확인할 수 있도록 일부러 안방 바로 옆방에 레나의 침실을 꾸몄고 방문은 항상 열어놓았다. 그때만 해도 안방 침대에 함께 누워 레나를 재운 뒤 아기 침대로 옮겨주면 레나는 아침까지 혼자 잘 자는 편이었다.

레나가 돌이 지나자 우리는 아기 침대를 성인 싱글 사이즈 침대로 바꿔주었다. 나는 레나가 생후 2개월일 때부터 잠들기 전에 책을 읽어 주는 습관을 들였는데, 레나 침대가 함께 누울 수 있을 만큼 커진 후로는 레나 침대 위에 나란히 누워 책을 읽어 주었다. 레나가 책을 보다 스르르 잠이 들면 나는 안방으로 돌아와 잠을 청했다.

그런데 언제부턴가 레나는 새벽에 깰 때마다 나를 불렀다. 왜 아이들은 자다

그러면 나는 잠결에 레나 침대로 가서 레나를 다독여 준 뒤 안방으로 돌아오거나 나도 모르게 레나 침대에서 같이 잠이 드는 경우가 많았다. 그러다 보니 언제부턴가 이 침대 저 침대를 왔다 갔다 하면서 수면의 질이 저하되었고, 이럴 거면 아예 레나랑 안방 침대에서 같이 자는 게 더 편하겠다는 생각에 이르렀다.

그렇게 해서 레나는 세 살 무렵부터 우리 부부의 침대에서 같이 잠을 자게 되었다. 여기서 스위스 아빠와 한국 엄마의 동상이몽이 시작되었다. 나는 자리가 좀 좁더라도 아이랑 딱 붙어서 자는 게 포근하고 행복한데 라파엘은 아이가 영원히 우리 침대에서 같이 자게 될까 봐 불안해했다. 부부만의 공간이 없어지는 건 물론이고 아이가 독립심을 키우지 못할까 봐 걱정했다. 레나가 점점 커지면서 물리적으로 침대가 좁아지자 레나의 분리 수면을 향한 라파엘의 열망은 점점 커졌다.

아빠의 권유와 설득이 이어지고 레나도 어느 정도 독립심이 생기면서 유치원 입학 직후인 네 살 반부터 레나는 다시 자기 방의 침대에서 잠이 들기 시작했다. 물론 우리는 레나가 부모로부터 거부당한다는 느낌을 받지 않도록, 새벽에 자다가 깨면 언제든지 안방으로 와도 좋다고 말해 두었다. 레나가 어둠 속에서 무섭지 않도록 안방과 레나 방 사이에 은은한 조명을 켜 두었고 새벽에 레나가 안방 침대로 기어들어 오면 두 팔 벌려 안아주었다. 그리하여 현재 다섯 살 레나는 자기 방에서 잠이 들되, 새벽에 깨면 아빠와 엄마 사이로 와서 다시 잠이 들고 있다.

　온 가족이 한 침대에서 같이 자는 것은 한국을 비롯한 아시아와 아프리카 등에서는 보편적인 문화이며 이것이 아이의 애착과 정서 발달에 좋다고 여긴다. 반대로 서구에서는 이를 자녀의 독립심을 떨어뜨리고 부모의 사생활을 침해하는 부정적인 것으로 간주한다. 서구에서는 부모와 아이가 각자 자기 침대에서 자는 것이 일반적이지만, 최근 서구에서는 과연 부모와 같이 자고 싶어 하는 아이를 굳이 엄격하게 떼어놓는 것이 옳은지에 대한 논의가 일고 있다. 한국에서 젊은 부모들 사이에 서구식 분리 수면이 화두로 떠오르고 있는 것과는 대조적이다. 부모와 아이가 한 침대에서 같이 자는 것을 뜻하는 영어 단어 '코-슬리핑 Co-Sleeping' 또는 '베드셰어링 Bedsharing'이 이제 스위스에서도 회자되고 있으며 베드셰어링이 정말 나쁘기만 한 것은 아니라는 주장이 힘을 얻고 있다.

　사실 오랜 기간 스위스의 소아청소년과 의사들은 아기가 부모와 한 침대에서 자면 안 된다고 공식적으로 권장해 왔다. 12개월 미만의 영아가 부모와 한 침대에서 잘 경우 부모가 잠결에 자기도 모르게 아기를 누르거나 잠자리 온도가 과도하게 높아져 영아돌연사증후군 Sudden Infant Death Syndrome · SIDS 이 발생할 수도 있다는 게 그 이유였다. 그러나 연구 결과 베드셰어링과 영아돌연사증후군 사이에는 큰 관련이 없다는 것이 밝혀져 2014년부터 스위스 소아청소년과 의사들은 가족 침대에 대한 금기를 완화하기 시작했다. 단, 부모가 흡연, 음주, 약물을 하거나 질병, 과로 상태일 때는 절대로 아기와 함께 자면 안 된다는 단서를 달았다.

스위스에서 가장 존경받는 소아청소년과 의사인 라르고 박사도 저서에서 부모와 자녀는 따로 자는 것이 좋다는 서구의 관념에 의문을 제기했다. 인류의 탄생 이래로 줄곧 아기들은 엄마 곁에서 엄마와 신체를 접촉하며 잠을 잤다. 옛날에는 서구에서도 온 가족이 한방에서 자는 게 일반적이었다. 그러다 산업화 시대로 접어들어 노동과 주거 문화에 큰 변화가 생기면서 부모와 자녀가 각자 다른 방에서 잠을 자기 시작했다. 라르고 박사는 이런 관습이 겨우 150년 전부터 시작되었으며 인류의 역사에 비추어 볼 때 매우 짧은 기간이라고 말한다.

그는 '아기를 다루는 우리의 태도가 과연 안전과 보호라는 아기의 욕구에 적절한 것인지 서구 세계에서도 진지하게 검토해봐야 한다'고 썼다. 아이가 왜 혼자서 자야 하는지에 대한 설득력 있는 근거는 제시된 적이 없으며, 아이가 부모와 한 침대에서 잘 경우 아이의 심리적 발달에 부정적 영향을 미칠 것이라는 서양인들의 우려는 과학적으로 검증된 적이 없다는 게 라르고 박사의 설명이다.[17]

이 글을 쓰면서 라르고 박사의 저서를 비롯해 베드셰어링에 대한 여러

---

17. Remo H. Largo, 「Babyjahre」, Piper, 2017

자료를 찾아본 결과 부모와 아이가 한 침대에서 자는 게 나은지, 아이를 따로 재워야 하는지에 대한 정답은 없는 것으로 나는 결론을 내렸다. 이에 대한 명확한 답변은 의사도, 심리학자도, 그리고 수면 전문가도 줄 수 없으며 각 가정의 상황에 따라 부모와 아이가 모두 만족하는 쪽이 정답이다. 한 침대에서 다 같이 자도 방해받는 사람 없이 모두가 잘 잔다면 그 가족에겐 그게 맞는 방법이고, 부모와 자녀가 따로 자도 외롭지 않고 오히려 그편이 수면의 질에 좋다면 그 가족은 그 방법을 선택하면 되는 것이다.

아이가 자꾸 부모 침대에서 자려고 해서 부부관계가 점점 망가질까 봐 불안해하는 부모들에게 라르고 박사는 주옥같은 조언을 남겼다. "아마도 부모들이 시간과 장소 면에서 뭔가 색다른 것을 시도해 볼 계기가 될 것입니다."

+ + +

한국을 방문할 때마다 아무래도 다른 문화권에서 온 관찰자의 시각에서 한국 아이들을 보게 된다. 서울의 쇼핑몰에 있는 식당에서 아이와 밥을 먹을 때였다. 대기 번호를 받고 입장한 식당 안에는 손님들로 꽉 차 있었고 어린이들과 함께 온 가족 손님들도 꽤 있었다. 오랜만에 마주한 얼큰한 부대찌개에 감격한 나는 정신을 놓고 먹었고, 당시 세 살이던 레나도 부드럽고 통통한 달걀말이에 환호하며 공깃밥 한 그릇을 뚝딱 모두 다 떠먹었다.

배가 부르자 슬슬 주위를 둘러보며 나는 적잖이 놀랐다. 식당에 있던 대여섯 명의 어린이들이 참 얌전하게 앉아서 밥을 먹는구나, 하고 생각했는데, 자세히 보니 각자 밥그릇 앞에는 스마트폰이 놓여 있고, 알록달록한 색감의 어린이용 동영상이 재생되고 있었다. 아이들이 동영상에 넋을 놓은 사이에 부모들은 아이들 입으로 밥을 떠먹여 주었다. 그 후로도 가족 단위 손님들이 많은 식당을 갈 때마다 비슷한 장면을 보게 되었다. 아이를 데리고 식당에 가는 일 자체가 너무 힘들다며 배달 음식을 시켜 먹는 지인들도 자주 보았다.

나도 부모인지라 우선 부모의 입장에서 생각하게 되는데, 아이들 밥 먹이는 게 오죽 힘들면 스마트폰을 보여줄까, 하는 안타까운 마음도 들고 다른 손님들을 방해하지 않기 위한 어쩔 수 없는 궁여지책이라는 것도 이해한다. 그런데 왜 스위스의 식당에서는 한 번도 본 적 없는 풍경을 한국에서는 일상적으로 보게 되는지 의문이 가시지 않았다. 스위스 아이들이 태어날 때부터 유전자에 식사 예절을 장착하고 태어나는 건 결코 아닌데 말이다.

스위스인들이 평소 가족과 먹는 저녁은 간단한 편이지만 저녁 식사 초대를 받거나 식당에서 저녁 식사를 하면 두 시간은 기본이요, 서너 시간도 훌쩍 걸린다. 그러니 어린 아기를 둔 부모들은 다른 가족과 약속을 정할 때 되도록 긴 저녁 식사를 피하고 실용적으로 짧은 점심 식사를 함께하기도 한다. 그러다 아이가 식탁에서 어른들이 먹는 음식을 조금씩 먹을 수 있는 돌 무렵이 되면 부모들은 아이를 데리고 식당에서 저녁 코스 요리를 주문할 여유가 생긴다.

어떻게 돌쟁이 아이가 두세 시간씩 식당에 앉아 코스 요리를 먹느냐고? 나 역시 아이를 낳기 전 프랑스 아이들이 그런다는 얘길 듣고 믿을 수 없었다. 프랑스와 식사 문화가 비슷한 스위스에서도 그렇겠거니 예상은 했지만 놀랍게도 내 아이가 정말 그랬다. 내가 무슨 대단한 원칙을 가지고 아이에게 식사 예절을 훈련한 것이 아니다. 단지 아이가 스위스에서 태어나고 자랐다는 이유만으로 일어난 일이다. 그렇다면 식사 예절은 말 그대로 문화를 통해 자연스럽게 습득되는 것일 테다.

레나는 10개월 때 친증조고모할머니의 생신 기념 식사에서 세 시간을 앉아 있었고, 13개월 때 친할머니 기일 기념 식사에서도 같은 시간을 식당에서 앉아 있었다. 물론 아직 숟가락질이 서툰 시기라 음식을 손으로 집어 먹거나 작게 잘라 준 것을 받아먹었다. 레나는 코스마다 새롭게 나오는 음식들을 흥미로워했다. 나는 아이에게 전채로 나오는 수프에 빵의 말랑말랑한 속살을 뜯어 찍어 주고, 본식에 나오는 고기를 잘게 잘라 주고, 사이드 메뉴의 찐 채소들도 덜어 주었다.

레나가 19개월 때 식당에서 스스로 생선 요리를 먹는 모습.(좌)
네 살 때 식당에서 제공한 컬러링 종이에 그림을 그리며 식사를 기다리는 레나. 아이는 지루해하지 않고 어른들은 느긋하게 대화를 나눌 수 있다.(우)

웬만큼 격식이 있는 식당에서는 어린이들이 코스 중간중간에 지루하지 않도록 색칠을 할 수 있는 컬러링 종이와 색연필을 가져다준다. 아이들은 스마트폰을 보는 대신 종이에 색칠하면서 지루함을 달래는 동시에 어른들에게도 어른들만의 대화가 필요하다는 사실을 배운다. 식당 안의 모든 어린이가 스마트폰을 보고 있었다면 당연히 우리 아이도 스마트폰을 보고 싶어 했을 것이다. 그런데 식당 안의 다른 어린이들이 모두 제자리에 앉아 얌전히 식사를 하고 그림을 그리니 우리 아이도 그것을 자연스럽게 체화했다. 이 상황에서 혼자만 유아용 의자를 박차고 나와 식당 안을 뛰어다니고 소리를 지르는 것은 아이 스스로 생각해도 정말 어울리지 않는 행동일 것이다. 비록 어린아이일지라도 인간은 사회적 동물이 아닌가.

스위스 아이들이 식탁에서 엉덩이가 무겁게 앉아 있을 수 있는 건 유럽의 입식 문화에서도 기인한다. 동양에서처럼 바닥에 앉지 않고 반드시 의자에 앉아 밥을 먹기 때문에 스위스 아이들은 이유식을 먹기 시작하는 5개월쯤부터 자기만의 유아용 의자를 갖는다. 유아용 의자에는 안전 가드가 설치되어 있어 어른이 아기를 안고 위에서 아래로 발을 넣어 앉혀 주어야 하고, 아기가 스스로 걸을 수 있는 나이가 되어도 어른이 도와주어야만 의자에서 내려올 수 있다. 밥을 먹는 도중에 아이가 스스로 식탁을 벗어나는 것이 물리적으로 불가능하다는 뜻이다. 아이는 식탁에서만 음식을 먹고, 아이가 더 이상 먹지 않을 땐 어른이 아이를 의자 밑으로 내려준다. 이로써 아이들은 식사 시간이 끝났음을 알게 된다. 충분히 먹었든 적게 먹었든 일단 식탁을 벗어나면 더 이상 식사는 없다는 사실을 인지하는 것이다. 안 먹겠다는 아이 뒤를 부모가 졸졸 쫓아다니며 음식을 떠먹여 주는 일은 없다.

한국에서 많이 사용하는 아기용 범보 의자는 아기들이 움직임이 활발해지면 스스로 의자에서 탈출해 돌아다니기 쉬우므로 식사 예절을 익히기에 좋지 않은 것 같다. 아이들에게 식사란 단순히 성장을 위한 영양소를 섭취하는 행위만이 아니라 음식의 맛을 음미하고 함께 식사하는 사람들과의 사회적 상호 작용까지 아우르는 중요한 교육의 장이다. 밥상머리 교육이라는 말도 있지 않은가.

라파엘은 딸아이와 잘 놀아 주는 딸바보 아빠지만 그가 가장 엄격하고 단호할 때가 바로 식사 시간이다. 스위스의 부모들은 식탁에서 음식으로 장난치는 것을 결코 용납하지 않는다. 한국에서는 돌쟁이 아기들이 식탁에서 음식을 손으로 주무르고 놀면 '촉감 놀이를 하는구나'라며 지켜봐 주는데, 여기서는 돌쟁이 아기들에게도 단호히 설명한다. "음식은 먹는 거야. 음식으로 장난을 치면 안 돼." 이렇게 가르치는 스위스 부모들은 한결같이 눈을 부릅뜬 엄한 표정이다. 검지를 저으며 안 된다는 표시를 강조하는데, 옆에서 지켜보면 '뭘 저렇게까지 엄하게 하나' 하는 생각마저 들 정도다.

스위스 부모들은 아이가 숟가락에 호기심을 보이기 시작하면 어설프더라도 스스로 떠먹는 훈련을 시킨다. 물론 음식물이 식탁과 바닥에 떨어져 난장판이 되고 식사가 끝나면 이걸 부모가 치워야 하는 수고가 있지만 이를 감내하면 어느 순간 아이 스스로 숟가락을 들고 잘 먹는 날이 온다. 치우는 게 번거롭다는 이유로, 혹은 아직은 숟가락질을 하기엔 이른 나이라고 판단해 떠먹여 주다 보면 아이가 자기 주도적으로 식사할 기회를 놓치게 된다.

또, 아이가 텔레비전이든 태블릿이든 스마트폰이든 모니터를 보면서 식사하는 것은 스위스에선 상상할 수 없다. 레나는 '뽀로로를 보여 줘야만 밥을 먹겠다' 같은 떼를 쓴 적이 한 번도 없는데, 그건 레나가 '밥을 먹으면서 뽀로로를 볼 수도 있다'는 발상 자체를 해본 적이 없었기 때문이다. 처음부터 부모가 그 방법을 쓰지 않는다면 아이가 제 입으로 먼저 밥과 동영상을 함께 요구하진 않는다. 식사는 하루에 세 번씩이나 매일같이 하는 것이기에 좋든 싫든 습관으로 굳어지기 무척 쉽다. '세 살 버릇 여든까지 간다'는 식상한 속담은 특히 밥상머리 습관에 딱 들어맞는 주옥같은 속담이다.

내가 어렸을 때 우리집에는 하루 종일 텔레비전이 켜져 있었다. 가족이 외출해서 집에 돌아오면 가장 먼저 하는 일은 형광등을 켜고 그다음 텔레비전을 켜는 것이었다. 식사 시간에는 텔레비전 바로 앞에 밥상을 펴고 온 가족이 둘러앉아 텔레비전을 보며 밥을 먹었다. 그땐 그것이 당연한 줄 알고 자랐다. 동방예의지국이라고는 하지만 어릴 때 배운 식사 예절이라고는 어른이 먼저 숟가락을 든 뒤에 밥을 먹으라는 정도뿐이었다.

식사 예절이 엄격한 유럽에 살다 보니 어른인 나 역시 고칠 점이 많았다. 시어머니를 처음 만나 식사하는 자리에서 중간에 잠시 화장실에 갔었다. 결혼 후에야 남편이 그 얘기를 꺼냈다. "그때 좀 황당했어. 코스와 코스의 사이라면 모를까, 본식을 먹는 도중에 자리를 뜨는 것은 여기서 무례한 행동이거든." 뒤늦게 알게 된 나의 무례함에 그것도 미래의 시어머니 앞에서! 민망했지만 늦게라도 알게 되었으니 그 후로는 조심하게 되었다. 상대방이 식사를 마칠 때까지 기다려 주는 것도 예의다. 지금도 남편은 자기 밥을 다 먹었더라도 내가 식사를 다 끝낼 때까지 가만히 앉아 기다려 주는데, 성격이 급한 나는 내가 먼저 먹었으면 빨리 빈 그릇을 치우려고 자리에서 일어날 때가 많다.

레나가 한국 외할머니댁에 갔을 때 이야기다. 레나 외할머니는 오랜만에 만나는 외손녀에게 맛있는 밥을 차려 주신다고 신이 나셨다. 구운 생선이며 따끈한 국이며 레나가 좋아하는 음식을 잔뜩 차려 놓고 "레나야, 어서 먹어." 하면서도 주방에서 요리하느라 바빴다. 어릴 때부터 나는 그런 상황에 꽤 익숙하다. 엄마는 계속 부침개를 부치고 있고 오빠와 나는 먼저 먹는 풍경 말이다. 그런데 세 살짜리 레나는 식탁에서 가만히 앉아 기다리더니 '왜 안 먹느냐'고 묻는 할머니에게 말했다. "할머니도 이리 와서 같이 먹어요." 세 살짜리 손녀의 말에 할머니는 눈물을 글썽일 정도로 감동했다. 온 식구가 완전체로 식사하는 것에 익숙한 레나에게는 당연한 일이었을 텐데, 내가 들어도 아름다운 말소리였다.

한국의 많은 부모들이 아이 밥 먹이는 일이 육아에서 가장 힘들다고 말한다. 그런데 어떻게 보면 부모가 먼저 아이들을 어떻게든 '먹이려고' 전전긍긍했기에 식사가 힘들어진 것은 아닐까. 처음부터 아이 스스로 먹도록 믿고 놔둔다면 어느 순간 아이도 자기 밥은 자기가 먹는다는 단순한 원칙을 몸에 익히고 있을 것이다. 또 부모가 식탁을 온 가족의 대화가 오고가는 대화의 장이 되도록 모범을 보인다면 아이도 식사를 하나의 문화로 즐길 줄 아는 사람이 될 것이다.

　이웃집 리아가 우리집에 놀러 와 레나랑 신나게 놀다가 화장실에 가서 소변을 보았다. 그런데 예정에 없던 대변까지 갑자기 마려웠나 보다. 리아는 변기에 앉은 채로 나를 불렀다. "응가가 나오려고 해요. 화장실 문 좀 닫아 주세요." 리아에게 "응가 닦는 걸 도와줄까?" 하고 물었더니 괜찮단다. 리아는 스스로 뒤처리를 하고 변기물을 내리고 손을 씻은 뒤 뛰어나와 다시 놀기 시작했다. 물 흐르듯 자연스러운 일상의 모습이었다. 이때 리아의 나이는 놀랍게도 세 살이었다. 리아에겐 두 살 터울의 언니가 있으니 둘째라서 어깨너머로 빨리 배운 점도 있겠지만 그걸 감안하더라도 독립적이다 싶었다.

　레나가 네 살 때 숲속 놀이 그룹에 데려다주는 길에 레나의 동네 친구 노아도 함께 데리고 가게 되었다. 노아의 엄마가 코로나 백신을 맞은 다음 날 앓아누웠기 때문에 나에게 SOS를 친 것이다. 약속 시간보다 5분쯤 일찍 도착해 벨을 눌렀더니 노아는 아직 외투를 입지 않은 채였다. 한겨울이라 숲속 놀이 그룹에 가려면 기본 옷 위에 스키바지, 스키재킷, 털모자, 방수장갑, 방수부츠 등으로 무장해야 했고, 아이한테 이 옷들을 모두 입혀서 데리고 나가는 데는 시간이 걸린다.

　"노아, 레나 엄마가 데리러 왔단다. 외투를 입고 나갈 준비를 하렴." 나 같으면 누가 와서 기다리고 있으니 조급해서라도 아이한테 서둘러 옷을 입혀 보낼 것 같은데, 그 상황에서도 노아의 엄마는 네 살짜리 노아가 그 모든 옷을 스스로 다 입을 때까지 차분히 서서 지켜봤다. 시간이 얼마나 걸리든, 누가 기다리고 있든 아랑곳하지 않고 인내심 있게 자신의 육아 원칙을 일관성 있게 고수하는 이 엄마, 매정해 보이면서도 대단해 보였다. 그래서일까. 노아는 우리 동네에서도 특히 독립심이 강한 아이로 소문이 나 있다.

"너 스스로 참 잘하는구나!" 스위스에서 아이들에게 최고의 칭찬은 바로 이거다. 흥미롭게도 아이들에게 예쁘다, 귀엽다 같은 외모를 칭찬하는 것은 스위스에서 거의 들어 보지 못했다. 한국 사회가 외모에 큰 가치를 두는 곳인지라 레나는 한국에 가면 예쁘다는 말을 많이 듣는데, 스위스로 귀국하는 즉시 그런 말은 싹 사라진다. 아이가 노력한 끝에 무언가를 스스로 해냈을 때 어른들은 비로소 칭찬의 말을 건넨다.

잘하든 못하든 그건 중요치 않다. 아이가 스스로 해냈을 때 느끼는 성취감들이 쌓이면 아이가 점점 더 독립적으로 성장하는 데 밑거름이 된다. 부모는 이걸 인내심 있게 지켜봐 주기만 하면 되는데, 사실 인내심 있게 바라만 보는 것은 무척이나 어렵다는 걸 부모라면 잘 알 것이다. 나 역시 성격이 급해서 나도 모르게 이미 아이를 도와주고 있을 때가 많다.

내가 아이의 독립심 키우기에 주목하기 시작한 것은 레나가 유치원에 입학하던 4세 무렵이었다. 유치원 입학 석 달 전부터 언제 유치원에 가느냐고 하루하루 손꼽아 기다리던 레나는 고맙게도 유치원 생활에 잘 적응했다. 집에서 유치원까지는 어른 걸음으로 2분, 어린이 걸음으로 5분도 안 되는 가까운 거리이고 횡단보도를 건널 필요도 없어서, 입학 둘째 주부터 레나는 엄마 동반 없이 스스로 등하원을 시작했다. 엄마의 도움 없이 리아, 노아와 셋이 걸어서 유치원에 가는 것을 레나는 매우 뿌듯해했다. 표정에서도 자부심이 가득했다.

스위스에서 유치원 첫해에는 오전에만 수업이 있다. 레나의 유치원은 오전 8시 55분부터 11시 45분까지, 3시간이 채 안 되는 시간이다 적응 기간이 지나면 아이의 상황에 맞춰 오전 8시 5분부터 등원을 할 수 있다. 그날도 레나가 오기 전에 점심을 준비하고 있는데 예상치 못하게 비가 쏟아졌다. 비 오는 날 스위스 아이들의 필수품은 우비와 방수 바지, 고무장화다. 비가 올 줄 몰랐으니 레나는 비를 피할 어떤 것도 없이 등원한 상태였다.

순간 고민이 되었다. 레나가 데리러 오지 말라고 신신당부를 했는데 내가 우산을 들고 데리러 가면 아이가 어떻게 반응할까. 한편으론 한국인이라면 한 번쯤은 겪었을 슬픈 스토리가 떠올랐다. 갑자기 비가 쏟아지는 날 엄마들이 우산을 가져와서 교문 앞에서 아이들을 기다리는데, 아무리 기다려도 자기 엄마만 오지 않아 혼자 비를 맞으며 처량하게 집에 갔다는 슬픈 추억 말이다. 갓 공교육에 진입한 레나에게 그런 트라우마를 만들어 주고 싶지 않았다. 나는 요리를 하다 말고 앞치마를 벗었다. 현관에 놓인 아무 신발이나 급히 신고, 우산을 들고 유치원으로 뛰어갔다.

유치원에 도착하니 레나와 리아, 노아 셋이서 문밖으로 나오고 있었다. 다들 우비는 없었지만 재킷에 달린 모자까지 야무지게 쓴 채로 신난 표정이었다. 그때, 우산을 들고 서 있는 엄마를 보더니 레나가 갑자기 서럽게 울기 시작했다. 울음에 섞여 발음이 일그러졌지만 레나는 대략 이렇게 울부짖었다. "내가 엄마한테 집에 있으라고 했잖아! 엉엉. 오지 말라고 했잖아! 엉엉." 그 순간 나는 최악의 불청객이었다.

차가운 비를 맞으면 레나가 감기에 걸릴까 봐 우산을 가져왔다고 여러 차례 말했지만 그 속상함을 달랠 수는 없었다. 그제야 왠지 싸한 느낌이 들었다. 주변을 둘러보니 우산을 들고 유치원 앞에서 기다리고 있는 엄마는 오직 나뿐이었다. 별안간 과잉보호를 하는 유별난 엄마가 되었다. 집에 걸어오는 내내 빗속에서 레나는 울고불고 난리가 났고 나 역시 기분이 안 좋아졌다. 엄마 뒤만 졸졸 따라다니던 엄마 껌딱지가 이제 사회생활을 시작했다고 갑자기 나를 밀어내다니 서글퍼졌다.

이튿날 아침, 리아 엄마 페트라를 마주쳤다. 리아가 자기 엄마한테 어제 일을 이야기한 모양이다. 페트라는 지금 초등학생인 첫째 빅토리아가 유치원에 입학했을 때 비슷한 경험을 했다고 말했다. "빅토리아가 나더러 유치원에 데리러 오지 말라고 했는데 어쩌다 한번 데리러 갔었어. 빅토리아가 나를 보더니 엄청 울었지. 오지 말라고 했는데 왜 왔느냐고 말이야. 하지만 사실, 유치원에서 집까지 이렇게 가까운데 비 좀 맞으면 어때." 레나는 유치원 시간만큼은 엄마 품을 떠나 자기만의 친구들, 선생님과 사회생활을 하면서 스스로 '많이 컸다'며 자랑스러워했는데, 내가 그 독립된 영역을 침해했던 것이다.

실제로 스위스 사람들은 폭우가 쏟아지지 않는 이상 우산을 잘 들고 다니지 않는다. 우비나 생활방수 기능이 있는 재킷을 입는 정도다. 많은 유치원에서는 안전상의 이유로 어린이들이 우산을 쓰지 않고 등하원 하도록 권고하고 있다. 우비로도 충분하다는 것이다. 한국만큼 오염된 비가 아니라서 비 맞는 것을 그리 심각하지 않게 생각하는 것 같지만 그래도 나는 걱정이 되었다. 갑자기 찬비를 맞아 아이가 감기에 걸릴까 봐, 우산을 갖다주지 않아 아이가 상처를 받을까 봐 신경이 쓰였다.

'아이가 스스로 안전하게 등하원을 할 수 있는 시기가 되었을 때 군이 보호자가 동행하지 말라'는 것은 사실 유치원 입학설명회에서 부모들에게 당부된 원칙이기도 하다. 특히 부모가 차로 아이를 유치원이나 학교에 태워다 주는 것은 거의 금지에 가깝다. 등하원 길에 혼자서 혹은 친구들과 걸어가면 독립심이 길러지고, 길에서 자신들만의 추억을 쌓을 수 있다는 게 그 이유다. 또한, 유치원과 학교 앞에 불필요한 차량 통행이 늘어나면 다른 어린이들의 도보 통학에 방해가 되기 때문이기도 하다. 예기치 않게 비가 와서 친구들과 그 비를 맞으며 집에 가는 일 역시 재미있는 경험이 된다. 물론 부모 역시 매일 아이의 등하원을 도와주는 수고를 덜 수 있다.

육아를 하다 보면 이것이 아이의 독립심을 위한 것인지 아이를 방치하는 것인지, 아이의 필요를 자상하게 간파하는 것인지 과잉보호를 하는 것인지 판단하기 어려울 때가 많다. 원래 걱정이 많은 나는 아이를 낳고 엄마가 되면서 걱정이 더 많아졌는데, 불안해하지 않고 아이들이 스스로 해나가도록 믿고 놓아 주는 스위스 부모들을 보면서 많이 배우고 있다.

레나의 유치원 친구인 라우라가 처음으로 우리집에 놀러 오기로 한 날이었다. 라우라의 엄마는 라우라 혼자 걸어서 갈 테니 아이가 도착하면 확인 문자를 달라고 했다. 라우라는 갓 다섯 살이었다. 자기 집에서 700미터 정도 떨어진 우리집까지 아이 걸음으로 15분 정도를 걸어서, 그 사이에 있는 신호등 없는 횡단보도까지 잘 건너서 무사히 올 수 있을지 내가 다 걱정이 되었다. 하필 밖에는 비까지 쏟아지고 있었는데 그 조그만 아이가 비를 뚫고 올 모습을 생각하니 가엾기도 했다.

그래서 '그럼 내가 미리 밖으로 나가서 라우라가 잘 오는지 살펴보겠다'고 문자를 보냈더니 라우라 엄마에게서 이런 답문이 왔다. "그럴 필요 없어요. 레나가 어디 사는지 라우라도 잘 알고 있거든요." 이럴 수가. 독일어로 엄격하고 매정한 엄마를 까마귀엄마 _Rabenmutter_ 라고 부르는데, 라우라의 엄마가 까마귀엄마가 아닐까 하는 생각마저 들었다.

이윽고 반가운 초인종 소리가 울렸다. 우산 대신 우비와 방수 바지, 고무장화 차림으로 비에 흠뻑 젖은 라우라는 친구 집까지 혼자 왔다는 뿌듯함과 레나와 함께 놀 설렘에 활짝 웃으며 현관으로 들어왔다. 그 와중에 직접 꺾은 들꽃까지 레나에게 선물로 내미는 모습이 사랑스러웠다. 내 걱정이 무색하게도 빗속에서 밝고 씩씩하게 친구 집을 잘 찾아온 라우라가 귀엽고 대견했다. 아이들은 어른들이 생각하는 것보다 훨씬 잘할 수 있구나. 아이들이 스스로 하도록 믿고 지켜봐 주는 것도 어른들의 몫이구나.

스위스의 어린이들은 생애 처음으로 부모의 품을 떠나 사회생활이 시작되는 유치원에서 스스로 하는 법을 배운다. 유치원 1년 차 어린이4세 와 2년 차 어린이5세 를 합쳐 총 20명 가까이 되는 인원이 한 유치원에서 생활하므로 교사 한두 명이 모든 아이를 일일이 챙겨줄 수 없을뿐더러 아이들을 일거수일투족 도와주는 것은 교육의 목적에 맞지도 않다.

레나가 유치원 입학 전에 받은 준비 사항 안내문에는 아이의 독립심을 키우기 위해 집에서 부모가 신경 써 달라고 당부되어 있었다. 그 예로 제시된 것은 스스로 세수하고 양치질하기, 스스로 신발 가져다 신기, 옷도 되도록 스스로 입고 지퍼 잠그는 법을 배울 것, 유치원에 매일 가져가는 간식통을 손수 가방에 넣기, 장난감 정리하기, 이웃집에 뭘 갖다 주거나 지하실에서 뭘 가져오는 등 작은 심부름하기 등이었다. 교육 당국에서도 아이들이 집안일을 돕기를 적극적으로 장려한다. 유치원 입학 연령인 4세에게 권장하는 내용이다 식탁 치우기, 감자 껍질 벗기기, 샐러드 씻기, 간단한 빨래 널기, 수건 개기, 먼지 닦기, 간단한 장보기 돕기 등이 그 사례로 제시되어 있었다.

"엄마, 나 옷걸이 대장Garderobenchef이야.", "엄마, 나 종 치는 대장 Glögglichef이야." 레나는 매주 월요일 유치원을 마치고 집에 오자마자 현관에서 신발도 채 벗기 전에 자기가 이번 주에 유치원에서 무슨 대장을 맡았는지 나에게 자랑스럽게 말한다. 유치원 어린이들은 매주 돌아가면서 일종의 당번을 맡는데, 그 목적은 아이들이 스스로 하는 법과 여럿이 어울려 생활하는 법을 배우는 데 있다.

유치원 현관을 들어서면 외투를 벗고 신발을 실내화로 갈아 신는 곳이 나온다. 스위스에서 파는 대부분의 외투에는 뒷목 부분에 고리 끈이 달려 있기 때문에 옷걸이 없이도 벽에 달린 갈고리에 외투를 걸 수 있다. 유치원에는 각자 자기 옷을 거는 곳이 정해져 있는데, 모든 어린이가 외투를 제대로 걸었는지, 혹시 바닥에 떨어져 있는 옷은 없는지 감독하는 당번이 '옷걸이 대장'이다. 아이들은 신발을 벗고 나면 스스로 두 짝을 단정하게 집게로 집어서 자기 옷 거는 곳 밑에 놓인 신발장에 놓아야 한다. 이걸 감독하는 당번이 '집게 대장Klüpperlichef'이다. 놀이 시간이 끝나면 '종 치는 대장'이 종을 쳐서 알리고, 이 종소리를 들은 어린이들은 자기가 갖고 놀던 장난감을 스스로 정리해야 한다. 모두 장난감을 제대로 치웠는지 감독하는 당번은 '정리 대장Aufräumenchef'이다.

이런 식으로 각자 맡은 역할이 있기 때문에 유치원 활동은 일사불란하게 진행된다. 이를 통해 아이들이 질서와 규칙을 배우는 것은 물론 독립심, 자기주도성, 책임감, 자기효능감, 성취감, 자신감이 향상되는 것은 말할 것도 없다.

유치원에 입학한 지 얼마 안 되었을 때 레나가 집에 오자마자 숨도 가라앉히지 않고 말했다. "엄마, 엠마가 내 고띠야! 그래서 엠마가 나한테 여자 화장실이 어딘지 알려줬어. 체육관으로 갈 때는 엠마랑 손을 잡고 줄을 서서 가야 해."

유치원에 갓 들어간 1년 차 어린이들은 유치원 생활에 익숙해지는 데 시간과 도움이 필요하다. 이 때문에 교사들은 신입 유치원생들을 1년 선배들, 즉 유치원 2년 차 어린이들과 일 대 일로 매치하여 괴띠Götti, 대부 나 고띠Gotti, 대모 를 정해준다. 선배 어린이들은 어엿하게 후배들을 도와주며 책임감과 자기효능감을 발달시키고, 후배 어린이들은 선배들로부터 자상한 도움을 받으며 낯선 유치원 생활에 적응해간다. 교사가 일일이 개입하기보다 아이들끼리 서로 도와가며 생활하기 위한 지혜로운 제도다. 레나는 유치원 2년차에 접어들면 자신이 누군가의 고띠가 되어 어엿한 언니 노릇을 할 생각에 벌써부터 설레고 있다.

유치원 입구에는 어린이들이 스스로 외투와 가방을 걸고 신발을 집게로 집어 정리하는 곳이 있다.

미국 실리콘밸리에서 가장 성공한 여성 3인방으로 수전 워치츠키 전 유튜브 최고경영자CEO, 재닛 워치츠키 UC 샌프란시스코 의대 교수, 그리고 유전자 분석 기업 23andMe의 설립자인 앤 워치츠키가 꼽힌다. 이들은 남성 위주의 이공계에서 성공한 여성들이라는 점을 인정받아 2023년 세계 여성의 날을 기념해 바비 인형으로 제작되기도 했다. 이름에서 눈치챘

겠지만 이 여성들은 자매이며 모두 하버드, UCLA, 스탠퍼드, UC버클리, 예일 등 명문대에서 공부했다.

이쯤 되면 세 자매보다도 그들의 부모가 과연 누구인지 몹시 궁금해지지 않는가! 이 알파걸들을 키워낸 아버지 스탠리 워치츠키는 스탠퍼드대 물리학과 명예교수다. 어머니 에스더 워치츠키는 고등학교에서 저널리즘과 영어를 가르치는 교사로 36년간 일했고, 80대인 지금도 교육 운동가와 저널리스트로 왕성한 활동을 하고 있다. 에스더는 UC버클리에서 영문학 및 정치학 학사, 저널리즘 석사를 받은 데 이어 프랑스 파리 소르본대에서 프랑스어 및 프랑스사 석사, 새너제이주립대에서 교육공학 석사를 받은 지식인이다.

에스더는 『성공한 사람들을 키우는 방법How to raise successful people』에서 '자녀들이 스스로 할 수 있는 것은 해주지 말라'며 독립심을 키워주기를 강조했다. "자녀들에게 기회를 줘라. 시간이 더 걸리고, 매우 좌절스럽고, 티셔츠를 거꾸로 입거나 신발을 다른 쪽으로 잘못 신을 수도 있을 것이다. 내 딸들이 완전히 미친 아이들처럼 하고 집 밖으로 나가도 그냥 놔둔 적이 얼마나 많은지 모른다. 하지만 나는 아이들이 자기 용무를 스스로 해냈다는 성취감을 느끼게 해주고 싶었다. 이것은 독립심을 키우는 데 매우 중요하다."[18]

---

18. Esther Wojcicki, 『How to raise successful people』, Marinerbooks, 2019. (한국어판 제목은 『용감한 육아』 (2019, 반비)이다)

일주일에 단 하루, 모두가 만족스러운 황혼 육아

"엄마, 옆집에 알레시오가 있어. 오늘이 월요일인가 봐."

딸아이가 두 살이었을 때, 아직 요일 개념을 모르던 시기였지만 월요일만 되면 꼭 그렇게 말하곤 했다. 우리집과 정원을 나란히 한 이웃집에는 위르겐 할아버지와 엘리자베트 할머니가 사시는데, 며느리가 일하는 월요일마다 손자 알레시오를 데려와 돌보셨다. 햇살이 가득한 여름에는 레나가 정원에서 맨발로 뛰어놀다가 역시 옆집 정원에서 맨발로 놀고 있는 알레시오에게 다가가 함께 놀곤 했다. 이제 학교에 다니는 알레시오는 더 이상 월요일마다 할머니 집에 오지 않지만, 그 규칙성이 어찌나 철저했던지 레나는 지금도 정원에서 알레시오를 마주치면 내게 묻곤 한다. "오늘이 월요일이야?"

스위스에도 조부모가 아이들을 돌봐 주는 '황혼 육아'가 있다. 그런데 한국에서처럼 맞벌이하는 자녀 부부를 위해 월요일부터 금요일까지, 때로는 주말까지도 매일 손주들을 돌보고 집안일에 밥까지 도맡아 해주는 '독박 황혼 육아'의 형태는 눈을 씻고 찾아도 찾아볼 수 없다. 마치 스위스 연방 헌법에 '조부모는 손주를 일주일에 최대 하루까지만 돌봐 줄 수 있다'는 조항이 있기라도 한 것처럼 주위의 많은 가족이 자녀들을 일주일에 단 하루만 조부모에게 맡긴다.

사실 이는 앞에서 언급한 것처럼 파트타임 정규직이 흔한 사회이기 때문에 가능한 현상이다. 엄마가 일주일에 하루만 일하면 외가나 친가 중 가능한 곳에 아이를 맡기고, 엄마가 일주일에 이틀 일하면 공평하게 하루는 외가에, 또 하루는 친가에 아이를 맡기는 식이다.

내 경우 임신 기간에 파트타임 정규직으로 80%를 일하다가 출산 휴가가 끝나고 육아를 위해 근무량을 40%로 줄였다. 그 당시 매주 월요일은 남편이 아이를 돌보고, 수요일에는 시댁에 아이를 맡겼다. 할아버지는 첫 손주인 레나와 함께 보내는 수요일을 기꺼이 즐겼다. 레나는 아기 때부터 일주일에 한 번씩 정기적으로 할아버지를 만났기 때문에 할아버지에게 쉽게 정을 붙일 수 있었다. 시아버지의 파트너인 실비아 아주머니는 레나에게 곧 친할머니나 다름없게 되었다.

처음엔 할아버지가 어린 아기를 잘 돌볼 수 있을지 잠시 신경이 쓰였지만 그건 기우였다. 삼둥이를 포함해 도합 아들 넷을 키운 시아버지는 실전 육아의 고수였다. 사실 스위스에서도 우리의 부모님 세대에서는 아빠들의 육아 참여가 지금처럼 당연하진 않았다고 한다. 아빠가 돈을 벌어오고 엄마가 아이들을 돌보는 전통적인 가정이 많았다. 시부모님은 첫째 아들을 낳고 2년 뒤 둘째를 낳았는데 예상치 않게 삼둥이가 태어나는 바람에 아들이 넷이 되었다. 삼둥이 중 한 명이 내 남편 라파엘이다. 그 상황에서 시아버지는 삼둥이의 기저귀를 갈고 우유를 먹이고 재우는 끝없는 육아의 루틴을 시어머니와 함께 해 나갈 수밖에 없었다. 이렇게 검증된 육아 고수에게 아이를 맡길 수 있어 행운이었다.

레나는 육아 고수인 할아버지와 함께 노는 걸 참 좋아한다.

프랑스의 철학자이자 소설가인 파스칼 브뤼크네르는 지혜롭게 나이 들기 위한 성찰을 담은 저서 『아직 오지 않은 날들을 위하여』에서 '노년은 베이비시터 역할을 하거나 그리운 추억을 하나하나 곱씹으라고 있는 게 아니다.'라고 썼다. "자식들은 늙은 부모가 자기 볼일 보느라 손주를 봐주기로 한 날 안 된다고 거절하거나 유치원에 늦게 데리러 가면 난리를 피운다. 할아버지 할머니가 24시간 서비스라도 되는 줄 아나. 그 세대도 별거, 재혼, 사생활, 여행 등으로 분주하기 일쑤요, 요즘은 그 나이에도 대학을 다닌다!"[19]

프랑스와 이웃 나라인 스위스에서도 조부모들은 그의 말에 대체로 동의할 것이다. 그래서 매일 손주를 돌보는 것은 사양하지만 일주일에 하루 정도 손주들을 봐주는 건 무리 없이 즐길 수 있다고 본다. 그렇기에 이 시간만큼은 조부모도 아이들과 몸으로 부대끼며 흠뻑 놀아 준다. 아이들끼리만 놀게 하고 조부모는 아이들이 안전하게 노는지 감독하는 수준을 넘는 모습을 자주 본다. 놀이터에서 아이들 그네를 밀어주는 정도는 기본이고, 숨바꼭질도 같이 하고 자전거도 같이 탄다. 날씨가 안 좋아 밖에 못 나갈 때는 실내에서 함께 보드게임을 하거나 책을 읽어 주며 시간을 보낸다. 레나도 가끔 할아버지네 집에 간다고 하면 할아버지가 엄마보다 잘 놀아주는 것을 알기에 부쩍 신이 난다.

나의 외할아버지와 친할아버지는 내가 태어나기도 전에 이미 돌아가셨고 외할머니, 친할머니와 함께 놀아본 기억은 전혀 없기에, 조부모들과 신나게 뛰어노는 스위스 아이들을 보면 부러운 마음도 든다. 할머니, 할아버지로부터 사랑받은 기억과 더불어 이들과 함께 땀이 나도록 뛰어논 유년 시절의 기억은 평생을 살아가는 동안 얼마나 따뜻한 힘이 될 것인가.

19. 파스칼 브뤼크네르, 『아직 오지 않은 날들을 위하여』, 인플루엔셜, 2021.

알파벳 선행 학습보다 중요한 것들

레나의 유치원 입학을 앞두고 학부모를 대상으로 한 입학 설명회에 참석했다. 우리 마을의 초등학교 교장 <small>초등학교 교장이 유치원도 총괄한다</small>이 유치원 생활에 대한 프레젠테이션을 하면서 이렇게 말했다. "되도록이면 아이에게 일찍부터 독일어 알파벳을 가르치지 마세요. 아이가 벌써 글자에 관심이 생겨서 굳이 물어보는 경우에는 간단히 대답해주는 정도로만 하시면 됩니다."

그때 100명이 넘는 학부모들 중에 한 아빠가 손을 들더니 어리둥절한 표정으로 질문을 던졌다. "아니, 아이한테 왜 글자를 가르치면 안 됩니까?" 외모와 발음으로 보아 그는 외국인이 분명했다. 교장은 이렇게 대답했다.

"독일어 알파벳은 초등학교에서 가르칠 테니 걱정 마세요. 유치원생에게 일찌감치 글자를 가르칠 이유가 없습니다. 오히려 유치원생은 글자를 배울 시간에 더 노는 게 중요합니다. 본인 스스로 배우고 싶은 의지나 발달 상황을 고려하지 않고 억지로 글자를 배울 경우 공부에 대한 흥미를 잃게 됩니다. 아이가 스스로 글자에 관심이 있다 하더라도 너무 일찍 글자를 깨치면 초등학교 1학년 수업시간에 다른 아이들이 알파벳을 배우는 동안 지루함을 느끼고, 이 역시 공부에 대한 흥미를 잃게 할 수 있습니다."

초등학교 입학 전에 한글 떼기가 그 무엇보다 중요한 미션인 한국과 비교하면 놀랄 일이다. 스위스의 유치원에서는 의도적으로 독일어 알파벳을 비롯한 읽기, 쓰기, 수학은 가르치지 않는다. 유치원생들은 오로지 놀고, 놀고, 또 논다. 유치원생에게 아직 글자를 가르칠 필요가 없다는 건 칸톤 교육청이 배포한 학부모용 지침서에도 명시되어 있다. 소위 책상머리에서 배우는 공부는 초등학교 1학년부터 시작된다.

대부분의 어린이가 생애 첫 사회생활을 시작하는 유치원에서는 '놀면서 배운다Spielen ist Lernen'는 대원칙 아래 놀면서 규칙 준수, 독립심, 지구력, 문제 해결 능력, 창의성, 사회성 등을 키우는 데 중점을 둔다. 독일어, 수학, 과학 등은 직접적인 학습 대신 초등학교에서 배울 기반을 다지는 정도다. 이를테면 유치원에서는 당장 숫자로 덧셈 뺄셈을 가르치는 것이 아니라 아이들에게 야외에서 모래놀이를 시킨다. 모래놀이를 하면서 통에 모래를 채우고 쏟고 다양한 형태를 만드는 과정을 통해 아이들은 공간감, 부피, 무게 등 수학의 기본 개념을 스스로 깨치게 된다.

한국 특유의 '빨리빨리' 문화와 경쟁적인 사회는 조기 교육과 선행 학습을 낳았다. 사실 남들보다 먼저 배워서 경쟁에서 이기려는 목적으로 선행 학습을 하는 건데, 대부분의 아이가 각자의 능력에 상관없이 다 같이 머리를 쥐어뜯으며 선행 학습을 하고 있으니 과연 누구를 위한 경쟁인가 싶다. 선행 학습이 소용없다는 건 일찍이 라르고 박사도 분명히 언급했다. "각

아동의 재능의 잠재력은 제한적이다. 아이가 배울 수 있는 한계에 도달했다면, 그 이상의 압박은 학습을 성장시키는 게 아니라 오히려 그 반대다. 배우고자 하는 의지가 줄어들 뿐이다."[20]

나는 1990년대에 학창시절을 보냈으니 선행 학습 세대는 아니지만, 신문 기자로 일하면서 '빨리빨리'와 '경쟁'의 극단을 경험했다. 신문 기자는 타지보다 고작 하루 먼저 단독 보도를 하기 위해 무리한 경쟁을 일삼으며, 속보가 터졌을 땐 분초를 다투며 취재를 해서 기사 마감을 해야 한다.

그렇게 몸과 마음이 피폐한 채로 스위스에 왔다. 이곳에선 모든 시스템이 답답할 정도로 느릿느릿 돌아가고 있었다. 내가 충격을 받은 건 모든 일이 그렇게 한국인의 관점에선 느려 터지게 이뤄지는 데도 사회가 아주 잘 돌아간다는 사실이었다. 그동안 빨리 안 하면 큰일 나는 줄 알고 살아왔는데! 스위스에서는 어느 분야에서건 사람들이 여유 있게 '천천히', 그러면서 '확실하게' 일을 하고 있었다. '빠르게 대충'의 반대다. 이곳에선 서두르지 않아도 된다는 사실에 나는 위안을 받았다. 소들이 한가롭게 풀을 뜯고 있는 넓은 들판을 따라 걸을 때면 대자연이 나에게 이렇게 위로해 주는 것만 같았다. '천천히 해도 괜찮아.'

천천히 확실하게 하는 스위스 사회의 신중함은 교육에서 그 진가를 발

---

20. Remo H. Largo, 「Kinderjahre」, Piper, 2021.

휘한다. 공교육이라는 게 모든 아이들을 같은 연령이라는 이유로 규격화된 틀 안으로 몰아넣는 어쩔 수 없는 한계를 지니고 있지만, 그 안에서도 되도록 학생들 개인의 발달 속도와 능력을 고려하는 배려가 느껴진다. 교육청의 학부모용 지침서에도 이렇게 쓰여 있다. '모든 아이들은 각자 자기만의 속도로 발달합니다. 그러니 다른 아이들과 비교하지 마시고 아이 스스로의 성장에 주목해주세요. 당신의 아이는 유일한 존재랍니다!'

소들이 한가롭게 풀을 뜯고 있는 스위스의 전형적인 풍경. 들판을 따라 산책할 때면 대자연이 내게 '천천히 해도 괜찮다'고 위로해주는 것만 같다.

+ + +

내 이마 한가운데에는 꿰맨 상처가 하나 있다. 어릴 적 우리집에는 세 발자전거가 한 대뿐이었는데 이걸 두 살 터울의 오빠와 나눠서 타야 했다. 동네에서 오빠가 세발자전거를 타고 놀고 있었는데, 당시 네 살이던 나도 자전거를 타고 싶다고 졸랐지만 내 차례는 금방 오지 않았다. 자전거를 타고 저 앞으로 쌩쌩 가 버리는 오빠를 잡는다며 있는 힘을 다해 쫓아 달리다가 그만 돌부리에 걸려 넘어지고 말았다. 내 넓은 이마 한가운데를 길바닥의 돌에 찍으면서 넘어졌고 이마에서는 피가 철철 흘렀다. 이때 병원에 가서 꿰맨 자국이 아직도 선명하게 남아있다.

잊고 살았던 이 일화가 떠오른 건 내가 살고 있는 동네의 아이들이 형제자매들과 자전거를 타며 노는 걸 보았을 때다. 나는 스위스의 평범한 중산층 가정들이 거주하는 마을에 살고 있는데, 우리 동네 아이들은 형제자매와 자전거를 나눠 타지 않는다. 모든 아이에겐 자기 자전거가 한 대씩 있다. 자전거뿐만이 아니다. 아이 한 명당 킥보드 한 대, 플라스틱 눈썰매 한 대도 필수품처럼 있어서 형제자매끼리 서로 타겠다고 싸울 일이 없다.

매년 생일과 크리스마스, 부활절에 아이들은 부모와 양가 조부모들로부터 넘치는 선물을 받는다. 방학 때마다 유럽 여기저기로 휴가를 가고, 겨울이면 상당한 비용이 드는 스키도 당연하게 탄다. 태어날 때부터 집에 자기만의 방과 침대가 있고, 출생한 병원에서 집으로 오는 순간부터 자가용을 탄다. 뭐가 먹고 싶다고 말만 하면 부모가 즉시 대령해 준다.

세계 최상위권의 국민 소득을 자랑하고 중산층이 두터운 스위스의 아이들은 물질적으로 부족함 없이 자란다. 한국 아이들도 상황은 비슷할 것이다. 한국도 경제적으로 풍족해진 데다 자녀 수가 적어지면서 아이들은 집에서 귀한 대접을 받는다. 그리하여 요즘 아이들은 결핍이란 걸 모른 채 자라기 쉽다. 자전거와 킥보드가 두 당 한 대씩 있는 게 당연한 줄로 알고, 비싼 카페에서도 마시고 싶은 음료수를 말만 하면 당연히 부모가 사다 줄 거라 믿는다.

어떻게 하면 아이에게 결핍을 가르칠 것인가가 언제부턴가 나의 고민이 되었다. 물론 갖고 싶은 것 못 갖고, 하고 싶은 것 못 하고, 먹고 싶은 것 못 먹는 서러움을 자식에게 물려주고 싶은 부모는 없을 것이다. 다만 자신이 이미 가진 것에 감사할 줄 알고, 돈이 얼마나 귀한지 알고, 원하는 모든 것을 노력 없이 쉽게 얻을 수는 없다는 걸 아이가 알도록 가르치고 싶다. 이는 풍요의 시대에 모든 부모의 숙제가 되었다. 밥상에서 반찬 투정을 하는 아이에게 지구 반대편 아프리카 같은 곳에는, 아니 심지어 같은 나라 안에서도 돈이 없어 굶는 아이들이 있다는 걸 잔소리하지 않고도 어떻게 자연스럽게 이해시킬 수 있을까.

두 딸의 엄마 페트라와 이런 고민을 나눈 적이 있다. 페트라는 아이들에게 되도록 물질적 선물보다는 함께 경험을 나누는 선물을 한다고 했다. "집에 장난감은 이미 차고 넘치니, 애들이 새로운 장난감을 선물 받아도 그 만족감이 며칠 가지도 않더라고. 그래서 아이들 생일이나 크리스마스를 앞두면 미리 양가 어른들에게 말해 두곤 해. 손주들한테 물건이 아니라 무언가를 함께하는 시간을 선물해 달라고 말이야."

그렇게 해서 페트라의 아이들은 '외할머니와 단둘이서 기차 타고 동물원 가기', '삼촌과 축구경기 보러 가기', '아빠와 어린이 뮤지컬 관람하기' 같은 선물을 받았다. 물론 이런 나들이에도 입장권, 외식 비용 등 돈이 드는 건 마찬가지지만 아이들은 당장 소유할 수 있는 물건으로 욕구를 채우기보다는 가족과 추억을 쌓는 기쁨을 배우게 된다.

1인당 국민소득이 9만 달러나 되는 스위스지만 그만큼 물가가 비싸기 때문에 한국으로 치면 억대 연봉을 받는 가정이라도 대개는 절약하면서 생활한다. 특히 아이가 아직 어린 가정에서는 양육 때문에 부모 양쪽이 100% 맞벌이를 하기 어려우니 소득은 적으면서도 주택 구입, 양육비 등으로 한창 돈이 많이 드는 시기라 허리띠를 바짝 졸라맬 수밖에 없다.

중산층 가정에서도 영유아 자녀의 옷을 지인들로부터 물려받아 입히는 것은 아주 흔한 일이며, 중고 옷을 판매하는 가게도 종종 볼 수 있다. 사실 요새는 글로벌 SPA 브랜드의 옷값이 싸기 때문에 군이 중고 옷을 입힌다고 해서 크게 돈을 아낄 수 있는 건 아니지만, 스위스 사람들은 환경 의식이 높은 편이어서 새 옷을 사 입히고 금방 버리기보다는 자원을 재활용하는 데 의미를 둔다. 또 스위스에도 온라인 기반의 중고 거래가 활성화되어 있어서 웬만한 육아 아이템은 중고로 구입하는 가정이 많다. 우리도 지금껏 레나의 자전거들은 모두 중고로 샀다. 어린이 자전거는 키가 클 때마다 그에 맞는 크기의 자전거로 바꿔야 하니 중고가 합리적이다.

스위스 곳곳에서 심심찮게 마주칠 수 있는 어린이 벼룩시장 Kinder Flohmarkt 은 아이들에게 재활용의 의미와 돈의 가치를 자연스럽게 알려줄 수 있는 교육의 장이다. 우리 동네에서도 매년 여름 초등학교 운동장에서 어린이들이 직접 참여하는 벼룩시장이 열린다. 집에서 더는 사용하지 않는 장난감이나 책, 옷가지 등을 부모와 아이들이 함께 가지고 와서 돗자리 위에 놓고 판매한다. 가격은 어린이 손님들이 고사리손으로 저금해 놓은 동전들로 살 수 있을 만큼 저렴하다.

흥미가 없어진 장난감도 다른 어린이들에겐 매력적인 법. 레나는 재작년 벼룩시장에서는 아직 포장을 뜯지도 않은 바비 인형을, 작년에는 거의 새것에 가까운 장난감 유모차를 저렴한 가격에 샀다. 나는 벼룩시장에 가기 전에 레나에게 10프랑의 예산을 정해주고 그 안에서만 살 수 있음을 가르치고 또 가르쳤다. 레나가 초등학생이 되면 이곳에 어릴 적 갖고 놀던 장난감들을 가지고 와서 파는 판매자가 되겠지. 그럼 한 푼 두 푼 돈을 번다는 게 어떤 것인지도 몸소 체험할 수 있을 것이다.

스위스 부모들은 자녀가 성인이 되자마자 경제적으로 독립할 수 있도록 아이들에게 어릴 적부터 경제관념을 가르친다. 아이들은 중학생 정도가 되면 방학 때 학원에서 선행 학습을 하는 게 아니라 이른바 '방학 알바 Ferienjob'를 한다. 생계를 위해 뛰는 알바가 아니라 경제관념을 배우는 게 목적이다. 단순한 일이라도 현장에서 직접 해보면서 돈 버는 게 쉬운 게 아니라는 이치를 체득하고 용돈 버는 기쁨도 느낀다. 더 나아가 부모가 무한정 돈을 내주는 화수분이 아니라는 사실도 깨닫는다.

스위스의
별별 규칙

스위스는 규칙의 나라라고 해도 과언이 아닐 정도로 별의별 규칙이 다 있는데, 국민들은 그 규칙을 중시하고 엄격하게 지키는 편이다. 예를 들어 내 집 마당에 있는 내 잔디라도 일요일에는 깎을 수 없다. 일요일은 휴일이므로 잔디깎이로 소음을 내면 이웃들에게 민폐가 되기 때문이다. 또 저녁에는 자기 집 안에서도 악기 연주나 망치질처럼 이웃에게 소음이 전달될 만한 행동은 할 수 없다.

스위스 주택의 정원. 내 집 내 마당에 있는 잔디라도 일요일에는 깎을 수 없다.
잔디 깎는 소음이 이웃들의 휴식에 방해가 되기 때문이다.

스위스의 별별 규칙

월세 세입자들이 거주하는 공동 주택에는 보통 집 안에 세탁기가 없고, 별도로 건물 지하에 마련된 공동 세탁실에서 세탁기 한 대와 건조기 한 대를 공유한다. 왜 이런 문화가 생겼는지는 모르겠지만 집집이 세탁기가 한 대씩 있는 한국인의 입장에서는 여간 불편한 게 아니다. 모르는 사람들과 한 세탁기를 쓴다는 게 찝찝하게 느껴지기도 한다. 공동 주택에는 가구마다 빨래하는 날이 정해져 있는데, 이를 제대로 지키지 않으면 공동 주택의 갈등이 시작된다. 그리고 일요일에는 아무도 빨래를 해서는 안 된다. 우리 부부도 월세 아파트에 살던 신혼 시절에 가끔 일요일에 빨래를 했다가 건물 관리자로부터 경고를 받았다. 내 집 마련을 하고서 가장 기뻤던 건 내 집 안에 내 세탁기가 있어서 아무 때나 빨래를 할 수 있다는 사실이었다.

공동 주택이나 건물에는 거주자 주차장 외에 별도로 방문객 주차장이 마련되어 있는데, 이곳은 반드시 해당 주택이나 상점에 방문하는 손님들만 주차를 해야 한다. '설마 누가 알겠어?'라는 생각으로 자신이 방문하지도 않은 건물의 주차장에 차만 대놓고 자리를 떴다가는 경고 쪽지, 운이 나쁘면 벌금까지 감수해야 한다. 거리에 보는 눈 없이 한산해 보여도 창문으로 누군가가 다 지켜보고 있다. 주로 시간이 많은 은퇴하신 분들인데 이런 사람을 우스갯소리로 '시민 경찰Bürgerpolizist'이라고 부른다.

스위스인들은 철저하게 시간을 잘 지킨다. 세계에서 가장 시간을 잘 지키는 국민들이라고 말해도 이의를 다는 사람은 없을 것이다. 병원, 관청, 은행, 미용실 등을 방문할 때 미리 예약을 하는 것은 기본이고 예약 시간을 엄수해야 한다. 병원에서는 예약된 진료 시간에 환자가 나타나지 않으면 그 시간에 다른 환자를 받지 못해 손해가 생긴다는 이유로 일정 금액을 청구한다. 기차는 물론이고 버스도 대개는 시간표에 정해진 시간에 도착한다. 버스의 경우 도로 사정으로 몇 분 연착되기도 하지만, 적어도 '기다리면 온다'는 믿음이 있다.

공적인 약속뿐 아니라 사적인 약속에서도 사람들은 시간을 잘 지킨다. 우리집에 친구를 2시에 초대했다면 정말로 2시 정각에 초인종이 울린다. 심지어 약속 시간보다 조금 일찍 도착한 경우 문 앞에서 몇 분을 기다렸다가 약속한 시각이 되면 초인종을 누르는 사람도 있다. 약속 시간보다 늦는 것뿐 아니라 너무 일찍 도착하는 것도 상대방에 대한 실례라고 여기기 때문이다. 모든 사람들이 이렇게 약속을 잘 지키니 '겨우 몇 분 늦는 게 뭐 어때?'라고 생각할 수가 없다. 그것이 바로 문화 차이다. 스위스에 온 난민들은 이 사회에 적응하기 위한 교육을 받을 때 '시간 약속을 잘 지켜라'는 것부터 배운다. 나는 원래 시간을 잘 지키는 편이지만 스위스에서는 혹시라도 약속 시간에 늦지 않도록 더더욱 긴장하며 산다.

한번은 어느 학교에서 열린 세미나에 청중으로 갔다. 보통 이런 행사에 갈 때는 행사 시각보다 15분쯤 미리 도착하도록 계획을 세우는데, 이날은 주차장을 찾느라 시간이 빠듯해졌다. 세미나 시작 시각은 토요일 아침 8시 30분이었는데, 다행히 늦지는 않게 8시 29분에 강당 앞에 도착했다. 그런데 강당 문은 닫혀 있고 문 앞에는 개미 한 마리 보이지 않았다. '이 장소가 맞나? 아니면 토요일 아침이라 사람들이 조금 늦게 오는 건가?' 곰곰이 생각하며 강당 문을 살짝 열어봤더니 너무나 조용한 가운데 100명 정도 되는 청중이 가득 들어차 있었다. 내가 가장 마지막에 온 사람이었다! 이쯤 되면 스위스 사람들이 조금 무서워진다.

레만 호수Lac Léman

크레스타 호수Crestasee

Von der Familie zur Gesellschaft

3부

셋에서 공동체로

이름을 불러준다는 것

　지인들에게 아기의 출생 소식을 전하면 스위스인들은 한국인들과 마찬가지로 가장 먼저 아기의 성별을 묻는다. "여자아이 Mädchen 인가요, 남자아이 Junge 인가요?" 이때 한국인들처럼 부모의 입장에서 "아들 Sohn 인가요, 딸 Tochter 인가요?"라고 묻지는 않는다. 아기가 누군가의 아들인지 딸인지를 묻는 것은 가족의 관계성을 중시하는 전형적인 동양의 문화다.

　그다음 이어지는 질문은 모두가 약속이나 한 듯이 똑같다. "아기 이름이 뭐예요?" 아기 이름을 말해 주면 상대방은 그 아기의 이름을 직접 발음해 보거나 아기와 눈을 마주치고 이름을 불러준 뒤 "아주 예쁜 이름이군요."라고 덧붙인다. 가까운 친인척이나 지인은 물론이고 공원에서 마주치는 낯선 사람과의 대화에서도 마찬가지다. 두 번 다시 만날 일이 없을 것 같은 남이지만 짧게나마 대화를 나누는 도중에도 꼭 아기의 이름을 묻고 그 이름을 불러준다. 레나에게 한국에 외사촌이 있느냐고 묻는 스위스인들이 종종 있는데, 레나보다 한 달 먼저 태어난 사촌이 있다고 말해 주면 그 사촌의 이름이 뭐냐고도 꼭 묻고, 어려운 한국어 이름을 애써 발음까지 해본다. 그런 사소한 관심의 표현이 참 사랑스럽게 느껴진다.

　별것 아닌 것 같지만 이 대목에서 나는 동양과 서양의 문화 차이를 꽤 느꼈다. 한국의 지인들에게 레나의 출생을 알렸을 때 지인들은 하나같이 축하해 주면서도 이름을 묻는 경우는 드물었다. 그나마 이름을 묻더라도 레나가 다문화 가정의 아이니까 이름을 한국식으로 지었는지 스위스식으로 지었는지가 궁금해서 묻는 거였다. 한국에서 지하철을 타면 레나에게 예쁘다며 말을 거는 분들이 종종 있었지만 이름을 물어보는 사람은 아무도 없었다.

서양에서는 사람을 부를 때 호칭이 아닌 그 사람의 이름을 부른다. 한국에서 이모, 삼촌 같은 호칭으로 상대방을 부르는 데 익숙해서 정작 그 이모, 삼촌의 이름은 모르는 경우도 흔하지만 서양에서는 이모, 삼촌은 물론 시어머니, 시아버지까지도 이름으로 부른다. 회사 동료와 상사 역시 과장님, 부장님 같은 직책으로 부르지 않고 이름으로 부른다. 유치원생과 학생들은 교사를 호칭인 선생님이라고 부르지 않으며, 예절을 가르치기 위해 성姓을 따서 ○○씨라고 부른다. 레나가 유치원 선생님을 '뮐러 부인Frau Müller'이라고 부를 때면 왠지 레나가 선생님과 동등한 인격체로 느껴진다.

스위스 생활 초기에 나는 시아버지를 이름으로 부르는 게 매우 어색했지만 이제는 익숙해졌고, 오히려 이 방식이 사람과 사람의 사이를 가깝게 만든다고 생각한다. 상대방이 나를 호칭이 아닌 이름으로 불러주면 친밀감이 커지는 것은 당연하다. 서로의 이름을 알아야 본격적으로 소통할 수 있으니, 첫 만남에서는 악수를 하며 통성명을 하는 것이 스위스 예절이다. 첫 만남에서 자기 이름을 소개하지 않거나 상대방의 이름을 물어보지 않으면 예의 없거나 거만한 사람이라는 인상을 풍긴다. 이는 갓 태어난 아기에게도 마찬가지여서, 한 개인에 대한 인정이자 존중을 표하는 의미로 아기의 이름을 묻는다.

이렇게 이름이 중요한 곳이니, 스위스에서는 아기가 태어나면 귀여운 그림과 함께 아기 이름, 출생일이 쓰인 큰 나무 팻말을 만들어 집 앞에 세워 놓는다. 동네방네에 아기의 탄생을 알리는 귀여운 풍습이다.

또 부모가 출산 직후 정신없는 와중에도 아기의 출생을 알리는 카드를 만들어 친인척과 지인들에게 우편으로 보내는 문화가 있다. 출생 카드에는 신생아의 사진과 더불어 가장 중요한 이름이 크게 박힌다. 그리고 태어난 날짜와 시간, 키와 몸무게, 부모의 메시지 등이 간단히 적힌다. 한 개인의 출생을 세상에 알리는 이런 카드가 있다니 참 아름다운 문화다. 사람들은 출생 카드를 받으면 거실에 한동안 장식처럼 붙여 놓고 아기 이름을 익힌다. 그리하여 그 아기를 직접 만날 기회가 생겼을 때 작은 축하 선물을 건네면서 아기의 이름을 정확하게 불러준다. 물론 "이름이 참 예쁘구나."라고 말하는 것도 잊지 않는다.

지인들이 우리집에 우편으로 보내 온, 아기의 출생을 알리는 카드들

　서양의 개인주의indivisualism 는 동양의 집단주의와 대비되어 종종 이기주의로 오해받는다. 그런데 유럽에서 10년 가까이 살아 보니 개인주의란 바로 그 사람 자체인 개인을 존중해주는 문화라는 것을 알게 되었다. 누구의 딸이라든지, 누구의 제자라든지, 그런 관계의 맥락에서 한 개인의 정체성을 부여하는 것이 아니라 레나는 레나, 성미는 성미일 뿐인 것이다. 그리하여 한국에서는 그토록 자주 회자되는 '네 아버지가 누구냐'는 질문은 스위스에서는 통하지 않는다.

개인주의와 관련해 조금 옆길로 새 보자. 유럽에서 30대를 보낸 나에게 개인주의가 뭐냐고 묻는다면 앞서 말한 개인 존중의 문화와 더불어 '내 밥은 내가 챙겨 먹는 문화'라고 정의하고 싶다. 유럽에서는 성인이 되면 부모로부터 경제적으로 독립함과 동시에 엄마가 삼시 세끼를 차려 주지 않아도 자기 스스로 먹고살아야 한다. 한국처럼 밥을 먹었는지 안 먹었는지는 아무도 묻지 않는다.

직장 동료들끼리 함께 식당에 가서 점심을 먹을 때도 당연히 더치페이다. 상사가 자기 돈으로 팀원들 밥을 사주는 경우는 매우 드물다. 서양인들의 더치페이가 차갑게 느껴질 수도 있으나 이는 결국 인간의 기본 생존조건인 '내 밥'을 누군가에게 의지하지 않고 스스로 해결할 수 있다는, 한 독립적 인간으로서의 가장 기본적인 자세라고 본다. 아무리 직업적으로 성공한 사람이라도 집에선 스스로 밥을 챙겨 먹지 못한다면 미성숙하고 무능한 개인에 불과할 뿐이다.

사실 상대방에게 밥을 먹었는지 묻는 게 인사와 다름없는 한국에서 자란 나로서는, 상대방의 밥에는 관심도 없는 이곳의 문화가 당황스럽기도 했다. 한번은 친한 친구네 부부의 집에 커피 초대를 받았다. 저녁 식사 초대를 받은 것은 아니었기에 너무 오래 있으면 실례가 되므로 우리 부부는 오후 5시쯤 슬슬 자리를 뜰 준비를 했다. 친구는 '오늘 저녁에 먹으려고 준비했다'며 빵 반죽을 내게 보여주었고 재료로 무엇이 들어갔는지 친절하게 설명한 뒤에 반죽을 오븐에 넣었다. 그녀의 남편은 이 빵과 함께 마실 와인을 지하실에서 골라 왔다. 이 정도 상황이면 '너희도 같이 먹고 갈래?'라고 할 법한데, 이 부부는 정말로 둘이 먹을 저녁 식사를 우리에게 보여 주기만 했다. 우리는 차로 한 시간 거리의 집에 도착해서야 허둥지둥 저녁 식사를 준비해서 먹었다. 한국식 정서로는 '숟가락 두 개만 더 놓으면 되니 먹고 가라'고 하는 것이 일반적인데…. 황당했지만 이 역시 내가 적응해야 할 이곳의 문화였다.

고맙다는 말은 잘 하면서

스위스에 살면서 '고맙다'는 말을 자주 듣는다. 내가 지금껏 거주했던 나라들, 즉 한국, 캐나다, 독일, 스위스를 비교하면 스위스 사람들이 고맙다는 말을 더 많이 한다고 단연코 말할 수 있다. 스위스에서는 가족, 친지, 동료들 사이에서는 물론 상점, 식당, 공공장소 등에서도 고맙다는 말을 하는 게 습관화되어 있다. 이것이 바로 교양 있는 사회를 정의하는 척도 중 하나가 아닐까. 물론 습관이 되면 고맙다는 말이 별 의미 없게 들릴지도 모르지만, 그럼에도 이 사소한 말 한마디에 상대방을 존중하고 기분 좋게 하는 기능이 숨어있다고 나는 믿는다.

카페나 식당에 가면 종업원이 음식을 가져다줄 때마다 손님들이 '고마워요'라고 말한다. 코스 요리를 먹을 때면 웨이터가 물과 와인을 따라줄 때를 포함해서 손님마다 고맙다고 열 번은 말한다. 자기 돈 내고 사 먹는 음식이지만 아무튼 고맙다고 한다. 마트의 계산원도 계산을 마친 뒤 꼭 기분 좋게 인사한다. "고마워요. 좋은 하루 보내세요. 또 봐요." 어딜 가나 점원들도 고맙다고 하고, 손님들도 고맙다고 하니, 고마운 사람들이 가득한 것 같아 나까지 기분이 좋아진다.

한번은 커피 캡슐을 사러 네스프레소 매장에 갔다. 5분도 안 되는 사이에 중년의 여성 직원한테 고맙다는 말을 열 번 이상 들은 것 같다. 이쯤 되면 나한테 장난을 치는 게 아닐까 싶을 정도로 부담스러웠지만 그녀의 태도는 시종일관 정중했다.

"어서 오세요. 뭘 도와드릴까요?"

"커피 캡슐 사려고요."

"제가 안내해 드려도 될까요?"

"네, 그럼요. 고마워요."

"고마워요. 이리 오세요. 먼저 시음해보시겠어요?"

"아니에요. 괜찮아요."

"그렇군요. 고마워요. 어떤 커피를 드릴까요?"

"이거랑 저거랑 요거랑 그거 주세요."

"정말 고마워요. 또 더 필요한 건 없으세요?"

"없어요."

"그렇군요. 고마워요."

"카드로 계산해도 될까요?"

"물론이지요. 고마워요. 여기에 카드를 넣고 비밀번호를 눌러 주세요."

"네. (띡.띡.띡.띡.)"

"고마워요. 멤버십 카드가 있으세요?"

"안 가져왔는데 이름은 이렇고, 주소는 이래요."

"아, 완벽해요! 감사해요. 커피를 쇼핑백에 넣어드려도 될까요?"

"그럼요. 고마워요."

"고마워요. 혹시 이 영수증을 쇼핑백에 같이 넣어드릴까요?"

"네, 좋아요."

"고맙군요. 여기 있어요. 고마워요."

"네, 고마워요. 안녕히 계세요."

"고마워요. 좋은 하루 보내세요. 다시 한번 정말 고마워요."

이런 상황에 적응이 되다 보니 한국에 가면 상점이나 식당에서 손님인 나는 고맙다고 하는데 상대방은 고맙다는 말은커녕 안녕히 가라는 인사도 안 할 때면 무안하기도 하고, 왠지 씁쓸하다. 혹자는 스위스처럼 인구가 적은 나라에서는 사람 귀한 줄 알아서 사람을 존중하는 표현이 더 발달했다고 말하는데, 그 말에도 일리가 있는 것 같다.

특히 나는 라파엘 덕분에 고맙다는 말을 더 자주 하게 되었다. 남편은 연애 때부터 지금까지 사소한 일, 당연한 일에도 내게 고맙다고 자주 말한다. 내가 빨래를 널고 오면 "빨래 널어줘서 고마워.", 장을 보고 오면 "장 보고 와줘서 고마워." 하고 말한다. 밥 먹기 전에는 꼭 "밥 해줘서 고마워. 잘 먹을게."라고 말하고 자기가 요리했을 때는 "옆에서 도와줘서 고마워. 잘 먹을게."라고 말한다. 가까운 곳으로 주말 여행을 다녀올 때면 남편은 자기가 계획하고 자기가 호텔을 예약해서 함께 놀다 왔는데도 내게 이렇게 말한다. "행복한 주말을 만들어줘서 정말 고마워."

어느 일요일 오후 시아버지와 실비아 아주머니가 우리집에 커피를 마시러 오셨다. 저녁에 뭐 하시냐고 물으니 두 분이 외식을 하신단다. 나는 그러지 말고 우리집에 고기 재워놓은 것 있으니 같이 제육볶음 먹고 가시라 했다. 스위스인들은 아무리 가족이라도 미리 식사 약속을 해놓지 않았다면 손님이 즉흥적으로 남의 집에서 식사까지 하는 것을 실례라고 여긴다. 초대한 사람들도 커피 초대를 했으면 손님한테 커피와 다과 정도만 내놓지 밥까진 웬만해선 안 준다. 내가 기어코 '숟가락 두 개만 더 놓으면 되니 먹고 가시라'고 하자, 실례가 되지 않을지 고민하시다가 결국엔 맛있게 먹고 가셨다. 시아버지는 구운 김에 갓 지은 밥을 싸 먹는 감칠맛을 그때 알게 되셨다.

그날도 라파엘은 말했다. "오늘 아버지랑 실비아 아주머니한테 제육볶음을 대접해 줘서 참 고마워. 당신은 정말 천사야." 한국에서라면 며느리가 하는 당연한 일인데, 남편이 특별하게 생각해 주니 나 역시 고마웠다. 사소한 표현이지만 고맙다는 말을 들으면 왠지 내가 대단한 일을 한 것 같아 은근히 뿌듯하고, 나 역시 남편에게 더 잘해 주게 된다. 실은 이런 심리작용을 노리고 라파엘이 나를 조련하고 있는지도 모른다. 사랑의 조련사! 그렇게 배운 나 역시 이제는 라파엘에게 "화장실 청소해 줘서 고마워.", "쓰레기봉투 버려 줘서 고마워." 하고 소소한 고마움을 표현한다.

예전에 극장에서 노부부의 사랑을 다룬 한국 다큐멘터리 〈님아, 그 강을 건너지 마오〉를 보면서 감동해 엉엉 울었다. 70년 넘게 잉꼬부부로 사는 89세 할머니와 98세 할아버지의 일상을 보면서 인상적이었던 게 있다. 할아버지는 할머니한테 '예쁘다', '잘생겼다', '곱다' 같은 외모를 칭찬하는 말을 자주 하고, 할머니는 할아버지한테 '고맙다'는 말을 자주 하는 것이었다. 할머니는 쪼글쪼글한 얼굴에 아흔이 다 되어가는데 여전히 예쁘다며 사랑받고, 할아버지는 늘 고맙다고 인정받았다. 어쩌면 이런 대화 습관이 백년해로의 비결 중 하나인지도 모른다. 나도 남편과 그렇게 함께 늙어가고 싶다고 생각했다.

가끔 아무 날도 아닌데 라파엘이 내게 꽃을 선물할 때가 있다. 활짝 웃는 얼굴로 "고마워."라며 꽃을 건네는 신랑에게 물었다.

"뭐가 고마운데?"
"그냥 여기 내 옆에 있어 줘서 고마워."

늘 이렇게만 산다면 그 무엇이 또 필요할까. 그런데! 이렇게 달달하고 '오글거리는' 문체로 이 글을 마무리하기엔 조금 찝찝한 구석이 있다. 반전이라고나 할까. 스위스 사람들은 고맙다는 말에는 관대하지만 '미안하다'는 말에는 무척 인색하다! 미안하다는 말을 하는 순간 자신의 잘못이나 실수를 인정하는 셈이 되기 때문에 법적 분쟁을 피하기 위해서라도 미안하다는 말을 아끼는 것 같다.

물론 길에서 실수로 누군가와 부딪히거나 발을 밟거나 하는 '작지만 확실한 잘못'의 경우에는 즉시 사과한다. 그것이 기본 매너이기도 하다. 그런데 그런 걸 넘어서 이를테면 회사 업무나 공무상으로 실수가 생기면 이곳 사람들은 그것이 엄청난 잘못이 아닌 이상 죄송하다는 말을 아낀다. 업무상 이메일로 잘못된 부분을 지적하면 죄송하다는 말은 쏙 빼고 잘못된 부분을 정정한 건조한 답변만 돌아온다. 분명 상대방의 잘못으로 내가 작더라도 피해를 입었는데 상대방이 죄송하다는 말을 끝까지 안 하면 그렇게 뻔뻔할 수가 없다. 나 혼자만 속에서 열불이 나는데, 고맙다는 말로 상대방을 기분 좋게 하는 것과 정반대의 상황이다.

라파엘도 내게 미안한 일이 있으면 즉시 미안하다고 말하지 않는 편이다. 그러면 나는 그가 나에게 왜 미안해야 하는지를 차분히 설명해 주고 생각할 시간을 준다. 그는 이틀에 걸쳐 고심한 뒤 백기를 든다. "곰곰이 생각해 보니 당신 말이 맞는 것 같아. 어제는 내가 미안했어." 그런데 미안하단 말을 꼭 받아내야 직성이 풀리는 내가 이상한 걸까? 어쩐지 아리송하다.

스위스 가정은 무지갯빛

레나가 친구 안나네 집에서 놀기로 한 날이었다. 약속한 오후 2시에 레나를 안나네 집까지 데려다 주었다. 안나의 엄마는 앞서 내게 보낸 문자에서 '저녁에 가족 생일 파티가 있어 오후 4시 반쯤 외출을 해야 하니 그 전에 레나를 데리러 와 달라'고 했었다. 나는 현관에서 안나에게 친근하게 말을 걸어볼 요량으로 물어보았다. "오늘 누구 생일이니?" 할아버지나 할머니 생신일 줄 알았는데 안나 엄마의 입에서 예상치 못한 대답이 나왔다. "안나의 의붓오빠가 오늘 생일이에요. 안나 아빠에게 예전 결혼에서 얻은 아들이 있거든요." 안나에겐 나이 차이가 많이 나는 언니가 있어서 안나가 늦둥이인가보다 생각했었는데, 알고 보니 그 언니는 안나 엄마와 예전 파트너 사이에서 태어난, 안나와는 아빠가 다른 언니였다. 안나의 엄마는 평범하지는 않은 가족 사항을 대수롭지 않다는 듯 설명했다.

안나네 집을 스위스에서는 패치워크 가족 Patchwork-Familie 이라고 부른다. 여러 옷감 조각을 하나로 이어 바느질한 '패치워크'에서 따온 말로, 다양한 과거를 가진 구성원이 모여 새롭게 꾸린 가정을 의미한다. 한국의 '재혼 가정'과 비슷하지만, 반드시 혼인으로 성립될 필요는 없다는 점에서 재혼 가정보다는 범위가 넓다. 이를테면 패치워크 가족의 커플이 둘 다 재혼일 수도 있고, 이혼한 뒤 꾸린 두 번째 가정은 혼인 없이 동거만으로 이루어질 수도 있다. 안나의 엄마와 아빠가 결혼을 했는지는 직접 물어보지 않는 이상 알 수 없다.

부모가 성姓이 같을 경우 당연히 결혼한 사이라는 걸 알 수 있지만, 부모의 성이 다를 경우에는 둘이 결혼을 했을 수도 있고 안 했을 수도 있기 때문이다. 결혼과 동시에 아내가 남편의 성을 따라야 했던 스위스의 옛 제도가 사라져 이제 아내는 자신의 혼전 성을 유지할지, 남편의 성을 따를지를 직접 결정할 수 있다. 아내가 혼전 성을 유지할 경우 둘 사이에서 아이가 태어나면 아이의 성은 부부가 상의하여 남편 성과 아내의 성 중에 하나를 고른다.

안나네 집 앞 우편함에는 부모의 성이 각각 다르게 쓰여 있으므로 나는 그 둘이 결혼한 사이인지는 모르며, 물어볼 필요도 못 느낀다. 스위스에서 부모의 결혼 여부는 별로 중요하지 않기 때문이다. 그리고 안나네 집 같은 패치워크 가족이 흔하며 이들을 향한 사회적 인식은 한국 사회와 비교하면 많이 열려 있다.

우선 스위스에는 동거 가정의 자녀에 대한 사회적 제도적 불이익이 전혀 없다. 동거 상태로 출산을 먼저 한 뒤 나중에 결혼하거나, 끝까지 결혼하지 않는 경우도 심심치 않게 볼 수 있다. 이는 사회적 경제적 지위와도 무관하다. 스위스 연방 통계청 BFS 에 따르면 2021년 초산을 한 산모 세 명 중 한 명꼴로 미혼이었다.[21] 결혼하지 않은 커플 사이에서 태어난 아이도 사회적 인식이나 제도적인 면에서 모두 차별 받지 않기에 가능한 일이다.

21. Bundesamt für Statistik (2022). Erstgeburten nach Zivilstand der Mutter.

또 BFS가 2021년 발표한 통계를 보면 25세 이하의 자녀와 부모로 구성된 가정 가운데 13%는 한부모 가정이고, 6%는 패치워크 가정이다.[22]

내 친구 바네사 역시 전형적인 패치워크 가족의 엄마다. 바네사는 전 남자친구이자 변호사인 알레산드로와의 사이에 딸 소피를 낳고 동거하다가 소피가 세 살쯤 되었을 때 알레산드로와 헤어졌다. 바네사가 갑자기 싱글맘이 되었다니 육아는 물론이거니와 경제적으로도 힘들겠다 싶어 걱정이 되었지만 그건 내 기우였다.

바네사와 알레산드로가 혼인 관계는 아니었지만 소피의 아빠가 알레산드로인 것은 여전한 사실 아닌가. 그리하여 알레산드로는 법적으로 정해진 양육비를 매달 바네사에게 보내고, 소피는 2주에 한 번씩 주말마다 아빠 집에 가서 생활하고 온다. 방학이면 아빠와 단둘이, 또는 아빠의 새 여자친구까지 셋이서 이탈리아로 휴가를 다녀온다. 부모가 헤어졌음에도 소피는 이렇게 정기적으로 아빠를 만나 부녀 관계를 유지한다. 소피는 아빠를 참 좋아해서 자신도 커서 아빠처럼 변호사가 되겠다고 말하는 똑똑하고 귀여운 아이다.

바네사는 알레산드로와 헤어진 뒤 힘든 시간을 보내다가 돌싱을 위한 데이트 앱을 통해 만난 파스칼과 사귀게 되었다. 파스칼은 전 부인과의 사

---

22. Bundesamt für Statistik (2021). Familien in der Schweiz - Statistischer Bericht 2021.

이에 딸이 하나 있다. 바네사와 파스칼의 사이가 진지해지자 파스칼은 바네사의 집으로 들어와서 함께 살게 되었다. 그 후 바네사와 파스칼 사이에 두 아들이 태어나 바네사는 세 아이의 엄마가 되었다. 바네사와 파스칼은 여전히 결혼하지 않은 상태다.

지금도 소피는 2주마다 아빠 집에 가서 주말을 보내고, 파스칼의 딸 역시 2주마다 파스칼과 바네사가 함께 사는 집에 와서 주말을 보낸다. 초등학교 2학년인 소피는 네 살 때부터 파스칼과 함께 살고 있지만 파스칼을 '새아빠'라고 부르진 않고 여기 방식대로 그를 이름으로 부른다. 친아빠 알레산드로와 정기적으로 만나고 있으니 소피에게 아빠는 알레산드로뿐이다.

앞에서 썼듯이 스위스에서는 동성 결혼이 합법이다. 동성 결혼이 발효된 2022년부터는 동성 부부가 합법적으로 자녀를 입양할 수 있게 되었다. 또 스위스는 레즈비언 부부가 정자 기증을 받아 자녀를 출산하면, 비록 두 엄마 중 한 명은 생물학적 엄마가 아닐지라도 둘 모두에게 법적인 부모 지위를 부여한다.

스위스에서는 부모가 동성애자나 양성애자, 트랜스젠더 등 성소수자인 가정을 이른바 '무지개 가족 Regenbogenfamilie'이라고 부른다. 스위스 성소수자 가족들의 단체인 레겐보겐파밀리엔에 따르면 현재 스위스의 무지개 가정에서 자라는 미성년자는 약 3만 명으로 추산된다.[23] BFS 통계를 보면 25세 이하의 자녀와 부모가 함께 사는 가정 중 0.1%는 부모가 동성 커플이다.[24] 동성 부모 중 한쪽이 인공 수정 등의 시술을 받아 낳은 친자뿐 아니라 과거의 이성 파트너와의 사이에서 낳은 뒤 현재의 동성 파트너와 함께 키우는 친자, 입양아동 등 그 사연은 가족마다 다양하다.

은행에서 일하는 타미아와 IT 담당자로 일하는 크리스티나는 결혼식을 올리고 부부가 되었다. 이 레즈비언 커플은 자녀를 갖고 싶었지만 이들이 결혼할 당시에는 아직 '동성 파트너십' 제도만 있었고 동성 결혼이 합법화되기 전이었다. 그때는 스위스에서 레즈비언 커플을 위한 정자 기증은 불가능했다. 이 커플은 이미 정자 기증이 합법이었던 덴마크로 가서 정자 기증을 받았고, 크리스티나가 인공 수정을 통해 임신을 하여 건강한 딸 올리비아를 낳았다. 물론 인공 수정이 한 번에 성공하기란 쉽지 않으니 이 커플 역시 여러 차례 덴마크를 방문해야 했다. 비싼 시술 비용, 덴마크로의 여행 비용, 그리고 엄청난 인내심을 지불했지만 자녀를 낳아 함께 키우는 행복에 비할 바가 아니었다.

지금이야 스위스 법이 바뀌어서 아빠들은 자녀가 태어나면 2주간의 유급 출산 휴가를 받지만, 올리비아가 태어났을 때만 해도 아빠를 위한 출산 휴가는 없었다. 타미아가 일하는 은행은 비교적 가족 친화적이라서, 당시

23. Regenbogenfamilien. (2022). Regenbogenfamilien - eine Informationsbroschüre. Zürich: Dachverband Regenbogenfamilien.
24. Bundesamt fur Statistik (2021). Familien in der Schweiz - Statistischer Bericht 2021.

이미 회사 재량으로 아빠들에게 2주간의 유급 출산 휴가를 주고 있었다. 인상적인 건 이 은행이 타미아에게도 2주간의 아빠 출산 휴가를 주었다는 점이다. 타미아는 여자지만 파트너가 아이를 낳았으니 다른 아빠들처럼 파트너와 아기를 돌볼 시간이 필요하다는 이유였다.

타미아는 우리 부부의 친구이고 레나와 올리비아도 친구이다. 레나와 비슷한 시기에 올리비아가 태어난 것을 계기로 아기 때부터 자주 만났기 때문이다. 크리스티나가 올리비아를 낳았으니 사실 타미아는 올리비아와 피 한 방울 안 섞였지만, 이 가족을 보면 혈연을 바탕으로 한 전통적인 가족 외에 다양한 형태의 가족에서도 얼마든지 사랑과 행복이 가능함을 배운다. 올리비아는 엄마가 둘이라 다른 표현을 써서 크리스티나를 마미 Mami , 타미아를 마마 Mama 라고 부른다.

지난 40년간 진행된 연구에 따르면 무지개 가정에서 자란 아이들은 다른 가정의 아이들과 다를 바 없이 자란다고 한다. 아이에게 중요한 건 부모의 성별이나 성적 지향이 아니라 가정 환경과 가족 구성원들의 관계의 질에 달려 있다는 것이다.[25]

물론 무지개 가정이 사회의 고정 관념과 편견에 맞서 싸워야 하는 어려움은 클 것이다. 스위스에서도 동성 부부가 자녀들과 함께 산에 케이블카

25. Nay, Yv E. (2021). Zusammenschau der Forschung zu 'Regenbogenfamilien'. S. 1-14. [ZHAW].

를 타러 갔다가 매표소에서 가족 할인권을 구입할 수 없었다거나, 아이들의 어린이집 등록을 거절당했다는 기사를 보았다. 구체적인 통계에 잡히진 않지만 성 소수자라는 이유만으로 모욕을 당하는 사례가 아직 빈번하다고 한다.[26]

그럼에도 스위스에서 무지개 가정을 종종 만날 수 있다는 사실, 성 소수자들도 공개적으로 자녀를 키울 수 있다는 사실만으로도 이곳은 한국에 비하면 활짝 열려 있는 사회라고 생각한다. 엄마만 둘인 올리비아, 그리고 패치워크 가정에서 자라는 안나, 소피 같은 여러 친구를 보면서 레나는 우리집처럼 친아빠와 친엄마가 부모인 전통적인 가족 외에도 이 세상에는 다양한 형태의 가족이 있음을 자연스럽게 받아들이게 되었다. 무지갯빛처럼 다양한 가족들을 편견 없이 대하고, 가정에서 가장 중요한 건 가족 구성원들의 사랑과 행복임을 레나는 몸소 배우며 자란다. 이런 아이들이 자라나는 사회는 더욱더 열린 사회, 관대한 사회, 다양성을 존중하는 사회가 되어갈 것이다.

26. Christian Raaflaub (2020,02,09). Schweiz stellt Diskriminierung wegen Homosexualität unter Strafe. <Swissinfo.ch>.

각자의 속도와 방향에 맞춘 공교육

레나는 유치원 입학 전에 1년간 매주 목요일 오전마다 체육 활동을 했다. '부모와 아이 체육 Eltern-Kind-Turnen'이라는 이 프로그램은 엄마 또는 아빠와 아이가 함께 참여하는 체육 시간인데, 각 지역 초등학교 체육관에서 열리는 인기 프로그램이다. 나도 매주 운동복을 입고 레나와 함께 체육을 하다 보니 다른 부모들을 꽤 알게 되었다. 여기서 친해진 프란치스카와 그녀의 딸 율리아를 우리집으로 초대한 적이 있다.

아이들이 노는 사이 엄마들끼리 커피를 마시다가 내가 한마디 건넸다. "율리아는 또래보다 키도 크고 운동 신경도 참 좋은 것 같아요." 유치원 교사인 프란치스카는 이렇게 대답했다. "율리아가 7월생이거든요. 그러니 같이 체육을 하는 어린아이들에 비해 발달이 빠르죠. 원래 작년에 유치원에 입학해야 했는데, 율리아에게 너무 이른 감이 있어서 입학을 1년 늦췄답니다."

스위스의 유치원 입학일은 8월 중순이고, 입학 연령 기준일은 칸톤에 따라 조금씩 다르지만 대개 7월 31일이다. 7월 31일까지 만 4세 생일이 지난 어린이는 그해 8월 중순에 유치원에 입학할 수 있다. 생일이 7월 31일이라면 만 4세가 되자마자 유치원에 가는 것이니 그 유치원에서 가장 어린 원생이 된다. 대개 키도 가장 작고 아직 아기 티가 나기도 한다. 그런데 생일이 단 하루 차이로 8월 1일이라면 입학까지 1년을 더 기다려야 하므로 다음해 8월 중순에 유치원에 입학할 땐 이미 만 5세가 된다. 그래서 8월생 아이들은 유치원에서 또래보다 키도 크고 발달 면에서도 훨씬 성숙하다.

7월생인 아이들은 4세가 되자마자 바로 유치원에 입학할 자격이 있음에도 불구하고 율리아처럼 1년을 더 기다렸다가 5세에 유치원에 가는 경우가 많다. 4세보다 일찍 유치원에 보내는 것은 법으로 금지되어 있지만 유치원 입학을 1년 연기하는 것은 가능하다. 부모는 아이의 발달 상황을 관찰해서 아직 유치원 생활을 하기에 부담스럽겠다 싶으면 교육청에 아이의 유치원 입학을 1년 늦춰 달라는 신청서를 낸다. 교육청은 의사, 학교 심리상담사 등 전문가와 상의하여 이를 허가한다.

공교육을 1년 늦게 시작하는 아이들 중에는 발달이 늦은 아이들도 있겠지만 평범하게 발달하는 아이들도 충분히 고려할 수 있는 옵션이며, 실제로 내 주위에서도 율리아처럼 입학을 늦춘 아이들을 여럿 보았다. 유치원에 다니려면 보호자 없이도 혼자서 또는 친구들과 걸어서 등하원을 할 수 있어야 하고, 옷과 신발을 스스로 신고 벗을 수 있어야 하고, 혼자 화장실에 갈 수 있어야 하고, 10분 이상 조용히 앉아 집중할 수 있어야 하는 등 여러 조건을 충족해야 한다. 스위스 부모들은 이것이 아직 익숙하지 않은 아이에게 스트레스를 주기보다, 1년 늦게 유치원에 보내는 쪽을 선호한다.

아이를 1년 더 가정 보육해야 하는 부담을 감수해야 하지만 말이다.

유치원에는 정교사 외에도 원생들의 발달 상황을 수시로 관찰하는 전문가들이 배치된다. 레나가 다니는 유치원에는 매주 월요일마다 특수 교사Heilpädagogin가 와서 아이들과 자연스럽게 논다. 월요일 하원 후 점심을 먹을 때면 레나는 특수 교사인 마이어 선생님과 무엇을 하고 놀았는지 내게 이야기하곤 한다. "오늘 마이어 선생님이랑 보드게임을 했는데 내가 두 번이나 이겼어!" 특수 교사는 놀이 과정에서 원생들 각각의 발달 상황을 파악하는 역할을 한다. 발달상에 문제를 보이는 아동에게 대책을 마련해주고, 반대로 어떤 방면에 뛰어난 재능을 보이는 경우에도 그 재능을 효과적으로 펼칠 수 있도록 지원책을 마련한다.

유치원과 마찬가지로 초등학교 입학을 1년 늦추는 것도 가능하다. 유치원 입학은 제때에 했더라도 아직 초등학교 생활을 할 준비가 덜 되어있다고 판단되면 부모는 유치원 교사 및 교육청과의 상담을 거쳐 아이의 초등학교 입학을 1년 미룬다. 초등학교의 첫 1년은 앞으로의 학습 발달에 아주 중요한 시기인데, 이때 아이가 자신감을 잃어버리면 향후 학습 동기를 상실하기 쉽기 때문이다. 이 때문에 교육청에서도 신체, 정서, 사회성, 지적 발달을 두루 고려하여 준비가 덜 된 아이들을 무리하게 초등학교에 입학시키기보다는 1년 유예하는 쪽을 추천한다.

'초등학교를 재수하는 건가?' 처음엔 그런 의문이 들었다. 그런데 이 1년간 단순히 유치원 생활을 반복하는 것은 아니고, 유치원과 초등학교의 중간 단계에 있는 별도의 반에서 1년을 보낸다. 이를 입학 훈련반 Einschulungsjahr 또는 입문반 Einführungsklasse 이라고 부른다. 10명 이하의 인원으로 구성되는 입학 훈련반에서는 전문 교육을 받은 특수 교사가 아이들 각각의 발달 상황을 고려한 맞춤 교육을 한다. 입학 훈련반을 거친 후에는 초등학교 1학년에 입학해 정상적인 학교생활을 하게 된다.

내가 사는 게마인데에는 2022년 8월 새 학년 기준으로 유치원생과 초등학생을 합해 어린이 424명이 있다. 초등학교 1학년생이 52명이고 2년차 유치원생이 47명인데 그 중간에 낀 입학 훈련반에 있는 학생이 10명이니, 절대 적지 않은 아이들이 초등학교 입학을 유예하는 것이다. 이 시기에 받은 맞춤 교육은 본격적으로 학업을 시작하는 아이들이 첫 단추를 제대로 끼우도록 돕는 역할을 한다. 공교육 시스템에서 낙오자가 생기지 않도록 처음부터 배려하는 장치다.

아이들 각각의 발달 속도와 능력을 존중해주는 학교는 모든 아이들에게 모든 걸 다 잘하도록 강요하지 않는다. 어른들도 모든 걸 다 잘하기란 불가능한데 왜 우리는 아이들이 학교에서 모든 과목을 다 잘하길 기대하는 걸까.

라르고 박사는 "다양한 분야에서 두루 평균 이상의 재능을 보이는 사람은 극히 드물다"고 못박는다. 르네상스 시대에 미술, 건축, 과학, 공학, 음악 등 다양한 분야에서 천재적인 소질을 보였던 레오나르도 다 빈치 정도가 그 드문 사례다. 아마 학부모 대부분은 알고 있을 것이다. 내 아이가 레오나르도 다 빈치에 맞먹는 천재는 아니라는 사실을. 라르고 박사는 이렇게 덧붙인다. "두 살짜리 아이가 연령에 비해 유독 사회성이 뛰어나지만 운동 능력은 아직 덜 발달한 경우가 있다. 이처럼 학생 중에도 언어에는 소질이 있으나 논리 수학적 능력은 약한 경우가 있다."[27]

입시에 모든 과목을 평균한 점수가 사용되는 것이 말이 안 되는 이유다. 천재로 유명한 아인슈타인도 모든 과목을 다 잘하진 못했다. 아이가 어느 분야에 유독 재능과 흥미를 보인다면 그 부분을 키워주되, 부족한 부분까지도 굳이 잘해야 한다고 스트레스를 줄 필요는 없다.

+ + +

한국에서 자녀를 키우는 데 가장 부담스러운 것을 꼽으라면 아마 부모 대부분이 사교육비라고 대답하지 않을까. 스위스에서 외동아이가 드물고 자녀를 둘, 셋씩 낳는 가정이 흔한 이유로 나는 교육비 부담이 없는 것을 꼽는다. 식당에서 물 한 잔 마시는 데 최소 4프랑을 내야 하는 이 물가 비

27. Remo H. Largo, 「Kinderjahre」, Piper, 2021.

싼 나라에서 양질의 공교육은 거의 무료로 이뤄진다. 스위스는 한국과 비슷하게 국토의 75%가 산과 호수로 이뤄져 있고 지하자원은 없어 예로부터 생존을 위해 인적 자원에 기댈 수밖에 없었다. 이 때문에 교육을 매우 중시하고 국가적으로 국민의 교육에 아낌없이 투자한다.

물론 교육열이라고 하면 한국은 세계 어디에도 뒤지지 않을 자신이 있다. 한국처럼 공부를 최고의 가치로 두는 나라가 또 있을까. 그런데 스위스의 교육이 한국과 결정적으로 다른 점이 있다. 공교육이 정부 주도로 건실하게 이뤄지며, 이 때문에 사교육이 드물다. 무엇보다 실용적인 교육을 중시하기에 교육을 마친 대부분의 청년들은 바로 취직이 된다.

직업 교육을 받을 경우, 이르면 15세에 자기 용돈은 자기가 버는 수준의 경제적 독립이 가능하고, 직업 교육을 무사히 마치면 웬만큼 성실한 청년들은 대부분 취직이 된다. 직업 교육 대신 대학 진학을 선택하더라도 한국, 미국에 비하면 등록금이 저렴하여 자식 등록금 걱정에 잠 못 이루는 부모는 없다.

앞에서 썼듯이 스위스에서 출생 후 첫 4년간은 어린이집을 비롯한 사설 돌봄 비용이 어마어마해서 나는 가정 보육을 택할 수밖에 없었다. 한국이나 북유럽처럼 어린이집 비용을 국가가 적극 보조해 주지 않는 데 대한 아쉬운 마음도 컸다. 그런데 레나가 유치원에 들어가고부터 국가에 대한 서

운한 마음은 든든한 마음으로 바뀌었다. 내 자식 교육을 정부_{연방 정부, 칸톤} _{정부, 그리고 시·게마인데}가 책임져 준다는 신뢰감이 생긴 것이다.

스위스에서는 만 4세 생일이 지나면 입학하는 유치원에서부터 의무 교육이 시작된다. 유치원 2년, 초등학교 6년, 중학교 3년까지가 의무 교육이며 이 기간 교육비는 무료다. 물론 스위스에도 개인이 고액의 학비를 부담하는 사립 영어 유치원과 국제 학교가 있지만 극소수의 외국인이나 상류층 자녀가 다닐 뿐이다. 한국에서처럼 경제적으로 무리해서라도 영어 유치원을 보낼지 일반 유치원을 보낼지, 일반 유치원을 보낸다면 어느 유치원을 보낼지, 자리가 있기나 한지, 추첨까지 해야 하는지를 고민할 필요도 없다.

스위스에서는 매년 8월 중순에 새 학기가 시작되는데, 레나가 유치원에 입학하던 해 1월에 우편으로 취학 통지서에 해당하는 유치원 등록 신청서가 왔다. 이걸 신청하고 4월 말이 되자 동네 유치원 세 곳 가운데 어느 유치원으로 배정되었는지, 같은 유치원에 배정된 친구들과 선생님들은 누구인지를 알려주는 편지가 도착했다. 대부분의 어린이들은 걸어서 통학할 수 있는 거리의 유치원으로 배정받는다_{마을에서 멀찍이 떨어진 농가나 산속에서 살아 도보로 통학할 수 없는 경우 별도의 통학 버스가 제공된다.}

그리고 5월에 '유치원 정보의 밤'이라고 해서 동네 초등학교 강당에 예비 학부모들이 모여 유치원에서 이뤄질 교육에 대한 친절한 설명을 들었다. 6월의 한 오후에는 예비 유치원생들이 미리 유치원을 방문해 선생님들과 친구들을 만나보는 유치원 체험이 두 시간 동안 열렸다. 레나는 이때부터 8월 중순 입학일까지 두 달간 설레는 마음으로 유치원에 갈 날을 손꼽아 기다렸다. 부모 입장에서는 교육 당국이 이끄는 대로 따라가면 될 뿐 특별히 유치원을 알아보는 수고를 들일 일이 전혀 없었다.

스위스의 유치원 첫해에는 오전 수업만 있기에 오후에는 사교육(!)을 받는 아이들이 많다. 여기서 잠깐, 스위스에서 '사교육'이란 대부분이 취미 목적의 체육 및 음악 활동이다 창의성을 중시하는 곳인데 의외로 미술학원은 없다. 그러므로 사교육이라는 표현보다는 방과 후 프로그램이라는 표현이 적절하겠다.

앞서 말했듯 호수가 많은 스위스에서 생존 수영은 대단히 중요하기 때문에 4세부터 수영 코스에 참여하는 어린이들이 많다. 레나는 유치원 첫해에 일주일에 한 번씩 수영과 발레를 배웠다. 초등학생들도 방과 후 프로그램으로 수영, 발레, 리듬체조, 승마, 축구, 아이스하키 같은 스포츠에 많이 참여하는데, 주최자가 사설 학원인 경우도 있지만, 지역 동호회 회원들이 비영리로 저렴하게 운영하는 경우도 많다. 특히 스포츠 활동은 건강 증진을 목적으로 하므로 건강 보험에서 비용의 일부를 지원해 주기도 한다.

악기 교습도 많이 하는데 이때는 거주 지역의 교육청이 일부 비용을 보조해 준다. 악기 선택의 폭도 넓어, 피아노뿐 아니라 다양한 현악기, 관악기, 타악기까지 선택할 수 있고, 하프처럼 비싼 악기는 해당 음악 교습소에서 빌려서 사용할 수 있다. 아이들이 연주하는 악기가 이처럼 다양하다 보니 지역마다 청소년 오케스트라 동호회가 활발히 활동한다.

남편에게 학창시절 독일어, 영어, 수학 등의 '주요 과목' 사교육을 받아 본 적이 있느냐고 물었더니 그는 이렇게 대답했다. "학교에 다녀오면 어머니하고 우리 네 형제가 식탁에 모여 앉아 숙제를 했어. 숙제를 다 끝낸 사람만 밖에 나가 놀 수 있었으니 일단 숙제를 마치는 게 우선이었지. 방과 후 사교육은 따로 없었어. 일주일에 한번 형제들과 음악 교습소에 가서 색소폰을 배우는 게 전부였어. 방과 후에 공부에 매달리기보다 악기를 배운 게 얼마나 다행이야. 평생의 취미를 찾은 거잖아." 남편은 초등학교 때부터 색소폰을 배워 청소년 때는 장크트갈렌 지역의 청소년 오케스트라 동호회에서 활동했다. 성인이 된 뒤에는 우리 마을의 성인 오케스트라 동호회에서 활동하며 매년 몇 차례 열리는 연주회 무대에도 오른다.

스위스 건국기념일에 열린 마을 축제에서 오케스트라가 음악을 연주하고 있다. 오케스트라 동호회원들은 어릴 때부터 악기를 배워 평생의 취미로 즐긴다.

한국은 모든 학생이 다른 학생들보다 교과목 점수를 더 잘 받기 위해 일제히 사교육을 받으며 과열 경쟁하는 치킨 게임의 현장처럼 보인다. 사교육을 받은 학생이 이기는 게 아니라 사교육을 받지 못한 학생이 질 수밖에 없는 현실이다. 공교육이 건실하고 학생과 학부모가 공교육을 신뢰한다면 국영수는 오직 학교 안에서만 배워도 충분하고, 방과 후에는 스포츠로 심신을 단련하고 음악으로 교양을 기르는 것이 평생의 자양분이 될 것이다.

스위스 학생들이 예체능 외에 영어, 수학 같은 교과목 공부를 학교 밖에서 사설로 배우는 경우는 드물다. 스위스에도 나흐힐페 Nachhilfe 라는 사설 과외가 있는데, 학교에서 배운 교과목을 따라가기 어려운 학생이 도움을 받는 목적이지, 학교 공부를 이미 잘하는 학생이 선행 학습을 목적으로 하진 않는다.

초등학교 5학년 교사인 내 친구 바네사가 말했다. "한 반 학생 20여 명 중에서 과외를 받는 학생은 한두 명 정도 있어. 수업 내용을 이해하기 어려워서 보충 수업을 받는 건데, 그리 심각하게 여길 필요는 없어. 대학생, 심지어 고등학생이 과외 선생님이거든. 이를테면 나눗셈이 어려운 초등학생에게 고등학생 언니가 옆에서 가르쳐주는 식이야. 나도 고등학교 때 동네 초등학생을 가르쳐 봤다고."

한국 같으면 고등학생은 초등학생에게 과외를 할 시간이 있기는커녕 자기 수능 공부 하기에도 눈코 뜰 새 없이 바쁠 것이다. 과외가 경쟁이나 선행이 아닌 보충을 목적으로 하는 스위스에서 일타강사, 족집게 강사 같은 개념도 있을 리 없다.

✦ ✦ ✦

스위스는 세계적으로 실업률이 낮은 나라로 꼽힌다. 스위스 연방경제사무국 SECO 통계에 따르면 2022년 스위스의 실업률은 2.2%, 그중에서도 15~24세 청년층의 실업률은 2%로 나타났다.[28] SECO에서는 지역실업센터 RAV 에 등록된 실업인구만 실업자로 간주한다.

28. Staatssekretariat für Wirtschaft SECO (2023). 2022 tiefste Arbeitslosenquote seit über 20 Jahren.

국제적인 비교를 위해 OECD의 통계를 보면 2022년 15~24세 청년층의 실업률은 OECD 평균 10.9%인데 스위스는 7.5%로 OECD 38개 회원국 가운데 6번째로 낮다. 유럽에서 청년실업이 심각한 그리스31.4%, 스페인29.7%은 물론 프랑스17.3%와 비교해도 확실히 나은 상황이다.[29]

스위스의 청년실업률이 세계적으로 낮은 이유는 탄탄한 국가 경제와 체계적인 교육 시스템 덕분이다. 특히 앞에서 언급한 스위스의 직업 교육은 지하자원이 빈약한 스위스에서 국가 경제를 떠받칠 양질의 인적 자원을 키우는 핵심 기둥이다. 스위스의 교육은 실용주의를 모토로 하기 때문에 중학교 졸업자의 3분의 2가 직업 학교로 진학하고 인문계 고등학교인 김나지움Gymnasium으로 진학하는 학생은 20% 안팎에 불과하다.[30]

스위스의 직업 교육은 독일의 기술 장인인 '마이스터 제도'와 비슷하다. 학생들이 자신의 적성과 특기를 살려 선택할 수 있는 직업은 공식적으로 230여 개나 되는데, 많이 택하는 직업은 사무원, 간호사, 소매판매원, 보육교사, IT 담당자, 전기기술자, 물류 관리자, 요리사 등이다. 학구적인 공부엔 흥미도 재능도 없는 아이들이 억지로 학원에 다니면서 일제히 대학에 가길 강요받는 게 아니라 관심 있는 직업을 찾아 실용적인 교육을 배우니 청소년들의 행복도가 높을 수밖에 없다.

29. OECD (2023). Unemployment rate by age group.
30. Bundesamt für Statistik (2023). Sekundarstufe II: Maturitätsquote.

직업 학교 학생들은 한국의 고등학교 시기에 해당하는 3, 4년간 크고 작은 기업체에 들어가 현장의 전문가들로부터 일대일로 기술을 배운다. 일주일에 3, 4일은 기업체로 출근해 일을 배우고 1, 2일은 학교 교실에서 해당 직업과 관련된 이론 수업을 받는다. 일터의 실무 교육과 학교의 이론 교육을 병행하는 이러한 교육 형태를 '듀얼dual 시스템'이라고 부른다.

스위스에서 직업 교육이 활성화된 데에는 어느 직업이든 일정 수준의 전문성을 갖추면 전문가로 존중받는 사회 문화도 큰 영향을 끼친다. 사농공상으로 나눠 직업의 귀천을 따지는 유교 문화가 강한 한국과 결정적으로 다른 점이다. 지식인이지만 밥 굶는 선비가 될 것이냐, 기술을 배워 목수나 페인트공이 될 것이냐고 묻는다면 단언컨대 실용주의에 큰 가치를 두는 스위스 사람들은 100% 후자를 택할 것이다. 스위스에서는 목수나 페인트공도 전문 기술자로 인정받으며 돈도 적지 않게 벌기 때문이다.

제대로 교육받은 전문 기술자들이 일하는 사회가 얼마나 중요한지를 나는 새집으로 이사하면서 절실히 깨달았다. 아이를 임신했을 때 신축 다세대 주택에 입주하게 되었는데, 대부분의 설계와 시공은 시행사와 건설업체에서 했지만, 마감재나 붙박이 가구, 주방 가구 등은 집주인의 취향에 맞게 직접 고를 수 있었다그래서 같은 아파트라도 집마다 분위기가 다르다. 우리는 욕실 타일, 세면대, 샤워부스, 수도꼭지, 테라스 바닥재, 집안 바닥재 등 수많은 건축 자재를 고른 뒤 기술자들이 우리 요구에 맞추어 시공하는 과정

3부 셋에서 공동체로

을 지켜보았다.

욕실의 타일을 시공해주었던 타일공은 자신감이 넘치는 베테랑이었다. 타일 시공하는 게 다 거기서 거기 아닌가라고 생각했던 건 착각이었다. 욕실 가장자리까지 타일을 반듯하게 잘라 평평하고 꼼꼼하게 붙이는 실력은 기술을 넘어 예술에 가까웠다. 이제 나는 남의 집 화장실에 갈 때마다 타일 시공이 얼마나 잘 되었나를 살펴보는 버릇이 생겼다.

목수가 만들어 준 붙박이장 역시 이케아 같은 대형 가구점의 기성품과는 비교할 수 없는 품질이었다. 이들이 바로 장인이라는 걸 느꼈고 그 후로 전문 기술자들을 믿고 맡길 수 있었다. 물론 그만큼 비용도 만만치 않지만 비싼 가격을 지불한 대가로 만족스러운 품질이 따라오니 시공을 맡기지 않을 수 없다. 이 기술자들도 물론 젊은 시절 직업 교육을 거쳐 베테랑이 된 사람들이다.

스위스에서 직업 교육을 받는 견습생을 레얼링 Lehrling, 독일에서는 Auszubildende 이라고 부르는데, 생활 곳곳에서 레얼링을 마주칠 수 있다. 소아청소년과에 가면 의사를 만나기 전에 간호사가 미리 아이의 키와 체중을 재는데, 얼굴에 여드름이 난 풋풋한 여학생 레얼링이 이 역할을 할 때가 많다. 은행 창구에서도 얼굴에 솜털이 난 남학생이 어색하게 정장을 차려입고 잔뜩 긴장한 표정으로 고객을 맞을 때가 있는데, 분명 초보 레얼링일 가능성이 높다. 혹시 레얼링이 조금 어설퍼 보여도 고객들은 이들을 얕보거나 무시하지 않는다. 고객들 역시 젊은 시절 이런 견습을 거친 사람들이 대다수니까 말이다.

이렇게 실습과 이론을 병행하여 전문 교육을 수료한 레얼링은 국가 공인 자격증을 발급받는데, 스위스 연방 능력 증명서 Eidgenössisches Fähigkeitszeugnis · EFZ 또는 스위스 연방 직업 증명서 Eidgenössisches Berufsattest · EBA 가 그것이다. 이 자격증은 향후 취직을 하거나 더 심화된 교육을 받을 수 있도록 청년들의 미래에 문을 활짝 열어 준다. 직업 교육을 마친 뒤에도 본인이 원하면 얼마든지 대학에 갈 수 있다. 학문 목적의 대학인 우니베어지태트 Universität 보다는 실습 위주 대학인 응용과학대학교 Fachhochschule 에 입학해 직업 교육에서 얻은 능력을 심화한다.

공립 직업 학교는 학비가 거의 들지 않으며 오히려 수련생들은 기업체에서 월급을 받는다. 월급은 직종 및 직업 교육의 연차에 따라 다른데, 가장 많은 학생이 택하는 사무원 Kaufmann, Kauffrau 은 15세인 1년 차에 약 800프랑116만 원, 16세인 2년 차에 약 1000프랑145만 원, 17세인 3년 차에 약 1500프랑218만 원 의 월급을 받는다2023년 기준.[31] 스위스의 물가를 고려하면 이 월급만으로 완전한 경제적 독립은 불가능하지만, 아직 미성년자니까 부모 집에 살면서 학생 신분으로 자기 용돈을 버는 수준은 된다. 자녀

31 Berufsberatung.ch (2023). Liste-Lehrlingslöhne.

가 이미 15세에 자기 용돈을 벌고 학비와 사교육비가 나갈 일이 없다면 부모로서는 큰 부담을 더는 셈이다.

자녀가 아직 미성년자라도 직업 훈련으로 월급을 받기 시작하면 도리어 부모가 아이로부터 아이 몫의 생활비로 매달 100~200프랑을 받는 가정도 있다. 심지어 스위스 민법에도 부모와 한집에 사는 자녀가 정기적인 임금을 받을 경우 부모는 자녀에게 '적당한' 금액을 생활비로 요구할 수 있다고 쓰여 있을 정도다. '적당한' 금액으로 전문가들은 자녀 월급의 10~20%를 추천한다.[32] 부모가 모든 걸 다 챙겨 줄 테니 자식은 공부에만 전념하라고 하는 한국 문화와 비교하면 차갑고 지독하게 느껴지기도 한다. 그러나 이는 자식이 돈을 벌기 시작하면 부모에게 기대지 않고 자기 앞가림은 자기가 하도록 독립심과 책임감을 키워주기 위한 목적이다. 그래서일까? 스위스에서 만난 10대 후반의 청소년들은 대개 나이보다 훨씬 성숙하고 독립적으로 보일 때가 많다.

+ + +

인문계 고등학교인 김나지움은 졸업 후 종합대학교인 우니베어지테트 Universität에서 말 그대로 학문을 하려는 학생들이 간다. 개인의 적성 및 흥미에 상관없이 모두가 대학을 목표로 하는 것이 아니라, 스스로 진정 학문

32. Pro Juventute. Kostgeld: Wie viel sollen Lernende zu Hause abgeben?.

에 뜻이 있는 학생들만 대학에 가는 것이다. 김나지움에 입학하기도 어렵지만 졸업까지 무사히 마치려면 정말 공부를 열심히 해야 한다. 공립, 즉 칸톤에서 운영하는 김나지움은 학생이 해당 칸톤의 주민이면 학비가 무료다. 가톨릭이나 개신교에서 운영하는 사립 김나지움은 학생의 가정 소득에 따라 등록금을 차등해서 받는다.

스위스에서는 일찍부터 될성부른 싹을 골라서 '선택과 집중'으로 인재 교육을 한다. 중학교 졸업 후에 가는 4년 과정의 김나지움이 있고, 칸톤에 따라서는 초등학교 졸업 후 바로 진학하는 6년 과정의 김나지움도 있다. 특히 6년 과정의 김나지움을 가려면 이미 초등학교 고학년 때부터 학업에 두각을 드러내야 한다. 이렇게 어릴 때부터 진로를 결정해야 하니 이런 교육 제도에 대한 비판의 목소리도 있다.

김나지움 입학 방법은 칸톤에 따라 다른데 취리히 칸톤은 입학시험에 합격해야 한다. 취리히 칸톤은 스위스 내에서도 교육열이 높은 편이다. 외국인 비율이 높고 부유층이 많이 사는 도시인 만큼 자식을 꼭 대학에 보내야겠다는 부모의 의지도 강하기 때문이다. 김나지움 인원은 한정되어 있는데 입학시험에 도전하는 학생들은 상대적으로 많아서 취리히 칸톤의 김나지움 입학시험은 경쟁이 치열하기로 소문이 나 있다. 절반은 붙고 절반은 떨어지는 구조인데, 그 준비 과정이 학생들과 부모들에게 스트레스라고는 하지만 한국의 명문대 입시 준비를 위한 사교육에 비할 정도까진 아니다. 초등학교나 중학교에서 교사들이 소수의 우등생을 모아 김나지움 대비반을 만들어 일주일에 하루 반나절을 추가로 가르쳐 주는 식이다.

스위스에도 한국의 강남처럼 열띤 사교육을 시키는 곳이 있긴 있다. 이른바 골드 퀴스테 Goldküste, 즉 금빛 연안으로 불리는 취리히 호숫가의 부유층 거주지다. 이곳 부모들은 자녀들을 직업 학교보다는 김나지움으로 보내고 싶어 사설 과외를 시킨다고 한다. 한국식 사교육 열풍이 계층에 상관없이 보편적인 현상인 데 비하면 스위스의 사교육은 극소수의 부유층 지역에서만 벌어지는 일이다.

앞서 말했듯 스위스에서는 대학을 가려는 의지와 능력을 갖춘 학생들만 대학에 가므로 대학 수가 많지 않다. 연방 정부가 운영하는 연방 공대 2개, 칸톤 정부가 운영하는 종합대학교 10개, 그리고 교사 양성을 위한 사범대학교 14개뿐이다. 특히 취리히 연방 공대 ETH 취리히 와 로잔 연방 공대 EPFL 는 세계 최고 수준의 공대로 이름난 과학 기술의 산실이다. 알베르트 아인슈타인이 학생이자 교수로 있었던 ETH 취리히에서는 지금까지 노벨상 수상자 22명을 배출했다.

이처럼 뛰어난 대학의 등록금도 한국에 비하면 부담 없는 수준이다. 인재들의 교육 비용을 국가와 칸톤의 세금으로 충당하기 때문이다. ETH 취리히 홈페이지를 보면 2023년 현재 학부생 등록금은 학기당 730프랑 106

만 원에 불과하다.[33] 또 사범대학교 등록금도 학기당 800프랑 116만 원 안팎이다. 스위스의 국민소득과 물가를 고려하면 이 비용을 장학금 없이 부모가 지원해 주더라도 소를 팔아야 할 정도는 아니다. 대학생들을 세금으로 공부시킨다는 건 이 대학들에서 아무나 학생으로 받아주지 않는다는 뜻이기도 하고, 일단 대학에 들어온 이상 설렁설렁 공부할 수 없다는 뜻이기도 하다.

알베르트 아인슈타인의 모교이자 세계적인 명문 공대로 꼽히는 취리히 연방 공대(ETH 취리히) 본관

33. ETH Zürich. Studiengebühren.

스위스의 이방인들

독일 출신의 세계적 물리학자 알베르트 아인슈타인, 노벨문학상 수상자 헤르만 헤세, 철학자 프리드리히 니체, 아일랜드 문호 제임스 조이스, 영국 영화인 찰리 채플린과 록그룹 퀸의 보컬 프레디 머큐리…. 이 유명 인사들에겐 공통점이 있다. 이들은 일생의 한 페이지를 스위스에 살면서 작품이나 연구 활동을 이어가거나 여생을 보낸 이방인들이다. 세계적인 테니스 스타이자 현재 세계에서 가장 유명한 스위스인이라고 해도 과언이 아닌 로저 페더러 또한 남아프리카공화국 출신 어머니와 스위스인 아버지 사이에서 태어났다. 그뿐 아니라 수많은 외국인 예술가와 학자, 기업인이 스위스에 살면서 업적을 일궜고, 그 결과물은 스위스의 문화적 학문적 경제적 자산이 되어 이 나라를 풍요롭게 하고 있다.

지금도 스위스는 유럽에서 외국인 인구 비율이 높은 나라 중 하나다. 2022년 기준으로 인구 880만 명 중 무려 230만 명이 외국 여권을 소지한 외국인이다.[34] 즉, 스위스 인구 네 명 중 한 명이 외국인이며, 외국인의 대다수는 독일, 이탈리아, 포르투갈, 프랑스 등 유럽연합EU 소속 국가의 국적을 가졌다. 스위스가 EU 회원국이 아님을 감안하면 놀라운 숫자다. 그중에서도 대도시 취리히는 약 44만 명의 인구 중 33%가 외국인일 정도로 다문화 도시다.[35] 스위스는 국적 취득이 매우 까다로우며, EU에도 가입하

---

34. Bundesamt für Statistik (2023). Zusammensetzung der ausländischen Bevölkerung.
35. Stadt Zürich (2022). Zürich in Zahlen.

지 않은 채 작은 땅에서 자기들끼리 잘 먹고 잘살며 국제정치적으로도 영세 중립국이라는 폐쇄적인 이미지가 있는데, 의외로 이렇게 외국인이 많이 산다.

스위스에 사는 외국인들은 대개 일 때문에 이곳에 왔다. 인구가 적은 스위스에선 외국의 전문직 인재들을 적극적으로 불러들여 경제 성장의 동력으로 삼는다. 외국인 근로자 입장에선 고임금과 쾌적한 삶의 질, 아름다운 자연이 매력적으로 다가온다.

세계적인 제약회사, 기계 제조회사, 은행 등이 몰려 있는 스위스에서는 대기업 임원도 자국인을 고수하기보다 능력을 보고 외국인을 스카우트하는 게 흔한 일이다. 외국인 인재들을 끌어들이기 위해 회사 공용어로 영어를 쓰는 대기업도 많다. 세계적인 스포츠 대회에 출전하는 스위스 국가 대표팀 선수 중 상당수는 외국 출신이거나 이민자의 후손이다. 국제기구 본부들이 몰려 있는 제네바, 로잔에는 국제기구에 근무하는 외국인 엘리트가 많다. 의사 같은 전문 직종에도 외국인이 수두룩하다.

스위스 기업의 3분의 1은 외국인이 창립했다는 통계도 있다. 스위스에 본사를 둔 세계적 식품회사 네슬레의 창립자 앙리 네슬레는 독일에서 스위스로 이민 온 약사 출신이고, 스위스 시계회사 스와치의 창립자 니콜라스 하이에크는 레바논 출신으로 스위스 여성과 결혼해 스위스로 건너왔다.

고급 인력뿐 아니라 3D 업종, 즉 힘들고 Difficult, 더럽고 Dirty, 위험한 Dangerous 업종에도 외국인 노동자가 많다. 특히 세르비아, 알바니아 등 동유럽에서 온 이민자들이 건설 현장 노동자나 환경미화원, 간병인 등으로 일한다. 다들 꺼리는 직종이지만 누군가는 반드시 해야 할 일로, 고급 인력이든 3D 업종의 노동자든 이런 외국인들이 없었다면 이 작은 나라가 지금처럼 경제 선진국이 될 수 없었을 거라 생각한다.

꼭 스위스로 이민을 오지 않고도 스위스에서 일하는 외국인들도 많다. 이게 무슨 말이냐고 고개를 갸우뚱, 하는 분들이 있으실 텐데, 바로 '국경을 건너는 사람'이라는 뜻의 그렌츠갱어 Grenzgänger다. 스위스와 국경을 접하고 있는 독일, 오스트리아, 프랑스, 이탈리아에서는 자국에 거주하면서도 매일 국경을 건너 스위스로 출퇴근하는 사람들이 꽤 있다. 스위스는 EU에 가입돼 있진 않지만 유럽자유무역연합 EFTA 회원국이라 EU 국가들과 국경에서 출입국 심사 없이 자유롭게 이동하도록 보장되어 있다. 같은 일을 해도 자국에서 일하는 것보다 스위스에서 훨씬 높은 임금을 받을 수 있고, 언어의 장벽도 없으니 그렌츠갱어로서는 스위스 일자리가 매력적으로 다가온다.

스위스에 사는 외국인의 상당수는 나 같은 결혼 이민자다. 결혼하는 커플 10쌍 중 4쌍이 국제결혼 커플이다. 처음 스위스에 와서 다녔던 독일어 수업에서는 수강생의 상당수가 스위스인 배우자를 둔 결혼 이민자였는데,

나는 여기서 대만, 일본, 필리핀, 태국, 브라질, 미국, 에콰도르 등 다양한 국적의 이민자들을 만났다.

고국에서 전쟁이 일어났거나 정치적 핍박을 받는 난민들이 탈출해 영세 중립국 스위스에 정착하기도 한다. 독일어 수업에서도 몇몇 난민들을 알게 되었다. 수업에서 만난 한 쿠르드족 여성은 쿠르드족 분리 독립 운동을 하는 여전사로 중동의 산속에서 활동했다고 한다. 그러다 눈사태로 부상을 당하고 동지들이 모두 죽자 안전하게 살 곳이 없어 스위스로 탈출했다고 했다.

그녀는 서툰 독일어로 내게 말했다. "나는 태어나서 한 번도 학교를 다녀본 적이 없어요. 지금 다니는 독일어 학원이 나의 첫 학교예요. 남편도 쿠르드족 난민인데, 스위스에서 만나 결혼했고 아이도 두 명 있어요." 그녀는 청소부로 일하며 만족스럽게 살고 있다. 밝은 표정이지만 얼굴에 어딘가 고생한 흔적이 있는 데다 사연도 기구해서 나이가 꽤 있을 거라고 짐작했으나 알고 보니 나와 동갑이었다. 내가 수능 공부에 한창일 때 산속에서 여전사로 전쟁에 나서고 있었다니….

2015년부터 서유럽에 대규모 난민이 유입되면서 스위스에서도 지역별로 난민을 나눠 수용하고 있다. 내가 사는 지역에서도 이때부터 지역 커뮤니티 센터를 임시 난민 숙소로 사용하기 시작했다. 그래서인지 난민으로 보이는 아프리카계, 중동계 외국인을 종종 볼 수 있다. 2022년 우크라이나에 전쟁이 나면서부터는 상당수의 우크라이나 난민들이 스위스에 와서 머물고 있다.

어느 나라에 살든 외국인으로 살아가는 데는 어려운 점이 있다. 언어의 장벽, 고국과 가족에 대한 그리움, 새로운 문화와 규칙에 적응하는 어려움 등이 일반적이다. 이에 더해 스위스에 사는 외국인들은 높은 물가를 최악으로 꼽는다. 여기서 일하면 그만큼 고임금을 받을 수 있으니 생활하는 데 큰 지장은 없지만, 그래도 고국과 비교해 터무니없이 비싼 물가에 부딪힐 때마다 소심해지기 일쑤다.

또한, 많은 외국인이 스위스에서 외국인 친구가 아닌 토박이 스위스인 친구를 사귀기가 무척 어렵다고 토로한다. 예전에 봤던 SRF 다큐멘터리에서는 젊은 독일인 여성이 취리히의 출판사에서 1년간 일하다 그만두고 독일로 돌아가는 이야기가 나왔다. 사람 사귀기 힘든 스위스에서 겪은 외로움 때문이었다. 그녀는 풀 죽은 표정으로 말했다. "스위스인들은 공손하지만 정이 느껴지진 않아요."

마음을 열고 사람을 사귀는 방식을 논할 때 보통 독일어권 스위스인들을 '코코넛 문화', 미국이나 캐나다 등 영어권 사람들을 '복숭아 문화'라고 한다. 겉은 말랑말랑한데 속에는 단단한 씨가 박힌 복숭아처럼 미국인과는 처음에 스스럼없이 말을 건네고 친해지기는 쉬워도 진정 속마음을 털어놓을 만큼 가까워지는 건 어렵다고 한다. 반면에 껍데기는 단단하지만 일단 그것을 뚫으면 속은 부드러운 코코넛 같은 사람들이 스위스인이다. 가까워지기가 몹시 어렵지만 한번 친해지면 성심성의껏 정을 준다. 영어 연수를 위해 캐나다에서도 지내 봤고 지금은 독일어권 스위스에 사는 나로서는 '코코넛과 복숭아'라는 표현에 웬만큼 동의한다.

내가 지켜본 바로는, 스위스인들은 한국인들만큼 평소에 많은 사람을 만나진 않는 것 같다. 인맥을 만들기 위해 많은 사람을 만나기보다는 비교적 소수의 사람과 깊은 관계를 유지하는 편이다. 우선 일로 만나는 사람과 사생활에서 만나는 사람의 경계가 뚜렷해서, 퇴근 후에는 직장 동료나 일로 알게 된 사람을 만나는 일이 매우 드물다. 사적인 영역에서도 파트너, 가족, 오래된 친구와 많은 시간을 보내는 편이다. 그러니 외국인이 이런 단단한 울타리를 뚫고 들어가 스위스인과 친해지기란 쉬운 일이 아니다.

내 경우에는 남편이 스위스인이라 스위스인들을 사귀고 스위스 사회와 문화에 통합되기가 비교적 수월했다. 스위스인들은 친구들을 만날 때 파트너와 함께 만나는 경우가 많아서 나는 라파엘의 친구들은 물론 그들의 파트너들과도 어렵지 않게 친해졌다. 게다가 아이가 생긴 후로는 역시 아이가 있는 이웃의 부모들과도 친분을 쌓게 되었다. 스위스 친구들은 내게 친절하고 꾸준히 연락을 주고받지만, 친구 사이에도 너무 격식을 차리고 예절 바른 태도에 조금 거리감이 느껴질 때도 있다. 외국인으로서 현지인들과 친해지고 싶다면 외국인 스스로 먼저 호의적이고 적극적으로 다가가는 수밖에 없다. 내향적인 성격이라도 용기를 내야만 한다.

친해지기 어려운 것을 넘어서서 외국인에게 불쾌감을 주는 사례도 보인다. 스위스 신문과 방송을 보면 많은 외국인은 자신들이 환영받지 못한다고 느끼는 것 같다. 특히 농촌과 산악지역으로 갈수록 외국인에 대해 보수적이고 배타적인 경향이 있다. 예전에 SRF 방송에서 독일인 리포터가 스위스의 한 농촌 지역을 방문하는 걸 보았다. 반反이민정책을 내세우는 우파 스위스국민당SVP 지지율이 76%나 되는 보수적인 마을이었다. 리포터가 양떼를 몰고 지나가던 늙은 농부에게 물었다. "저는 독일인인데요, 여기서 일을 해도 될까요?" 그러자 늙은 농부가 외쳤다. "독일 사람처럼 생겼군. 여기서 일을 할 수야 있겠지만 난 자네가 필요 없수다."

TV를 보면서 내 얼굴이 다 화끈거렸다. 자기들과 외모도 비슷하고 같은 언어를 쓰는 독일인한테도 저렇게 이방인 취급을 하는데 외모부터 완전히 다른 동양인인 나를 과연 어떻게 생각할까.

웬만한 스위스인들은 예절과 교양을 중시해서 그런지 외국인 앞에서 대놓고 차별하진 않는다. 그런데 나도 스위스에서 외국인으로서 기분이 몹시 나빴던 경험이 한번 있다. 한국에서 친한 선배가 놀러 와서 같이 동네를 한가롭게 산책하고 있는데 순찰 중이던 경찰차가 우리 옆에 멈춰 섰다. 경찰이 창문을 내리더니 우리에게 다짜고짜 말했다.

"신분증을 보여 주세요."

"신분증은 집에 있는데요. 집이 이 근처라서 잠시 산책을 나왔거든요."

나는 거리낄 게 없어 친절하게 응했다. 그러자 경찰은 신분증이 왜 필요한지 아무 설명도 없이 위압적인 말투로 말했다.

"신분증이 없으면 지금 경찰서로 갑시다."

"네? 경찰서요? 아니, 집 앞에서 산책하는데도 신분증을 소지하고 다녀야 하나요?"

"그걸 몰랐습니까?"

"그런 얘긴 전혀 들어본 적이 없어요."

"스위스에 입국할 때 공항의 출입국 심사관이 말해줬을 겁니다."

"아니요, 출입국 심사관한테 그런 고지를 받지 않았습니다."

"그렇다면 그걸 모르고 스위스로 입국한 당신 잘못입니다. 경찰서로 갑시다."

선배는 이날 한국으로 돌아가는 비행기를 탈 예정이어서 경찰서에 가면 비행기 시간을 놓칠 수도 있었다. 공항이나 국경 검문소도 아니고 동네에서 별안간 이런 검문을 당하니 당황스럽고 불쾌하기 짝이 없었다. 내가 사는 도시에 동양인이 드물어서 우리의 외모가 더욱 눈에 띄었을 것이다.

"나는 스위스에 합법적으로 거주하는 외국인입니다. 집이 여기서 3분 거리에 있으니 거기서 내 신분증을 보여주겠어요."
"나는 당신 집까지 같이 가줄 수 없습니다."

결국, 내 이름과 생년월일, 주소를 알려주고 옆에 있던 또 다른 경찰이 시청에 전화해서 내가 합법 거주자인지 확인한 후에야 우리에게 가도 좋다고 했다. 선배도 여권 정보를 알려 줬고, 경찰은 오후에 선배가 정말 출국했는지 공항에 연락해 조회하겠다고 했다. 나는 강압적인 말투로 명령하는 경찰에게 지지 않고 따졌다. "아무리 경찰이라지만, 지나가는 행인에게 무슨 이유로 신분증이 필요한지 설명도 없이 다짜고짜 그렇게 불친절하고 강압적으로 말할 권리가 있습니까?" 당시 스위스에 온 지 5개월밖에 안 돼 독일어를 잘하지 못했는데도 열이 받으니 신기하게 독일어가 술술 나왔다.

옆에 있던 또 다른 경찰이 뒤늦게서야 자초지종을 설명했다. "이 근처 중국 식당에서 불법체류자를 고용한다는 제보가 있어서 순찰 중이거든요." 오직 내가 동양인이라는 이유로 중국 식당에서 일하는 불법체류자로 오해받을 수도 있다는 사실에 몹시 불쾌했다.

스위스는 속인주의를 채택해, 부모 중 한 명이 스위스인이 아닌 이상 스위스 영토에서 태어난다고 해서 바로 스위스 국적을 얻을 수 없다. 그래서 귀화한 스위스인의 3분의 1은 이미 스위스에서 태어나 쭉 살아온, 결국 다른 스위스인들과 별다를 바 없는 이민자 2세들이라고 한다.

다문화 사회라지만 뒤에서는 이민자들을 달갑지 않게 여기는 풍토가 이 나라에도 있다. 이를 노골적으로 드러낸 제도가 바로 '이민 제한법'이다. 우파 스위스국민당이 발의한 이민 제한법은 2014년 2월 국민투표에서 50.34% 찬성으로 간신히 과반수를 얻어 통과됐다. 이는 EU 시민권자들의 이민에 엄격한 쿼터를 두어 제한하는 법이다. 스위스는 2007년 EU와 협정을 맺어 EU 노동력의 자유로운 이동을 허락했는데, 이를 뒤집겠다는 것이다. 기존에는 EU 이외의 국가, 즉 한국을 비롯한 제3국 시민권자에게만 쿼터제를 뒀다. 이민자가 증가해 스위스인들의 일자리를 빼앗고 주거비가 상승하며 환경에 악영향을 미치고 외국인 범죄가 늘어난다는 게 이민 제한법 찬성자들의 주장이다.

반면 스위스 기업들은 이 법에 지속적으로 반대해 왔다. EU 시민들의 취업을 제한할 경우 기업에서 마땅한 인재를 충당하기 어렵기 때문이다. 경제적 고립과 국가 신뢰도 하락을 우려하는 목소리도 높았다. 스위스가 이 법을 그대로 시행할 경우 이때까지 스위스와 EU가 수십 년간 맺어온 개별 협정 120여 개가 전부 무효가 된다. EU와 스위스의 국민이 자유롭게 이동한다는 기존 원칙을 위반하는 것이기 때문이다. 이 때문에 대_對EU 수출 의존도가 높은 스위스에는 비상이 걸렸다.

이민 제한법은 2017년 2월부터 시행될 예정이었는데, 그 직전에 스위스 의회는 이 법을 완화한 수정안을 만들어 통과시킴으로써 EU와의 갈등으로 인해 발생할 경제적 고립을 겨우 피해갔다. 논란이 되었던 이민 상한제와 쿼터제를 삭제한 수정안이었다.

사실 제3국 시민들에게는 이미 스위스 이민이 제한돼 있다. 예를 들어 한국인이 스위스에서 취업 허가를 받으려면 그를 고용하려는 고용주가 나서서, 왜 스위스 국민도 아니고 EU 시민도 아닌 한국인이 직원으로 굳이 필요한지를 정부에 알려야 한다. 정부가 그 이유를 납득해야만, 그것도 정해진 쿼터 안에서만 취업 비자를 준다. 한마디로 아인슈타인 같은 대단한 인재가 아닌 이상, 혹은 스위스인과 결혼해 자동적으로 취업 허가가 나오는 배우자가 아닌 이상, 제3국 시민이 평범한 직업으로 스위스에서 취업하기란 하늘의 별 따기라는 의미다. 스위스의 호텔 학교에서 엄청난 학비를 내며 유학한 한국인 학생들도 졸업 후에는 취업 허가가 나오지 않아 한국으로 돌아가는 일이 다반사라고 들었다.

취업 이민보다 훨씬 어려운 게 스위스 국적 취득이다. 스위스인으로의 귀화는 그 조건과 심사 과정이 매우 까다롭고 기간도 수년이 소요되며 행정 수수료도 많이 들기로 악명이 높다. 스위스 관청은 어떻게든 국적을 주지 않으려고 안간힘을 쓴다.

그러나 이민자들이 없었다면 지금처럼 풍요롭고 발전한 스위스는 없었을 것이다. 스위스는 세계 최고의 철도 국가로 명성이 높지만, 그것 또한 19세기 이탈리아 이민자들이 고된 노동과 위험을 무릅쓰고 산악지대에 철도와 터널을 건설한 결과다. 스위스의 크고 작은 기업들도 외국인 인재들이 없었다면 지금처럼 성장하지 못했을 것이다. 이런 사실을 간과하고 외국인에 대해 폐쇄적이고 배타적인 태도를 이어간다면 그 손해는 고스란히 스위스가 짊어질 것이다.

스위스 국제경영개발연구원IMD이 발표한 '2022 세계 인재 순위'를 보자. 인재에 대한 투자 및 개발, 국내외 인재를 끌어들이는 매력도, 자국 인재의 능력을 분석한 지표다. 이에 따르면, 스위스는 조사 대상 63개국 가운데 1위를 차지했다. 같은 통계에서 한국은 38위로 나타났다.[36]

별다른 천연자원도 없고 산악 지형의 작은 나라인 스위스가 잘 사는 이유 중 하나는 바로 스위스인이든 외국인이든 가리지 않고 인재를 끌어모았기 때문이다. 높은 임금과 삶의 질, 좋은 노동조건 덕분에 스위스의 고급 인력들은 해외로 빠져나가지 않고 자국 내에서 능력을 발휘하고 세계

---

36. IMD World Competitiveness Center. (2022). IMD World Talent Ranking 2022. Lausanne: IMD: Institute for Management Development.

3부 셋에서 공동체로

의 고급 인력들은 이 나라로 몰려든다. 인재의 부익부 빈익빈. 잘사는 나라에는 더 많은 인재가 일함으로써 더 잘사는 나라가 될 수밖에 없다.

외국인이라는 소수자 신분과 정체성을 갖고 살면서 나는 같은 처지의 외국인들과 가까움을 느끼고 다문화에 더욱 관대해지고 있다. 다양한 국적의 사람들과 어울려 살다 보니 정말 중요한 건 상대방의 국적, 피부색, 직업 등이 아니라 그 사람의 성품과 인간미라는 당연한 진리를 다시 한번 절감한다.

다채로운 언어가 들리는 곳

우리집 식탁에는 항상 3개 국어가 오간다. 나와 레나는 한국어로, 레나와 라파엘은 스위스독일어로, 그리고 라파엘과 나는 표준 독일어로 대화한다. 나와 레나의 한국말을 라파엘이 못 알아들을 땐 내가 라파엘에게 별도로 통역해 주는 수고를 들인다. 이제 레나가 제법 컸다고 나 대신 아빠에게 통역을 해주기도 한다. 그 결과 다섯 살 레나는 엄마와 아빠 사이에서 한국어와 스위스독일어 변환 모드를 자유자재로 구사하고 표준 독일어도 하는 사람으로 크고 있다.

비단 우리집뿐 아니라 스위스에는 다양한 언어가 공존한다. 기본적으로 국가의 공식 언어가 4개나 되는데 독일어, 프랑스어, 이탈리아어, 레토로만어가 그것이다. 2022년 기준으로 스위스 인구의 다수인 62.3%가 독일어(스위스독일어 및 표준 독일어)를 사용하고, 프랑스어 22.8%, 이탈리아어 8%, 레토로만어 0.5%가 뒤를 잇는다.[37]

마트에서 판매하는 거의 모든 제품에는 패키지에 독일어, 프랑스어, 이탈리아어가 나란히 쓰여 있어서 언뜻 보면 정신이 하나도 없다. 딸기 한 팩을 사도 딸기를 뜻하는 단어가 세 언어로 Erdbeere, Fraise, Fragola라고 나란히 쓰여 있다. 가공식품에는 원재료 표시가 세 언어로 깨알 같이 쓰여

---

37. Eidgenössisches Departement für auswärtige Angelegenheiten EDA (2022). Die Sprachen – Fakten und Zahlen.

있다. 가전제품을 사면 사용 설명서에는 세 언어 버전에 영어 버전까지 추가되어 있다. 스위스 국영 철도는 공평하게 세 언어로 된 약칭 'SBB, CFF, FFS'를 모두 기차에 표시하고 달린다.

프랑스어와 이탈리아어를 한 번도 배워 본 적이 없는 나조차 스위스 생활 10년차인 지금 간단한 프랑스어, 이탈리아어 명사를 들으면 그 뜻을 추측할 수 있게 되었다. 이 나라에서 태어나고 자랐다면 웬만한 단어는 별로 힘들이지 않고도 세 가지 언어로 배울 수 있을 것 같은데, 학창 시절 프랑스어 과목에 트라우마가 있었던 남편의 말을 들으면 꼭 그렇지만도 않은 것 같다. 스위스독일어권 지역의 학교에서는 영어는 물론 프랑스어도 필수 교과목으로 배운다.

스위스 인구의 4분의 1이 외국인인 만큼 국가 공식 언어 4가지 외에도 영어, 포르투갈어를 비롯해 수많은 언어가 사용된다. 당연히 여러 언어를 자유자재로 구사하는 사람, 즉 멀티링구얼이 흔하다. 스위스에 사는 15세 이하 어린이의 절반 가까이가 둘 이상의 언어에 노출되어 성장한다고 한다.[38] 취리히나 제네바 같은 스위스에선 제법 큰 도시에 가면 여기저기서 각기 다른 언어로 대화하는 소리가 들린다. 낯선 외국어가 들릴 때마다 레나는 저 말이 어느 나라 말이냐고 내게 묻는다. 사람들이 스위스독일어 외에도 다양한 언어를 구사하며 살아간다는 것을 레나는 일상적으로 터득했

---

38. Bundesamt für Statistik (2021). Erhebung zur Sprache, Religion und Kultur 2019.

다. 그러니 자신의 엄마가 이곳에선 소수 언어에 속하는 한국어를 사용하는 것도 전혀 이상하게 받아들이지 않는다.

스위스 유치원에는 1년에 한 번씩 언어치료사 Logopäde, Logopädin 가 방문하여 원생들과 일 대 일로 30분 이상 대화를 나눈다. 이때 대화는 다양한 장난감을 활용하여 놀이식으로 진행된다. 언어 발달에 문제점이 발견될 경우 언어치료사는 이를 학부모에게 알리고 알맞은 언어치료를 추천해 준다. 이는 다중 언어 환경에서 자라는 어린이들뿐 아니라 단일 언어를 쓰는 어린이들의 언어 발달까지 검사하기 위함이다.

레나는 스위스독일어와 한국어, 즉 이중언어를 사용하고 표준 독일어에도 노출되어 있기 때문에 언어치료사가 아이의 언어 발달을 면밀히 살핀다는 소식을 들었을 때 참 반가웠다. 가장 많은 시간을 함께 보내는 엄마랑은 한국어로 대화하고, 나 역시 지금까지 스위스독일어보다는 한국어 교육에 더 정성을 들였기 때문에, 혹시나 스위스독일어 발달이 또래보다 느리면 어쩌나 하는 걱정이 조금 들었기 때문이다. 언어치료사는 레나와의 면담이 끝난 뒤 다행히 긍정적인 피드백을 전해 주었다. "레나의 스위스독일어는 또래들과 비슷하게 발달하고 있어요. 발음과 억양을 들었을 때 다중언어 환경에서 자라는 아이라고 전혀 감지할 수 없었어요. 걱정할 필요 없어요."

레나의 출생 때부터 나는 레나와 무조건 한국어로만 대화한다는 원칙을 꾸준히 지켜왔다. 내 모국어로 아이와 편안하게 대화하고 싶은 이유도 있지만, 아이에게 한국어를 '어설픈 제2언어' 수준이 아니라 한국어 책을 자유자재로 읽고 한국어의 아름다움을 느끼는 정도로 발달시켜 주는 것이 내가 줄 수 있는 최고의 선물이라고 생각하기 때문이다.

더불어 이중 언어를 쓰는 아이들은 나중에 제3언어를 배울 때도 유리하다. 이중 언어 연구의 권위자인 알베르트 코스타는 언어 습득을 저글링에 비유했다. "새 언어를 배울 때, 이중 언어자는 이미 공 두 개로 저글링 하는 법을 익힌 상황에서 공 세 개로 하는 법을 배운다. 반면, 단일 언어자는 처음부터 세 개로 하는 법을 배워야 한다."[39]

또 엄마가 자신의 모어로 아이와 정서적 교감을 나누지 못하면, 즉, 엄마가 어설픈 외국어로 아이와 대화하면 아이는 엄마의 감정과 애정을 충분히 느끼지 못한다고 한다. 다문화 가정에서 자란 아이들은 부모의 두 언어를 '저절로' 잘할 것이라고 여기는 사람들도 있는데 결코 그렇지 않다. 언어학 교수이자 자녀들을 프랑스어, 독일어 이중언어로 키운 바바라 A. 바우어는 저서에 이렇게 썼다. "어떤 언어든 이중언어는 저절로 얻어지지 않으며 온 가족이 매달려 애써야만 겨우 도달할 수 있다."[40]

39. 알베르트 코스타, 『언어의 뇌과학』, 현대지성, 2020
40. 바바라 A. 바우어, 『이중언어 아이들의 도전』, 구름서재, 2016

부모가 각각 다른 모어를 사용하는 가정의 아이가 부모의 두 언어를 골고루 잘하려면 엄마와 아빠가 아이에게 일관적으로 각자의 모어만으로 말하는 것이 대단히 중요하다. 그래야만 아이의 뇌에서는 엄마와 말할 땐 자동적으로 '엄마 말 서랍장'이 열리고, 아빠와 말할 땐 '아빠 말 서랍장'이 열린다고 한다. 알베르트 코스타는 이렇게 설명했다. "아기 이중 언어자들은 모든 대상을 두 언어와 연결할 수 있다. 하나는 엄마 언어로, 하나는 아빠 언어로."[41]

그래서 나는 스위스 사람들과 함께 있는 자리에서도 레나와는 한국어로만 말한다. 남들은 한국어를 못 알아들으니 우리 둘만의 비밀 언어가 조금 뻔뻔스럽게 보일 수도 있겠지만 그건 기꺼이 감수하기로 했다. 아이가 아빠의 말뿐 아니라 엄마의 말도 철저히 익히는 것은 실례를 무릅쓰고서라도 해내야 할 최우선 순위이기 때문이다.

그러다 보니 우리 가족과 자주 만나는 스위스 지인들은 이제 간단한 한국어 단어를 알아듣기까지 한다. 이웃집 아이들은 우리집에서 밥을 먹을 때면 한국말 '맛있다!'를 연발한다. 한번은 친구 가족과 함께 일주일간 휴가를 갔는데, 휴가가 끝날 무렵 이 스위스 부모는 한국식 육아에서 가장 자주 쓰는 말 즉 내가 레나한테 많이 했던 말을 한국말로 직접 하게 되었다. "안돼!", "하지 마!"

41. 알베르트 코스타, 『언어의 뇌과학』, 현대지성, 2020

보통 이중언어 아이들은 말을 늦게 시작하는 편인데 레나는 신기하게 도 말을 일찍 시작했다. 레나는 돌 무렵에 지나가는 차를 보고 나한테는 '차'라고 말하고 아빠한테는 독일어로 '아우토 Auto'라고 바꿔 말해 나를 놀라게 했다. 길에 개가 지나가면 나한테는 '멍멍'이라고 말하고선 고개를 돌려 아빠한테는 독일어로 '바우바우 wauwau'라고 말했다.

아이가 초등학교에 입학하고 모든 공부를 독일어로 하게 되면 당연히 한국어 노출이 줄어들어 독일어와 한국어의 격차가 커질 것이다. 스위스 에서 계속 학교 다니며 살 건데 한국어가 무슨 필요가 있느냐고 말하는 사 람도 있을지 모른다. 그럼에도 나는 아이에게 다른 공부는 몰라도 한국어 만큼은 꾸준히 가르칠 것이다. 한국과 스위스, 두 개의 뿌리를 가진 아이 에게 두 개의 언어를 전해주는 것은 곧 자신의 정체성을 알아가도록 돕는 일이기 때문이다. 훗날 레나가 내 책꽂이에서 박완서 작가의 책을 꺼내 읽 고 한국말의 아름다움을 만끽할 수 있게 된다면!

+ + +

앞에서 썼듯이 스위스인 대다수는 네 가지 국가 공식 언어 중 독일어 를 사용한다. 내가 살고 있는 스위스 북동부는 독일어를 쓰는 지역이다. 문제는 스위스에서 사용하는 독일어가 독일에서 사용하는 독일어와는 상 당히 다르다는 것. 그래서 우리가 보통 독일어라고 말하는 표준 독일어를 '호흐도이치 Hochdeutsch '라고 하고 스위스독일어는 '슈바이처도이치 Schweizerdeutsch '라고 구분해서 부른다.

그럼 스위스독일어는 표준 독일어와 얼마만큼 다를까. 처음 스위스독일어로 대화하는 사람들을 봤을 때, 난 그들이 지금 독일어로 이야기하고 있다는 사실조차 깨닫지 못했다. 내가 모르는 유럽 어딘가의 낯선 언어라고만 여겼다. 처음 스위스에 온 독일인들마저 스위스인들이 말하는 독일어를 거의 못 알아듣는다. 심지어 스위스에서는 표준 독일어를 외국어로 간주한다. 연애 시절 어쩌다 남편의 이력서를 봤을 때 깜짝 놀랐다. 외국어 능력을 적는 칸에 영어, 스페인어와 함께 '표준 독일어'가 자랑스럽게 쓰여있었던 것이다.

스위스독일어는 표준 독일어와 비교해 발음과 억양은 물론이고 일상적으로 사용하는 단어마저 많이 다르다. 미국영어와 영국영어의 차이는 비할 바가 아니다. 이를테면 감자 표준 독일어로 카토펠, Kartoffel 는 해어드웹펠 Härdöpfel , 당근 카로테, Karotte 은 뤼에블리 Rüebl , 고양이 캇체, Katze 는 뷔지 Büsi , 친구 프러인트, Freund 는 그슈팬리 Gspänli 다. 또 독일에서 인삿말로 주로 '구텐탁 Guten Tag '을 쓰지만 스위스에서는 처음보는 사람에겐 '그뤼에찌 Grüezi ' 라고 인사하고, 아는 사이끼리는 둘리의 마법의 주문과도 같은 '호이 Hoi ' 라고 인사한다.

3부 셋에서 공동체로

국가 공용어 중에 프랑스어도 있는 만큼 스위스독일어에는 프랑스어 단어도 많이 보인다. 예를 들어 아이스크림 아이스, Eis 은 글라쎄 Glacé , 미용 사 프리죄어, Friseur 는 크바푀어 Coiffeur 라고 부른다. 프랑스어를 배워본 적 없 는 나로서는 낯선 단어들이고 발음을 흉내내기도 어렵다. 또 하나 크게 다 른 게 바로 문법. 스위스인들 스스로도 '문법이 없다'고 말할 정도로 스위 스독일어는 표준 독일어의 문법 규칙에서 많이 벗어나 있다.

이 정도로 다르다면 '스위스독일어'에서 독일어라는 단어를 빼고 그냥 스 위스어라는 고유의 명칭으로 불러도 되지 않을까? 영어와 독일어를 섞어놓 은 듯한 네덜란드어를 별도의 언어로 분류하는 것처럼 말이다. 또한, 스위스 독일어를 표준 독일어에서 벗어난 사투리로 취급하는 것이 과연 정치적으로 올바른 것일까 궁금했다. 마치 표준 독일어가 '교양 있는 사람들이 두루 쓰는 현대 하노버 말'이고 스위스독일어는 주변 언어인 양 여겨지기 때문이다.

나한테서 오랫동안 한국어를 배워온 스위스인 친구는 내 물음에 이렇 게 대답했다. "스위스 전체에 통일된 규범으로서의 표준어가 없기 때문에 스위스독일어를 사투리라고 하는 거예요. 심지어 스위스독일어는 지역마 다 많이 다르니까요." 실제로 스위스 연방 홈페이지에서도 스위스독일어 를 공식적으로 사투리 Dialekt 로 규정해놓았고 스위스 내에서도 지역마다 사투리가 많이 다르다는 사실까지 설명해 놓았다.[42]

42. Eidgenössisches Departement für auswärtige Angelegenheiten EDA (2020), Sprachen und Dialekte.

정말로 스위스독일어는 지역별로 차이가 커서, 장크트갈렌 방언에 익숙한 내가 수도 베른 사람, 마터호른 산이 자리한 발리스 사람, 스위스에서도 시골로 여겨지는 아펜첼 사람을 만나면 머리가 몽롱해진다. 말이 한 귀로 들어와서 다른 귀로 그대로 빠져나가는 느낌이랄까. 그렇잖아도 머리가 피곤할 때면 내 귀는 아예 차단 모드를 가동한다. 심지어 스위스인들끼리도 서로 못 알아듣는 경우가 있으니 말 다했다. 땅덩이는 작아도 높은 산이 많은 지형 때문에 오랜 세월 동안 지역마다 언어적, 문화적으로 각각 고립되어 생활했기 때문이 아닌가 싶다.

다행히도 스위스독일어는 말할 때만 쓰는 구어 口語고, 문서, 책, 안내판, 편지 같은 공식적인 문어 文語는 표준 독일어를 쓴다. 경상도 공무원이 공문서를 작성할 때 사투리가 아닌 표준어로 쓰는 것과 같은 이치다. 초등학교부터 교사들은 표준 독일어로 학생들을 가르친다. 방송의 경우 지역방송들은 그 지역의 사투리까지 가미한 스위스독일어를 쓰지만, 공영방송인 SRF는 TV와 라디오에서 표준 독일어와 스위스독일어를 반반 정도 사용한다.

한국어로 비유해 설명하자면 표준 독일어는 서울말, 스위스독일어는 제주 방언 정도의 격차라고 생각하면 될까? 예를 들어 서울 사람이 제주도에 가서 제주 방언을 쓰는 할머니와 대화한다고 하자. 서울 사람은 제주도 할머니의 말을 못 알아 듣지만, 제주도 할머니는 서울 사람의 말을 곧 잘 알아듣는다. 제주도 할머니는 어릴 적 학교에서 서울말로 된 책으로 배웠고 TV에서 매일 서울말을 듣기 때문이다. 마찬가지로 외국인이 표준 독일어로 이야기하면 스위스인들은 잘 알아듣지만, 그 외국인은 스위스인이 친절하게 표준 독일어로 대답해 주지 않는 이상 스위스독일어를 알아듣기란 어렵다. 물론 스위스인들도 외국인이 유창한 스위스독일어로 말하기를 기대하진 않는다. 부산 사람들이 해운대에서 산책하는 미국인이 부산 사투리를 써야 한다고 기대하지 않듯이 말이다.

독일어권 스위스에 사는 외국인들은 기본적으로 표준 독일어를 먼저 배우고, 스위스의 독일어 학원에서도 표준 독일어를 가르친다. 독일어 강사는 주로 독일인이다. 부산에 사는 외국인이 부산대 한국어학당에서 부산 사투리가 아닌 서울말을 배운다고 생각하면 된다.

나는 고등학교 때 제2외국어로 프랑스어와 독일어 사이에서 아무 생각 없이 독일어를 선택하면서 처음 독일어를 배웠다. 그런데 외고가 아닌 일반고에서 제2외국어란 그야말로 왕초보 수준이었다. 그마저도 고등학교를 졸업하면서부터는 자연스럽게 잊어버렸다. 그런데 왠지 언젠가 독일어를 다시 사용하게 될 것만 같은 불길한 예감(!)이 들어 교과서는 버리지 않고 보관해 두었다. 그 교과서에 독일식 아침 식사 사진이 있었는데, 동화 속에 나오는 것처럼 먹음직스러운 독일 빵과 치즈, 삶은 계란 등이 식탁에 풍성하게 차려진 모습이 독일어권 문화에 대한 막연한 동경을 불러일으킨 것 같다. 대학에서 교양수업으로 독일 문학 수업을 듣고 독일 문학을 읽으면서 동경은 커져 갔지만, 그렇다고 해서 문법 어렵고 발음도 썩 아름답지만은 않은 독일어를 다시 배울 생각은 하지 않았다. 독일어에는 자칫하면 한국어의 욕처럼 들리는 단어들이 제법 많다 여느 사회 초년생이 그러하듯, 영어 하나 하기에도 매우 벅찼다.

내가 본격적으로 독일어에 파고든 건 2015년 스위스에 정착하면서부터다. 앞으로의 인생을 '여기서 살아야 한다'는 사실은 절대적인 동기 부여가 되었다. 독일어로 일하는 게 당장 시급한 목표였고, 한국에서 신문 기자로 일했기 때문에《노이에 취르허 차이퉁 Neue Zürcher Zeitung》같은 격조 있는 스위스 신문을 어려움 없이 읽고 싶었다. 무엇보다 나중에 아이를 낳고 나서 가정 통신문조차 읽을 수 없는 까막눈 엄마가 되는 건 상상도 하기 싫었다.

이곳 물가에 걸맞게 엄청난 학원비를 내고 매일 오전 두 시간 반씩, 주 5일 집중 코스를 들었다. 천성이 모범생인 나는 지각이나 결석은 안 했고 선생님이 내주는 숙제는 꼬박꼬박 다 했다. 또한 연애 시절 신랑과 영어로 대화하던 것을 이때부터 표준 독일어로 바꾸었다. 그 점이 가장 주효했던 것 같다. 참을 수 없는 내 문장의 가벼움에 처음엔 몹시 답답했지만 서서히 말이 터져 나왔다. 신랑의 가족, 친구들과 만날 때마다 표준 독일어로 대화를 해왔기에 예상보다 말이 빠르게 늘었다.

스위스에 온 지 8개월 만에 독일 공식 어학기관인 괴테인스티튜트에서 목표로 했던 레벨 시험을 통과했다. 스위스에 온 지 1년쯤 지났을 땐 표준 독일어로 일상생활을 하고 사람들과 대화를 나누는 데 전혀 지장이 없는 수준이 되었다.

내가 생각해도 놀라울 정도로 신기한 외국어 향상 체험이었다. 그도 그럴 것이 이전까지는 한 번도 내가 외국어에 소질이 있다고 생각해 본 적이 없었다. 영어 역시 하도 답답해서 회사에 다니던 중 1년을 어렵게 휴직하고 캐나다에 가서 영어 연수를 하면서 원하던 수준에 도달할 수 있었다. 그런데 스위스에서 독일어를 쓰면서부터 언어에 소질이 있는 사람이라는 말을 과분하게 들었다. 처음엔 아니라고 줄기차게 부인했으나 계속 듣다 보니 '그런가? 내가 정말 언어에 소질이 있나? 재능이 숨어있다가 뒤늦게 삼십 대가 되어서야 드러난 걸까?' 하는 생각마저 든다.

자, 그럼 표준 독일어만으로 스위스에서 사는 데 지장이 없을까? 처음 몇 년간은 스위스인들끼리 모여 스위스독일어로 대화하는 것을 듣고 있으면 전혀 알아들을 수 없었다. 하지만 남편의 가족, 친구들은 내가 있는 자리에서는 기꺼이 표준 독일어로 대화하는 호의를 베풀었다. 사투리만 쓰던 사람들끼리 갑자기 나 때문에 표준어로 대화하니 서로 얼마나 어색할까 싶어 늘 고맙다.

하지만 나를 잘 아는 친지뿐 아니라 처음 보는 사람에게도 매번 표준 독일어로 말해달라고 부탁할 순 없는 일이다. 여럿이 만난 모임에서 스위스독일어가 오가면 나는 자연히 소외감을 느끼고 결국엔 잘 알아듣지 못하니 그 만남이 지루해진다. 아마 그 때문에 내가 한국에서와는 달리 소극적이고 내향적인 성격으로 바뀐 것 같다. 그래서 표준 독일어를 어느 정도 배운 이후로는 스위스독일어를 잘 알아듣는 것이 새로운 목표가 되었다. 정말이지 산 넘어 산이다. 공기 좋은 나라에서 사는 대가가 엄청나다.

스위스독일어를 잘 알아듣지 못해 생긴 웃지 못할 일화가 있다. 레나를 임신하고서 시고모할머니를 만나 임신 소식을 전하게 되었다. 시고모할머니는 기쁜 얼굴로 축하를 해주면서 이렇게 덧붙였다. "우프 벤Uf wänn?" 스위스독일어로 아기가 '언제' 나오는지를 묻는 것이었는데, 나는 이걸 표준 독일어로 '누구'를 뜻하는 대명사의 목적격인 '벤wen'으로 잘못 알아듣고는 순진한 표정으로 이렇게 대답했다. "아, 아기의 아빠는 바로 라파엘이에요."

한번은 칸톤 종합병원에 유방 초음파 검사를 하러 갔다. 담당 의사는 나보다 몇 살 많아 보이는 독일인 여자 의사였다. 나는 모유 수유 때 유선염을 앓아 입원했던 병력을 비롯해서 검사를 하러 온 이유를 설명하고 궁금한 것들까지 표준 독일어로 질문했다. 내 애기를 듣던 의사가 물었다. "그런데 의료 분야에서 일하시나 봐요?" 나는 되물었다. "전혀 아닌데요. 왜

요?" 의사가 대답했다. "의료 용어를 상당히 잘 알고 계셔서요." 그날따라 센티멘털했는지 검사를 마치고 집으로 돌아가는 차 안에서 코끝이 찡해지더니 눈물이 한 방울 흘렀다. 아이를 낳은 뒤로는 누군가에게서 칭찬을 들어본 게 너무나도 오랜만이어서, 자존감이 작을 대로 작아져 있던 내게 폭풍 같은 감정을 불러일으켰다. 항상 현지인과 비교해 부족한 내 독일어를 약점으로만 생각했는데, 오히려 외국에서 언어의 장벽 없이 병원을 드나들 수 있게 된 나를 스스로 칭찬해 줘야겠구나….

다행히 레나가 태어나면서부터 나는 스위스독일어를 부쩍 알아듣게 되었다. 라파엘이 레나에게 아기 때부터 수없이 반복해서 말하는 걸 수시로 들으니까 말이다. '각끼 Gaggi, 똥', '구에쯜리 Guetzli, 쿠키', '마이틀리 Meitli, 여자아이' 같은 단어를 매일 들으면 안 외워질 수가 없다. 동네 아이들과 그 부모들의 대화에까지 끼다 보니 이젠 스위스독일어가 웬만큼 들리고 있다.

아직 갈 길이 멀고도 멀다. 모국어가 아닌 언어를 사용하는 지역에서 산다는 건 무라카미 하루키의 에세이 제목처럼 『이윽고 슬픈 외국어』를 매일 겪는 낯섦이다. 그럴 때면 독일의 대문호 괴테의 말을 새기며 스스로를 위로해 본다. "외국어를 모르는 자는 자신의 모국어도 알지 못한다."

장애인과 함께하는 평범한 일상

매년 여름 우리 마을의 초등학교 축구장에서는 마을의 동호회들이 팀을 이뤄 겨루는 축구 대회가 열린다. 몇 년 전 이 축구 대회에 구경을 갔다가 한 가족을 보았다. 두 돌이 채 안 되어 보이는 막내 아이가 유모차에 앉아 있는 모습이 어딘가 어색해 보여 가만히 쳐다보니 아이가 앉아 있는 곳은 유모차가 아닌 휠체어였다. 유모차를 타고 있어야 할 유아가 휠체어를 탄 모습을 본 것은 처음이라 나는 적잖이 충격을 받았다. 거동이 불편한 장애 아동이 휠체어를 타고 야외로 나와 가족과 주말을 즐기는 모습을 한국에서는 본 적이 없었으니까. 휠체어는 어린이용이라 색깔이 알록달록했고, 아이들이 좋아할 만한 캐릭터가 그려져 있었다. 어린이 휠체어가 그렇게 생겼다는 것도 처음 알았다. 비슷한 또래의 아이를 키우는 엄마로서 이날의 충격은 장애 아동에 대해 더욱 관심 있게 생각하는 계기가 되었다.

얼마 후 한동네에 사는 리즈를 만났다. 177센티미터의 큰 키에 시원시원한 성격인 리즈는 세 아이의 엄마이자 유치원에서 아동의 발달을 돕는 심리운동치료사다. 축구 대회에서 봤던 장애 아동 얘길 꺼냈더니 역시 리즈는 우리 동네 토박이에 마당발이라 그 가족에 대해 잘 알고 있었다. "그 가족은 시리아에서 온 난민인데 아이가 넷이야. 막내가 선천적으로 중증 장애가 있어서 휠체어를 타고 다녀." 난민이라면 평범한 스위스 가정보다 소득이 적을 텐데 막내가 장애를 안고 태어났으니 병원비며 발달 치료비,

　　　　3부 셋에서 공동체로

특수 교육비 등 경제적 부담이 크겠다는 생각부터 들었다. "그 아이는 이 근처 특수 학교 부속 어린이집에 매일 다녀. 거기서는 일반 어린이집과 다르게 중증 장애 아동을 돌보는 데 능숙한 특수 교사가 아이들을 돌보거든."

장애 아동의 엄마는 집에서 하루 종일 아이를 돌보느라 밖에 나가 일을 하는 게 불가능할 줄 알았는데, 이런 시설이 있으니 그 엄마는 아이를 전문가에게 맡기고 생계를 꾸려 나갈 수 있다. 특수 학교 부속 어린이집 비용은 상당 부분 거주지 칸톤과 게마인데의 지원을 받기 때문에 부모는 경제적 부담을 크게 지지 않는다는 사실도 알게 되었다.

이후 나는 휠체어를 탄 어린이들을 적지 않게 마주치곤 했다. 어린이 관객을 대상으로 한 콘서트에서, 도시의 축제에서, 날씨 좋은 날 공원에서…. 어린이들이 많이 모일 만한 곳이면 어김없이 휠체어를 타고 있는 장애 아동들도 보였다. 이들도 어린이들이니 어린이들을 위한 다양한 행사와 아름다운 날씨를 즐기는 건 당연한 일상이다.

스위스에서 어린이들뿐 아니라 남녀노소 상관없이 장애인을 사회 구성원으로 늘 마주치니 나는 이제 더 이상 장애인과 비장애인을 구별 짓지 않게 되었다. 장애인이 많이 보이는 것은 대중교통과 공공장소에 장애인들의 접근이 용이한 것도 큰 몫을 한다. 앞서 유모차 배려 문화에서 언급했듯, 휠체어를 탄 사람이 버스 기사의 도움을 받아 어렵지 않게 버스를 타는 모습을 흔하게 본다. 사람들이 많이 모이는 축제에 가면 다운증후군 환자, 팔 하나가 없는 사람, 다리 하나가 없는 사람을 종종 마주친다. 마트에 가면 휠체어를 타고 장을 보는 사람들이 있고, 그들이 도움을 요청하면 나는 높은 선반에 진열된 제품을 그들의 장바구니로 내려준다.

세상에 장애인이 이렇게 많으니, 나 혹은 가족 중 누구라도 별안간 불의의 사고로 장애인이 될지도 모른다는 생각도 들면서 장애인을 나와는 다른 세계 사람으로 간주하는 오만함을 경계하게 됐다. 장애인을 자주 접하다 보면 장애인에 대한 이해도도 높아진다. '아는 만큼 보인다'가 아니라 '보는 만큼 안다'라고 해야 할까. 한국에선 장애인을 마주치는 일이 극히 드물어서 몰랐는데, 스위스에 와서 장애인을 자주 보니까 그들에 대해 잘 알게 되는 것이다.

대중교통을 타기 힘든 장애인 및 노인들을 위해서는 휠체어에 앉은 채로도 탈 수 있는 전용 콜택시도 있다. 틱시 Tixi 라는 이름의 이 택시는 자원봉사자들이 운전하고, 기부로 운영 비용을 충당하기 때문에 장애인과 노인들이 부담 없는 요금으로 이용할 수 있다. 병원을 비롯해 미용실, 교회, 지인 방문, 장보기 등 일상생활을 위해 꼭 필요한 이동 수단이니, 도로에서 틱시 택시를 자주 본다.

"엄마, 틱시 택시가 왔어. 페터 아저씨가 오늘 어디 가나 봐." 레나가 가끔 창문으로 방문객 주차장을 보면서 내게 말한다. 이웃에 사는 페터는 내 또래인데, 스포츠를 즐기는 건강한 청년이었으나 10년 전쯤 운동 중에 사고를 당해 중증 장애인이 되었다. 그가 타고 다니는 전동휠체어에 갖가지 기계가 많이 달려 있는 것만 보아도 장애의 정도가 심하다는 걸 알 수 있다. 그는 매주 두 번씩 틱시 택시를 타고 재활 치료를 하러 간다. 별안간 장애인이 되었지만 직장에서 배려를 해주어서 재택근무로 계속 일을 하고 있다.

페터뿐 아니라 많은 장애인이 일을 하며 사회구성원으로 통합되어 살아간다. 하반신이 마비되어 휠체어를 타고 다니는 변호사, 시각장애인 판사 등 전문직에 종사하는 장애인도 주변에서 보았다. 장애인들이 근로를 통해 사회에 통합될 수 있도록 돕는 비영리 사회적 기업도 드물지 않다. 장애인을 돌봄과 지원의 대상이 아니라 노동을 통해 당당한 사회 구성원으로 자립하도록 돕는다는 취지가 좋다.

실제로 스위스의 국가 사회보장보험의 한 부분을 차지하는 장애보험 IV 은 그 근본 취지가 장애인들이 근로를 지속하여 자신의 생계를 자립적으로 꾸려가도록 돕는 데 있다. 불의의 사고나 질병으로 장애인이 되었다면 기존 직업을 계속 수행하는 데 필요한 각종 의료 보조 기구를 지원해준다. 장애 때문에 기존 직업을 계속 유지할 수 없는 경우에는 장애에 상관없이 할 수 있는 새로운 직업을 찾기 위한 직업 상담과 직업 교육을 제공해 주고, 직업 교육 기간의 생활비를 기존 임금의 80% 선에서 보전해 준다.

미디어에도 장애인이 종종 출연하는데, 시각장애인 청년 둘이서 여행을 떠나는 SRF 다큐멘터리가 무척 인상적이었다.[43] 공공기관에서 사무직으로 일하는 스물여섯 살 요나스와 라디오 프로듀서인 서른한 살 이브는 친구 사이인데, 둘 다 앞을 볼 수 없다. 이들은 여느 직장인들처럼 휴가 때 비행기를 타고 그리스 아테네, 독일 베를린, 그리고 이스라엘 예루살렘으로 여행을 떠났다. 두 청년은 비록 앞을 보진 못하지만 냄새와 소리, 촉각으로 이 도시들을 탐험해 간다. 물론 여행지에서 종종 낯선 사람들의 도움을 받아야 하는 상황도 있지만, 시각 장애인도 충분히 여행을 즐길 수 있음을, 그리고 시각 장애인에게는 일상에서 어떤 도움이 필요한지를 배웠다.

엄마인 나로서는 자연스럽게 장애 아동의 교육에도 관심이 생겼다. 스위스에서 다양한 신체장애를 가진 아동은 물론 언어장애, 학습장애, 발달장애, 주의력결핍과잉행동장애 ADHD 같은 문제를 가진 아이들은 취학 전 부모 및 전문가들과 함께 상담을 거친다. 일반 학교에 갈 것인지 특수 학교에 갈 것인지, 특수 학교로 간다면 어느 학교에 갈 것인지를 일반 교사, 특수 교사, 치료사, 학교 심리상담사, 의사 등과의 상담을 통해 결정하는 과정이다.

---

43. 『SRF DOK — Blindflug』, 2018. 11. 09., SRF

매일 통학하는 특수 학교뿐 아니라 평일에는 기숙사에 머물고 주말에만 집에 가는 기숙형 특수 학교도 있다. 내가 살고 있는 칸톤 장크트갈렌은 주민 수가 52만 명인데 특수 학교가 22곳이나 된다. 신체장애, 지적장애, 중증장애, 언어장애, 청각장애, 학습 및 행동에 어려움을 겪는 경우 등 장애에 따라 선택할 수 있는 특수 학교들이 나뉘어 있다. 특수 학교의 교육비, 치료비, 특수 돌봄 및 통학 차량 비용은 모두 칸톤과 게마인데에서 부담한다.

장애 아동이 일반 학교에 다니면서 비장애 아동들과 한 교실에서 수업을 듣는 이른바 통합 교육을 하기도 한다. 이 경우 비장애 아동들도 장애 아동에 대한 배려심을 키울 수 있다. 경쟁보다는 더불어 사는 법을 배우는 데 교육의 중점을 두는 것이다. 통합 교육에서는 담임교사와 더불어 특수교사가 배치되어 필요한 경우 장애 아동에게 별도의 수업을 하기도 한다.

한편 꼭 진단을 받은 장애 아동이 아니더라도 수업 시간에 집중하거나 단체 생활을 하는 데 어려움이 있는 아이들을 위해 교실 도우미Klassenassistent가 일 대 일로 배치되기도 한다. 교실 도우미는 관련 교육을 이수한 자격증 소지자로, 자신이 담당한 아동이 다른 학생들을 방해하지 않고 수업을 잘 따라가도록 옆에서 도와주는 역할을 한다.

우리 게마인데의 경우 유치원생과 초등학생 총 424명 가운데 특수 학교에 다니는 어린이는 7명이다. 게마인데 내의 초등학교에서 비장애 아동들과 함께 통합 교육을 받는 아이들까지 합하면 특수 교육을 받는 어린이는 그보다 훨씬 많을 것이다.

햇살 좋은 금요일 오후 장크트갈렌 도심의 공원에서 친구 카트린을 만났다. 사범대학을 졸업하고 초등학교 교사로 일했던 카트린은 추후 특수교육학 석사 학위를 받고 지금은 초등학교에서 특수 교사로 근무한다. 그녀의 아들 레온을 유모차에 태우고 공원을 산책하면서 그녀에게서 스위스의 특수 교육에 대해 자세히 들을 수 있었다.

"특수 교육이 필요한 아이들이 별도의 특수 학교에서 학교생활을 하는 게 나은지, 일반 학교에서 학생들과 섞여 통합 교육을 받는 게 나은지는 아직도 논쟁 중이야. 다양한 학생들이 섞여서 서로를 배려하며 배운다는 통합 교육의 취지는 좋지만 일반 교실에서 집중을 잘하지 못하는 아이가 수업을 방해하면 다른 아이들이 피해를 보는 경우가 생기니까. 실제로 일부 칸톤에서는 특수 학교를 줄이고 통합 교육을 늘리는 시도를 했다가 이상과 현장의 괴리를 경험하고는 통합 교육을 줄이는 체제로 전환했어. 중요한 건 스위스 교육 당국은 특수 교육이 필요한 아이들이 어떻게 하면 최적의 교육을 받을 수 있을까를 지속적으로 고민하고 시도해 본다는 거야. 특수 교육을 받는 아이들에게선 교육의 성과가 느리게 나타나고 수업 과정에서도 교사들에게 큰 인내심을 요구하지만, 이 아이들이 마침내 작은 발전이라도 이루어 냈을 때 특수 교사로서 느끼는 보람은 정말 커."

오후 다섯 시. 산책을 마친 카트린은 유모차를 끌고 남편 크리스티안을 만나러 구도심으로 향했다. 재택근무를 일찍 마친 크리스티안과 함께 구도심에서 열리고 있는 버스킹 축제를 보기로 했단다. 스위스의 가족이 봄날의 불금을 보내는 방식이다.

현대와 전통의 아름다운 공존

해질녘 알프스 산맥 고지대의 초원에서 목동이 길이 3미터가 넘는 스위스 전통 목관악기 알프호른Alphorn 을 연주한다. 평화로운 알프호른 소리가 바람을 타고 아랫마을에 다다른다. 마을 사람들은 고요한 가운데 목동의 알프호른 소리를 들으며 저녁 식사를 준비한다. 마을 한가운데서 열린 농부들의 장터에서는 주민들이 민속 의상을 입고 둥글게 모여 서서 요들을 합창한다.

〈알프스 소녀 하이디〉에 나올 법한 이런 장면은 스위스를 상상할 때 떠오르는 전형적인 이미지다. 아름다운 자연과 어우러진 목가적 풍경, 그리고 그 속에서 오랜 전통을 지키며 소박하게 살아가는 사람들. 분명 스위스의 아동소설 『하이디』가 쓰인 19세기 후반에는 그런 풍경이었을 것이다.

그런데 스위스에서 살면서 나는 종종 감탄하곤 한다. 이런 풍경이 정말 21세기 현재에도 자연스럽게 눈앞에 펼쳐진다는 사실 때문이다. 금융업과 기계 산업이 발달하고 수많은 국제기구가 모여 있는 현대적인 모습과 함께 소박하고 담담하게 전통을 이어가는 사람들이 공존하는 곳이 바로 스위스다.

초여름이나 초가을에 스위스의 산악마을을 지나다 보면 가끔 '가축들을 조심하라'는 표지판과 함께 도로의 차량이 경찰차의 지시에 따라 통행을 멈추고 5분이고 10분이고 줄지어 기다리는 광경을 마주칠 때가 있다. 혹시 스위스 여행 중에 우연히 이런 상황을 만났다면 참 운이 좋은 것이다. 이럴 땐 차의 시동을 끄고 잠깐 밖으로 나와 어떤 장면이 펼쳐지는지 생생하게 봐야 한다. 스위스 낙농가의 오랜 전통을 직접 마주친 것이기 때문이다.

알프스 지역의 낙농가에서는 초여름에 소와 염소, 양 같은 가축을 고지대로 이동시켜 그곳에서 신선한 풀을 먹이고, 날씨가 추워지기 전 초가을에 다시 마을의 농가로 내려보낸다. 가축들의 피서라고나 할까. 이때 농부들과 그 자녀들은 전통 의상을 차려입고 가축들을 몰고, 가축들은 화려한 꽃장식을 머리에 달고 이날의 주인공이 돼 도로를 행진한다. 마을 농가에서 고원으로 올라가는 행사를 독일어로 알프아우프축 Alpaufzug , 고원에서 다시 마을 농가로 내려오는 행사를 알프압축 Alpabzug 이라고 한다.

스위스에서도 지역적 전통이 강하기로 소문난 아펜첼에서 알프압축 행사를 본 적이 있다. 얼굴이 벌겋게 그을린 투박한 모습의 농부들이 아펜첼 전통 의상을 입고 아이들은 하이디와 페터 같은 복장을 하고 자기네 농가의 가축들을 몰고 행진했다. 동물들의 꽃장식도 이들이 정성 들여 만든 것이다. 정말이지 타임머신을 타고 100년 전으로 돌아간 기분이었다.

아펜첼 지역의 전통 의상을 입고 소들과 행진하는 농부들

슈탄스의 알프압축 행사에서 마을의 소들이 꽃장식을 달고 행진하고 있다.

　　　　　　3부 셋에서 공동체로

터이펜의 질베스터클라우젠 행사에서 지역 주민들이 직접 정성 들여 만든 모자와 마스크를 쓰고 방울 소리를 울리고 있다.

  내가 감탄한 것은 이들이 누가 시켜서가 아니라 자발적으로 이 전통을 이어가고 또 축제처럼 즐기는 모습이었다. 물론 아펜첼 관광청에서도 이 행사를 홍보하고 이를 보러온 관광객도 꽤 되는 데다 마을 중심가에서는 축제처럼 먹을거리를 파는 지역주민들도 있었다.

  하지만 상업적이고 인위적인 행사라는 생각은 전혀 들지 않았다. 농가들이 이 행사를 치른다고 해서 돈을 버는 것도 아닌 데다 오히려 가축들을 치장하는 데 많은 시간과 노력이 든다 이들은 관광객이 구경하든 안 하든 아랑곳하지 않고 묵묵히 자신들의 전통을 이어갈 것이기 때문이다. 물론 이렇게 해서 여름에 알프스 고지대에서 생산된 스위스 치즈가 맛과 품질뿐 아니라 전통 계승이라는 스토리텔링으로 명성을 떨치게 되는 건 부수적 이익이기도 하다. 농가의 가족들이 가축들과 정말 한 가족처럼 어우러지는 이 전통 행사가 참 정겹고 아름다워서 나는 아펜첼의 화랑에 들러 알프압축 장면을 담은 그림을 구입해 집에 걸어놓았다. 볼 때마다 마음이 따뜻해지는 그림이다.

스위스는 독일과 마찬가지로 매년 12월 31일을 질베스터 Silvester 라고 해서 파티를 벌인다. 그 명칭은 로마 가톨릭교회의 교황이었던 성 질베스터 1세 재위 314~335 가 선종 善終 한 날에서 유래한다. 매년 질베스터에 칸톤 아펜첼 아우서로덴의 작은 마을 터이펜 Teufen 에서 열리는 '질베스터클라우젠 Silvesterchlausen'도 350년 넘게 이어진 유명한 풍습이다. 새해를 앞두고 마을의 남자들 예닐곱 명씩 한 조가 돼 클라우스 성 니콜라스 를 흉내낸 독특한 분장을 하고 무거운 소 방울을 몸통에 단 채 집집이 들러서 종소리를 시끄럽게 울려대며 악귀를 쫓는 전통이다.

질베스터클라우젠을 구경하러 갔을 때 인파 한가운데서 마주친 남편의 지인이 말했다. "저 클라우스 중 한 명이 내 사촌이야. 이 마을에 살거든. 모자부터 마스크, 옷까지 직접 다 만들었대. 특히 전나무로 만든 옷은 매년 새로 만들어야 해서 손이 많이 간다네. 그래도 이렇게 매년 하는 걸 보면 자기네 고장의 전통을 지킨다는 자부심이 대단한 것 같아."

3부 셋에서 공동체로

이를 구경하고 온 지 얼마 안 돼 SRF에서 흥미로운 방송을 보여줬다.[44] 질베스터클라우젠에 참여하는 칸톤 아펜첼 아우서로덴의 마을 우어내쉬 Urnäsch 의 남자들을 1년간 따라다니며 촬영한 다큐멘터리였다. 이들은 각자 직업이 있는 평범한 마을 주민들인데 매년 연말과 연초에 두 번 열리는 이 행사를 위해 1년 전부터 부지런히 준비했다.

가장 중요한 건 개성 있는 의상 제작인데 특히 모자가 훌륭했다. 마스크가 달린 모자를 각자 창의적인 아이디어를 내어 디자인한 뒤 온전히 수공예로 제작하는데, 이 모자 제작에만 연간 600시간이 걸린다고 한다. 한 땀 한 땀 손으로 바느질을 하고, 좁쌀만 한 구슬을 일일이 꿰고, 모자에 장식하는 동물이나 사람 등의 모형을 직접 나무를 깎아 만들어 붙인다. 모자에는 하나의 주제를 담은 스토리를 장식으로 표현해 넣는데, 요들 합창대회 참가 장면, 질베스터클라우젠의 합창 장면 등 자신이 아끼는 추억이 앙증맞으면서도 섬세하게 들어간다. 덩치가 산처럼 크고 우락부락하게 생긴 장정이 집 지하에 있는 작업실에 틀어박혀 이 모자 제작을 마친 뒤 자신의 작품을 보며 감격해 눈물을 뚝뚝 흘리는데, 내가 다 뭉클했다. 이들은 직업적으로 수공예를 하는 것도 아니고 그저 평범한 마을 주민일 뿐이다.

전문가 못지않은 솜씨도 놀랍지만 이번에도 인상적인 건 이 일이 누가 시킨 것도 아니고 돈을 버는 일도 아니라는 것이다. 그저 자기네 고장의

44. 「Schöö wüescht – die Silvesterkläuse von Urnäsch」, 2017. 01. 01., SRF

전통을 이어간다는 순수한 열정으로 1년을 꼬박 들여 의상과 장식을 준비하고 최대 30킬로그램이나 나가는 소 방울을 짊어지고 질베스터클라우젠 행사에 나선다. 아내와 아이들까지 나서서 제작을 돕고 이들을 든든하게 지원하는 모습이 사뭇 진지했다.

나는 방송을 보고 이들의 열정과 진지함에 깊은 감동을 받았다. 고유의 전통과 풍습을 지키려는 이런 평범한 사람들의 노력이 모여 다채롭고 오랜 문화가 남아 있는 나라 스위스를 만드는 건 당연한 이치다. 대체 스위스인들에게 전통이란 무엇일까. 무엇이 이들을 이토록 의욕 넘치고 자부심 있게 만드는 걸까.

연방 국가인 스위스는 1291년 지금의 칸톤에 해당하는 슈비츠, 우리, 운터발덴 나중에 옵발덴과 니드발덴으로 나뉨 지역이 자신들의 자치를 위협하는 합스부르크 왕가에 맞서 함께 싸우기 위해 동맹을 맺은 데서 기원한다. 이후 다른 칸톤들이 가세하면서 지금은 26개 칸톤 20개 주와 6개 준주이 모인 연방 국가로 발전했다. 스위스의 국토 면적은 한국의 40%에 불과하지만 26개 칸톤은 고유의 법과 교육과정, 세금 체계 등 상당한 자치권을 갖는다. 미국처럼 땅덩이가 거대하지도 않은데 이 작은 나라 안에서 지역마다 고유의 색을 유지한다. 그러니 지역마다 자신들의 관습을 이어가는 데 높은 자부심과 열정을 느끼는 게 아닐까 싶다.

스위스인들이 고유의 풍습과 전통을 이어가는 데 큰 동력이 되는 게 바로 동호회 Verein 문화다. 혼자 하긴 어려워도 여럿이 함께하면 더 쉽고 재미있는 법. 인구 880만 명이 사는 스위스에 동호회가 10만 개에 달할 정도로 동호회 문화는 스위스인의 DNA에 뿌리박혀 있다고들 말한다. 각종 스포츠와 문화 관련 동호회가 많은데 특히 지역의 전통을 이어가는 데 적지 않은 공헌을 하는 오래된 동호회도 많다. 이를테면 민속 의상 동호회, 요들 동호회, 알프호른 동호회, 스위스 전통 씨름인 슈빙엔 동호회 등이다.

한번은 이웃 소도시에서 3일에 걸쳐 스위스 북동부 요들 축제가 열렸다. 이른 새벽부터 각 고장의 요들 동호회 회원들이 민속 의상을 차려입고 배낭을 멘 채 기차역에 속속 내리고 있었다. 조용한 소도시가 갑자기 이렇게 많은 사람으로 북적이는 것도 신났지만 이들이 100년 전 소설에서 튀어나온 듯 아무렇지 않게 거리에서 민속 의상을 입고 악기를 짊어지고 다니는 모습이 이색적이었다. 이들은 야외무대에서 요들을 부르거나 알프호른을 연주할 뿐 아니라 도심의 교회에서 열리는 요들 대회에도 나가기 때문에 실력을 발휘하기에 앞서 살짝 긴장한 표정이었다.

호기심에 나도 교회에 들어가 요들 대회를 봤는데, 동호회원들이라지만 상당한 실력과 진지한 모습이 인상적이었다. 우리나라로 치자면 여러 지역의 민요 동호회원들이 한복을 입고 민요 축제에 참가해 대회를 열고, 구경 온 시민들도 함께 먹고 마시며 다양한 민요를 즐기는 풍경이라고 할까.

전통이 취미가 되고 취미는 즐거움이 되어 일상적으로 전승되는 모습이 참 보기 좋았다. 비단 나이 든 어르신들만이 이런 전통을 계승하기 위해 노력하는 게 아니라 젊은이와 청소년들도 자신들의 전통을 소중하게 느끼고 평상시에 이를 즐기는 모습도 멋져 보인다.

스위스인들의 전통 사랑은 오래된 집에 대한 애정에도 고스란히 드러난다. 스위스에도 다른 유럽의 도시들처럼 100년 넘은 격조 있는 건물이 많다. 도시뿐 아니라 마을이나 농가도 마찬가지다. 스위스를 여행해 본 사람들은 상당히 오래되어 보이면서도 깔끔하게 관리된 목조 주택에 색깔 있는 덧창을 달고 창가에는 제라늄 화분으로 사랑스럽게 장식해 놓은 집들을 보았을 것이다. 전형적인 스위스 민가의 모습이다. 대학생 시절 배낭여행으로 처음 스위스를 찾았을 때 이런 집들을 보면서 '저런 집에서 사는 기분은 어떨까, 정말 사는 게 동화 같을까' 하는 상상을 했다. 그러니 오래

스위스에서는 수백 년 된 건물들을 흔하게 볼 수 있다. 스위스인들은 집을 부수고 새로 짓기 보다 오래된 집을 멋스럽게 잘 보존하는 데 가치를 둔다. 오래된 집들도 대개 내부는 깔끔하게 리모델링 되어 있어 쾌적하다.

덧창을 달고 창가를 꽃으로 장식한 스위스 주택의 모습

된 집에 사는 지인들을 방문할 일이 있으면 은근히 기대를 한다.

내 시아버지의 파트너인 실비아 아주머니는 4대째 내려오는 식당을 운영하시는데, 목조로 된 식당 건물이 아름다운 데다 한번은 장크트갈렌의 한 원예업체에서 개최한 '창가 제라늄 꾸미기 대회'에서 당당히 이 지역 3위를 차지했을 정도로 꽃장식에 정성을 쏟는다. 이 식당 안의 대들보에 1883이라는 숫자가 새겨져 있기에 "1883년에 이 건물을 지었나 봐요!"하고 알은척을 했다. 그랬더니 실비아 아주머니의 말. "1883년은 리모델링을 했던 연도고, 건물이 처음 세워진 건 400년 전쯤 된단다." 400년 된 건물에서 여전히 사람이 살고 식당이 영업을 한다니 놀라울 따름이었다.

이런 오래된 집들은 지역 문화유산으로 지정돼 집주인 마음대로 철거할 수 없는 건 물론이고 증축이나 리모델링에도 엄격한 제한을 받는다. 문화유산이 아니더라도 스위스인들은 낡은 주택을 철거하고 새로 짓기보다 낡은 주택을 뼈대라도 남기고 어떻게든 리모델링을 하는 쪽을 선호한다. 새로 지은 집을 선호하는 한국인과는 완전히 다른 마인드다. 이곳에서는 수백 년 된 집들도 내부는 주기적으로 리모델링을 해서 깔끔하게 유지되는 게 보통이다.

스위스의 투르가우 칸톤에는 색칠한 나무로 벽을 꾸민 수백 년 된 전통 민가가 많다. 지인의 딸이 이런 200년 된 집에서 살고 있는데 최근에 욕실

2개와 주방을 현대식으로 리모델링했다고 한다. 이를 위해 관청에 수많은 서류를 내고 허가를 받는 데 상당한 시간과 노력을 들인 건 물론이고, 이 공사에 들어간 돈이 12만 프랑1억 7400만 원이나 된다고 한다! 집 전체가 아니라 욕실과 주방만 리모델링한 비용이다. 그녀는 이렇게 설명했다. "건물을 헐고 아예 새집을 지으면 욕실 2개와 주방을 만드는 데 이렇게 큰돈이 들진 않아요. 그런데 오래된 집에서 기존의 욕실과 주방의 자재를 조심스럽게 떼어내고 다시 공사하는 과정에 오히려 더 큰돈이 들어간답니다. 그래도 우리 딸은 이 집에 엄청난 자부심을 느끼고 만족스러워해요."

나는 한국인이라 그런지 이왕이면 새집이 좋다. 오래된 집이 고즈넉하고 아름답긴 해도 수리, 보수에 많은 신경을 써야 하기 때문이다. 혹시 모를 안전에 대한 두려움도 있다. 그런데 무조건 새것을 선호하기보다 조금은 고지식할 정도로 오래된 것을 지키고 보존하려는 스위스인들을 보면서 손때 묻은 오래된 것들의 아름다움을 배워가고 있다. 이런 노력이 모여 아름답기로 소문난 지금의 스위스를 유지하는 것이리라.

개인주의자들의 공동체 정신

"다음주 토요일에 미리암이랑 사무엘이 이사 가는 거 알지? 우리도 그날 일찍 일어나서 도우러 가자고."

신혼 때였다. 친구네 부부가 이사를 한다는데 남편이 웬 이사 도우미를 자처했다. 이사란 업체 불러서 하는 거고 집주인은 자장면만 시키면 되는 줄로 알았던 나는 놀라움에 눈이 휘둥그레졌다.

요즘 한국에서는 간편하게 포장이사를 하지만 여기선 아직도 옛날식으로 가족과 친구들이 와서 이사를 돕는다. 스위스에서 '포장이사'라는 것은 들어 본 적도 없고, 있다 하더라도 서비스 물가가 어마어마하니 일부 부유층이나 할 수 있을 것이다. 대부분의 평범한 사람들은 짐 나르는 것도 친지들과 직접 하고, 트럭은 렌터카 업체에서 빌려 직접 운전까지 해서 이사를 한다. 짐이 많으면 이사업체에서 대형트럭 운전 및 짐 운반을 도와주는 사람들 서너 명을 고용하는 정도다.

스위스에선 이사할 때 기존에 살던 집을 깨끗이 청소하고 나가야 한다. 이 청소란 게 엄청 까다로워서, 정말 손가락으로 찍어서 먼지 하나 안 나올 정도로 깨끗하지 않으면 집 관리자나 집주인이 퇴짜를 놓고, OK 사인이 날 때까지 다시 청소를 해야 하는 상황도 발생한다. 빌트인 냉장고 안과 오븐 구석구석은 물론 창문, 창틀, 창문 밖으로 내리는 블라인드 형태의 덧문까지 꼼꼼하게 닦아놓고 가야 한다. 이사 나가는 사람 입장에선 골치 아프지만 이사 들어가는 사람 입장에선 거의 완벽에 가까운 깨끗한 집을 받으니 기분 좋다. 요새는 이를 청소업체에 맡기는 사람들도 많은데, 집 넓이와 상태에 따라 가격이 다르지만 24평쯤 되는, 방 3개짜리 집이라면 청소 비용이 100만 원이 넘는다. 그러니 조금이라도 이사 비용을 아껴보려고 온 가족을 동원해 직접 청소까지 하고 이사 가는 사람들이 많다.

당시 30대 초반이던 미리암과 사무엘 부부도 직접 청소를 하고 가기로 했다. 아침에 가보니 이미 양가 가족들과 친구들, 우리 부부까지 13명이 이들을 도와 부지런히 짐을 나르거나 청소를 하고 있었다. 나와 남편은 창문들과 창 덧문을 전담해 청소했다. 사실 우리집에서도 창 덧문까지 청소하는 건 1년에 한 번 대청소 때인데, 휴일 아침부터 일찍 일어나 이사하는 친구 집에 가서 꼼꼼히 청소를 해준다는 게 쉬운 일은 아니었다. 그러나 나는 이 친구 부부에게 진심으로 고마웠던 일도 있고 해서 주저 없이 이사를 돕기로 했고 즐거운 마음으로 청소를 도왔다. 나중에 창문 덜 깨끗하다고 집 관리자한테 퇴짜 맞지 않도록 정말 꼼꼼히 닦았다.

창문에 걸레질을 하면서 곰곰이 생각해 보았다. 이사를 돕는다는 게 시간적 육체적으로 쉬운 일이 아닌데 형제들과 친구들이 와서 이토록 성심성의껏 도와주는 이유가 무엇일까. 남의 집에서 변기 닦는 솔을 꽂는 통까지 닦아주는 미리암의 친구의 모습은 감동적이기까지 했다. 물론 이 부부가 평소에 친지들과 좋은 관계를 유지하고 서로 도왔으니 이렇게 이삿날 와서 도와주는 사람도 많겠지, 하는 생각이 들었다.

보통 서양인들은 개인주의적이고 동양인들은 공동체를 중시한다는 고정관념이 있다. 그런데 스위스에 살면서 놀라운 건 오히려 서울에서보다 훨씬 빈번하게 이웃과 친지 간에 돕고 사는 사람들의 모습을 관찰하는 것이다. 여러 이유가 있겠지만 서비스 물가가 비싼 탓도 크다. 많은 스위스인은 도움이 필요할 때 서비스업체에 맡기기보다 친지들과 서로 품앗이하면서 돕고 사는 쪽을 택한다.

스위스인들은 휴가를 한 번에 2~3주씩 이어서 간다. 그 사이 정원과 집 안의 화초들을 돌봐 줄 사람이 필요하다. 우리 부부도 한국에서 전통혼례를 올리기 위해 3주간 집을 비웠을 때 한동네에 살던 친구 부부인 카타리나와 안드레아스가 며칠에 한 번씩 와서 우리집 화분에 물을 주었다. 그렇게 도와준 것도 고마운데 우리가 3주 만에 집에 도착하니 깜짝 이벤트까지 준비되어 있었다. 현관 복도에 풍선을 잔뜩 불어놓고 '저스트 메리드 Just married'가 적힌 장식을 벽에 붙여 놓고 우리 부부를 위한 샴페인까지 선물한 것이다. 사실 그런 이벤트를 기대할 정도로 친한 사이는 아니었는데 이 일을 계기로 더욱 정을 느끼게 되었다.

3부 셋에서 공동체로

우리 시댁은 옆집에 사는 토마스 아저씨네 가족과 수십 년째 좋은 이웃 관계를 유지하고 있다. 토마스 아저씨네 가족은 동물을 워낙 좋아해서 토끼 두 마리에 메추리 다섯 마리를 키운다. 이 가족은 독일에 있는 별장에서 말까지 키우는데 그곳으로 말을 타러 자주 가기 때문에 이때는 이웃인 시아버지가 동물들 먹이 주는 걸 도우신다. 그런데 가끔은 시댁 어른들도 토마스 아저씨네 별장에 가서 함께 일주일쯤 휴가를 보낼 때가 있다. 그럼 토마스 아저씨네 동물들 밥을 먹일 사람은? 시댁에서 가장 가까운 우리 부부의 몫이다. 남편 형제 중에 우리집이 시댁에서 가장 가깝다고는 해도 자동차로 20분이 걸린다.

한번은 추운 겨울에 내가 이 심부름을 맡게 되었다. 겨울엔 밤새 물이 얼어버리기 때문에 일주일간 거의 매일 가서 동물들이 마실 물을 갈아주고 먹이를 주고 왔다. 솔직히 나랑 잘 아는 사이도 아닌 토마스 아저씨네 집에 매일같이 가서 심부름하는 게 귀찮은 것도 사실이었지만, '그래, 사람은 돕고 살아야 해. 베푸는 사람이 되자'를 주문처럼 외웠다.

지인들끼리 돕고 사는 모습 중에 가장 인상적이었던 건 친구네 아기들을 정기적으로 봐준 친구다. 초등학교 교사인 코르넬리아가 쌍둥이를 낳고 4개월 만에 복직을 했는데 당분간 아이들을 키우기 위해 일주일에 이틀만 출근하게 되었다. 일주일에 하루는 코르넬리아의 친정 부모님이, 하루는 친구 에스더가 아기들을, 그것도 4개월 된 어린 쌍둥이를 봐준다는 것이다. 에스더는 당시 세 살 된 딸이 있었고 둘째를 임신 중이었다. 임신한 상태로 어린 애들 셋을 한꺼번에 보는 게 쉽지 않을 텐데, 혹시나 아기 돌봐 주는 비용을 내는 건지 코르넬리아에게 조심스럽게 물어보았다. "사실 나도 너무 고마워서 에스더한테 조금이라도 돈을 주려고 했는데 에스더가 기어코 거절하지 뭐야." 순수한 마음으로 도움을 줬다니, 에스더는 복 받을 것이다.

물론 마음의 여유가 있어야 베풀 수 있다. 나도 한국에서 살 때처럼 수없이 야근하고 주말에도 출근하면서 시간적 정신적으로 여유 없이 살았다면 주말에 친구네 이사를 돕거나 일주일 동안 시댁 이웃집까지 가서 동물들 먹이를 챙겨주고 오기란 쉽지 않았을 것이다. 남들과 적당한 거리를 유지하고 사는 것처럼 보이는 스위스의 개인주의자들은 막상 누군가가 도움을 요청하면 기다렸다는 듯이 다가와 기꺼이 도움의 손길을 내민다. 스위스 사람들에게서 기대하지도 않았던 '정情'을 느끼고 마음이 뭉클했던 적이 한두 번이 아니다. 그러다 보면 자연히 나도 남들에게 친절해진다.

친정엄마가 우리집에 와 계셨을 때였다. 혼자 집 근처를 산책하고 오신 어머니 손에 신문지로 싼 커다란 샐러드 한 포기가 들려있었다. 한 농가 아주머니가 텃밭에서 식구들이 먹을 샐러드를 뽑고 있었는데, 어머니가 그 텃밭을 호기심 있게 구경하는 걸 보고 어머니에게도 샐러드 한 포기를 뽑아주었다고 했다. 말도 전혀 통하지 않는 낯선 동양인 할머니에게 인심을 베풀다니, 기대하지도 않은 친절에 내 마음까지 따뜻해졌다. 그 후로도 엄마는 우리 동네에서 이웃들끼리 사는 모습을 몇 달간 지켜보시고 이렇게 말했다.

"여기는 꼭 1960년대 한국 시골 같아. 이웃 간에 정 주고 품앗이하고 하는 게…."

종교와도 같은 '안전제일'

국제법상 영세 중립국인 스위스는 세계에서 가장 안전한 나라라고 해도 과언이 아니다. 스위스가 다른 나라들의 전쟁에 영원히 관여하지 않는 대신 다른 나라들도 스위스를 침입할 수 없다. 이 때문에 유럽 한복판에서 벌어진 제1차 세계대전과 제2차 세계대전에서도 스위스는 피해 없이 살아남았다.

스위스는 세계에서 전쟁이 벌어질 가능성이 가장 낮은 국가임에도 불구하고 만일의 사태에 대비한 자국 방위는 세계 최고 수준으로 유명하다. 대표적인 예가 지하 벙커다. 인구 880만 명의 작은 나라 스위스에는 유사시에 대비한 지하 벙커가 36만 6000여 개 있으며 여기에는 자국민을 모두 수용하고도 남는 900만 명분의 자리가 있다. 사설 지하벙커가 갖추어져 있는 주택도 꽤 있다.

이는 과도한 국방비 지출이라는 비판도 있지만 만일의 사태에 대비해 국민의 안전을 최우선시한다는 스위스의 국가적 사명을 단적으로 보여 준다. 집마다 가훈을 지었듯이 나라마다 가장 중요시하는 가치를 '국훈國訓'으로 만든다면 스위스의 국훈은 단연코 '안전제일'일 것이다. 물론 어린이들에 대한 안전 교육 역시 철저하다. 그걸 지켜보고 있노라면 깐깐한 안전 중시 문화가 결국에는 휴머니즘의 밑바탕임을 깨닫는다. 사회가 내 안전을 보장해준다는 건 내가 존중받는다는 뜻이기도 하니까.

"쟤는 왜 헬멧을 안 썼어?" 한국에 갔을 때 레나는 아파트 단지에서 킥보드나 자전거를 타고 노는 아이들을 볼 때마다 내게 수도 없이 이렇게 물었다. 정말로 아이들은 하나같이 헬멧을 안 쓰고 있었다. 스위스에서는 어린이들은 물론이고 어른들도 자전거를 탈 때 반드시 헬멧을 쓰는 것에 익숙하기 때문에 헬멧 없이 자전거를 타는 모습은 레나에게 낯설게 여겨졌던 것이다.

스위스에서 안전은 종교와도 같다. 특히 어린이들에게는 헬멧과 카시트가 일상이다. 스위스에서는 어린이가 만 12세가 되거나 키가 150센티미터가 될 때까지 자동차에서 카시트를 사용하도록 법으로 정해져 있다. 신생아들은 태어난 병원에서 집으로 가는 길에 처음으로 신생아용 카시트에 앉는다. 태어난 직후부터 '차에서는 반드시 카시트에 앉는다'는 규칙을 배웠기 때문에 아이들은 이를 받아들이고 익숙해진다. 보호자가 아이를 한결같이 카시트에 앉히면, 차 안에서 카시트에 앉지 않아도 된다는 상상 자체를 못하기 때문에 카시트에 앉지 않겠다고 떼를 쓰는 일도 없게 된다. 잠깐이라도 어른이 아이를 무릎에 앉히고 차를 타는 모습도 나는 본 적이 없다.

헬멧도 마찬가지다. 스위스 사람들은 아기 때부터 헬멧을 쓰는 데 익숙하다. 자전거를 일상적으로 타는 스위스에서 부모들은 아기가 앉을 수 있는 시기가 되면 자전거 트레일러를 장만한다. 트레일러는 성인 자전거 뒤에 연결해 유아를 한두 명 태울 수 있는 수레처럼 생긴 장치다. 레나는 16개월 무렵부터 헬멧을 쓰고 아빠 자전거에 연결된 트레일러를 타고 다녔다. 두 돌 선물로 받은 유아용 킥보드도 반드시 헬멧을 착용한 채로 탔다. 레나뿐 아니라 모든 동네 아이들이 킥보드나 자전거를 탈 때 헬멧을 쓰기 때문에 그것이 선택이 아닌 의무라는 걸 받아들였다.

레나는 유치원에 입학하자마자 유치원에서 야광 반사띠를 받아왔다. 스위스의 모든 유치원생들이 등하원 시 반드시 목에 걸고 다니는 이 야광반사띠는 운전자의 눈에 잘 띄어 교통사고로부터 아이들을 보호한다. 이 밖에도 스위스에서 구입하는 어린이용 재킷과 부츠 등에는 어두울 때 빛이 반사되는 반사띠가 장식처럼 부착된 경우가 많다.

레나가 유치원에 입학하고 1주일이 지났을 때 유치원 아이들은 모두 흥분과 설렘을 감추지 못했다. 바로 교통경찰이 유치원에 오는 날이었기 때문이다. 아이들은 제복을 입은 진짜 교통경찰이 온다는 사실에 한껏 들떴다. 새 학년이 시작되면 스위스의 모든 유치원에는 해당 지역의 교통경찰이 와서 어린이들에게 안전 교육을 한다. 어린이들이 부모 도움 없이 스스로 안전하게 통학할 수 있도록 횡단보도 건너는 법, 차 조심 하는 법 등을 가르친다.

아이들은 이론만 배우는 것이 아니라 다 함께 유치원 근처의 신호등 없는 횡단보도에 가서 한 명씩 혼자 건너는 연습을 한다. 스위스독일어로 '바르테 Warte, 기다려라, 루에게 luege, 봐라, 로제 lose, 소리를 들어라, 라우페 laufe, 걸어가라'라고 순서대로 외운 것을 실전에 사용한다.

새 학기에 운전을 하다 보면 가끔 교통경찰과 함께 신호등 없는 횡단보도를 건너는 연습을 하는 유치원생들을 볼 때가 있다. 자기 차례가 된 아이는 진지한 표정으로 보도에 서서 양쪽에서 차가 오나 안 오나 살피고 있고 나는 안전거리를 고려해 차를 멈춘다. 양쪽 차선에서 모두 차가 멈춘 걸 확인한 어린이는 조금은 긴장한 채로, 그러나 아주 자랑스러운 얼굴로 멋지게 혼자 횡단보도를 건넌다.

레나가 이 수업을 받은 뒤로 나는 레나와 함께 신호등 없는 횡단보도를 건널 때마다 이 연습을 반복한다. "레나가 엄마한테 어떻게 횡단보도를 건너는지 가르쳐 줄래?" 하고 말하면 레나는 자랑스러운 표정으로 야무지게 "바르테, 루에게, 로제, 라우페"를 외치며 횡단보도를 건넌다.

아이를 낳은 뒤로 우리집에는 스위스의 안전사고 예방 상담기관 BFU, Beratungsstelle für Unfallverhütung에서 보내는 무료 자료들이 종종 배달된다. 1938년 설립된 이 재단은 안전사고 예방을 위한 캠페인에 주력하는데, 초보 부모들에게 어린이 안전에 필요한 정보를 제공하는 것은 물론 어린이

눈높이에 맞게 교통 안전, 불조심 등을 알려주는 작은 그림책을 만들어 무료로 배포한다. 스위스 사회가 진심으로 국민의 안전에 신경 쓰고 있음을 느끼는 대목이다.

사회 분위기가 '안전제일'이다 보니 우리 부부도 출산 전에 자비를 내고 응급 처치 강좌에 참석했다. 아이에게 만에 하나 사고가 날 경우 보호자인 부모가 기본적인 응급 처치법은 알고 있어야겠다는 생각 때문이었다. 고등학교 교련 시간 이후로 이런 강좌에 참여한 것은 처음이었다. 스위스 적십자의 회원 조직으로 1888년 설립된 사마리터 Samariter 라는 응급 구조 단체가 주최하는 강좌였다.

이 강좌에서는 벌에 쏘였을 때, 아기가 물체를 삼켰을 때, 머리를 세게 부딪쳤을 때 등 다양한 응급상황에서의 대처법뿐 아니라 심폐소생술 실습도 이뤄졌다. 특별히 아이들에게 발생하기 쉬운 사고 유형도 들을 수 있는 실용적인 교육이었다. 이런 교육이야말로 실생활에 꼭 필요하며, 배운 것을 잊어버리지 않도록 강좌를 정기적으로 재수강해야겠다고 다짐했다.

한국 도로교통공단이 2021년 발표한 'OECD 회원국 교통사고 비교' 보고서에 따르면 2019년 한국의 인구 10만 명당 교통사고 사망자는 6.5명으로 OECD 평균인 5.2명보다 많았다. 사망자가 적은 순으로 볼 때 OECD 회원국 36개국 중 한국은 27위였다. 스위스는 2.2명으로 3위를 차지했다.[45] 한국에서 안타까운 스쿨존 어린이 교통사고뿐 아니라 잊을 만하면 터지는 대형 사고 소식을 들으면서 안전에 대한 국민의 경각심과 국가 및 사회의 지원이 얼마나 절실한지 다시금 깨닫게 된다.

45. 홍유담 (2021.12.14). "한국 10만명 당 교통사고 사망자, OECD 36개국 중 10번째". 〈연합뉴스〉.

절약을 위한 몸부림,
원정 쇼핑

스위스와 국경을 맞댄 독일의 남부 도시 콘스탄츠Konstanz는 아름다운 보덴 호수를 끼고 있다. 우리집에서 차로 한 시간도 안 되는 거리지만, 토요일에 콘스탄츠에 가는 것은 엄두도 낼 수 없다. 토요일이면 콘스탄츠로 쇼핑을 온 스위스인들로 인산인해에 주차난까지 일어나기 때문이다. 그렇잖아도 '쇼핑 알레르기'가 있는 남편은 어느 토요일에 나랑 콘스탄츠에 쇼핑하러 갔다가 빈 주차장을 찾지 못해 곤란을 겪고 인파에 치인 이후로 콘스탄츠를 무척 싫어하게 되었다. 토요일에 콘스탄츠의 쇼핑몰 주차장에 가보면 절반 이상이 스위스 번호판을 단 차량이다. 국경 인근 지역인 칸톤 투르가우, 칸톤 장크트갈렌의 번호판뿐 아니라 칸톤 취리히의 번호판도 많이 보인다.

이제는 물건을 구입하기 전에 인터넷에서 손쉽게 가격 비교를 할 수 있으니 한국인들이 미국, 유럽에서 직구를 하듯이 스위스인들은 물가가 저렴한 이웃나라에 가서 직접 물건을 사온다. 그래서 생긴 현상이 일명 '원정 쇼핑Einkaufstourismus'이다. 스위스인들이 스위스에서 쇼핑하지 않고 국경 넘어 이웃나라로 가서 쇼핑하고 오는 현상이다.

취리히에서 콘스탄츠까지 가려면 한 시간쯤 걸리는데, 기름값과 주차비, 왕복 시간을 고려하더라도 독일까지 가서 쇼핑하는 게 저렴하다는 말이다. 게다가 1인당 구매 금액 300프랑까지는 세금

환급을 받을 수 있기 때문에 독일 부가가치세만큼, 즉 공산품은 19%, 식료품은 7% 할인되는 셈이다. 300프랑 이상 구매했을 경우 반드시 국경에 있는 세관에서 신고를 하고 스위스 부가가치세에 해당하는, 공산품 8.1%, 식료품 2.6%의 세금을 내야 한다. 세관 신고를 하고 스위스 부가가치세를 내더라도 면제받는 독일 부가가치세가 더 크기 때문에 결국 소비자에겐 이득이다. 이 때문에 토요일 오후 국경의 세관 건물 앞에선 세금 환급 도장을 받으려고 영수증을 들고 길게 줄을 선 스위스인들을 볼 수 있다. 이런 풍경을 보면 자유주의 시장경제의 '보이지 않는 손'이 저절로 보인다. 소비자는 당연히 같은 제품이면 합법의 테두리 안에서 싼 가격을 찾아갈 수밖에 없다.

자유주의 시장경제 이야기가 나왔으니 덧붙이자면, 콘스탄츠에는 스위스 거주자들이 인터넷으로 주문한 상품을 대신 받아주는 창고 업체가 여럿 있다. 예를 들어 같은 제품이라도 독일 온라인 쇼핑몰에서 사면 스위스보다 싸게 살 수 있는데, 독일에서 스위스로 물건을 주문하려면 스위스가 EU 비회원 국가라서 스위스까지 배송이 안 되는 경우가 많고 배송되더라도 배송비가 비싸며 관세까지 덧붙는다. 독일 내에서는 배송비가 무료이거나 기본 배송료만 내면 되니 독일 창고 업체의 주소로 상품을 주문한 뒤 국경을 직접 넘어가서 택배 상자를 찾아오는 것이다. 창고 업체에 지불하는 수수료는 상자의 크기와 무게에 따라 다른데 최소 5유로부터 시작한다.

스위스 내에서 원정 쇼핑은 다소 비판을 받는다. 물론 원정 쇼핑이 불법이나 편법은 아니지만, 자국에서 번 돈을 남의 나라에 가서 쓰는 셈이니 스위스 경제에는 전혀 도움이 안 되기 때문이다. 몇 푼 아끼겠다고 독일까지 가서 쇼핑하는 것을 궁상맞게 여기는 사람들도 많아서 사실 원정 쇼핑이 자랑거리는 아니다.

2015년 1월 스위스 중앙은행이 최저환율제_{유로당 스위스프랑 환율을} _{1.2프랑 아래로 내려가지 않게 고정한 것}를 폐지하면서 스위스프랑이 고공행진을 하고 유로화와도 환율에 별 차이가 없어졌기 때문에 스위스인들에겐 원정 쇼핑이 더욱 매력적으로 다가온다. 2023년 12월 현재 스위스프랑은 심지어 유로화보다 높은 수준이다. 스위스 장크트갈렌대학교 상업경영연구센터의 연구에 따르면 2022년 스위스의 식료품, 생활용품, 의류, 스포츠용품, 가구점 업계에서 원정 쇼핑으로 인해 입은 손실은 84억 프랑으로 추산됐다.[46]

46. Forschungszentrum für Handelsmanagement, Universität St.Gallen (2022). Studie zum Detailhandel: Einkaufstourismus verliert an Bedeutung.

절약을 위한 몸부림,
원정 쇼핑

취리히|Zürich

유행을 몰라도 괜찮아

3월이면 한국의 포털사이트에 '학부모 룩Look', '학부모 총회 패션' 같은 키워드가 자주 보인다. 자녀 입학식과 학부모 총회에 입고 갈 패션으로는 과하지 않으면서 은근히 우아한 꾸안꾸꾸민 듯 안 꾸민 듯 스타일이 대세고, 자존심을 완성해 줄 명품 가방은 필수인 듯하다.

이따금 한국에 가면 깜짝깜짝 놀란다. 한국 사람들이 나이를 불문하고 다들 옷을 세련되게 참 잘 입어서 놀라고, 10년 가까운 유럽살이에 퍽 촌스러워진 내 모습을 보고 놀란다. 한국의 아파트 단지에서 흔히 보는 어린이집 등하원 길의 엄마들도 안 꾸민 듯하면서도 어찌나 옷을 잘 입었는지! 한국 사람들이 유행에 민감하고 패션 감각도 탁월하다는 걸 확실히 느낀다.

세계 패션의 중심지라는 파리와 밀라노가 차로 몇 시간 거리에 있지만 스위스는 패션과는 거리가 멀다. 외모에 크게 신경 쓰지 않아도, 유행을 전혀 몰라도 사회생활에 지장이 없는 사회 분위기 때문이다. 사실 패션에 큰 관심이 없는 나로서는 스위스에서 학부모 총회 패션을 준비하느라 스트레스를 받지 않아도 되니 다행이라는 생각도 든다.

스위스에도 학부모 룩이 있을까? 이제껏 아무도 스위스 학부모 룩을 정의하지 않았기 때문에 여기에 내가 최초로 정의해본다. 아이들과 함께 다니는 스위스 엄마들은 한결같이 비슷한 복장을 하고 있으니 이를 학부모 룩이라고 성급한 일반화를 하겠다.

우선 아무 옷에나 다 잘 어울리는 청바지. 2023년 현재 한국에선 와이드팬츠가 유행이라지만 스위스에선 청소년들이나 와이드팬츠를 입지, 엄마들은 아직도 스키니진이다! 나도 마찬가지다. 새 옷을 사는 것도 귀찮고 습관적으로 입던 옷을 계속 입는다. 여기에 티셔츠나 스웨터. 언제 비가 올지 모르는 기후이므로 외투는 생활방수 기능이 있고 모자도 달린 아웃도어 잠바를 입는다. 쌀쌀한 날씨가 잦으니 머플러도 두른다. 신발은 항상 운동화인데 최근 몇 년 전부터 스위스 브랜드인 '온ON' 운동화가 대세다. 가방은 아이들 간식이랑 물통을 넣고 다니기에 편한 배낭을 멘다.

그리고 엄마들 얼굴은 모두가 약속이나 한 듯 화장기가 없다! 모든 스위스 엄마들이 화장할 시간도 없고 귀찮으니 투표를 해서 만장일치로 아예 다 같이 화장하지 말자고 결정한 줄 알았다. 화장이나 패션은 주변인들의 영향을 크게 받는 요소라, 주변 엄마들이 다들 화장기가 없는 게 나는 그렇게 편할 수가 없다. 20대 때는 화장을 안 하고 집 밖에 나가면 큰일 나는 줄 알았던 내가 이제는 선크림만 바르고 밖에 나간다. 아, 나의 자존감을 조금이라도 높여줄 눈썹 그리기는 아직도 포기하지 못했다. 내 피부가 그리 좋은 편은 아니지만 피부가 건조한 유럽인들에 비해 주름이 적은 건 사실이니 화장을 안 해도 괜찮다는 자기합리화를 해본다. 유럽인들은 아시아인들의 나이를 잘 가늠하지 못하고 실제보다 훨씬 어리게 본다.

이처럼 스위스 엄마들의 일상에서는 아이들과 활동하기에 편한 복장이 주를 이룬다. 그럼 학교를 방문하고 담임선생님도 만나는 학부모 총회에서는 어떨까? 위에서 말한 일상적인 복장과 크게 다르지 않다. 이때는 화장을 하기도 하는데 팩트는 바르지 않고 마스카라만 하는 엄마들도 많다. 한국 엄마들이 화장을 못 했을 때 급한 대로 최소한 아파 보이진 않도록 립스틱만이라도 바르듯이, 스위스 엄마들은 급할 땐 눈화장만 한다는 차이점을 발견했다! 학부모 총회에서도 청바지와 티셔츠가 대세고, 기능성 잠바를 입기도 하지만 조금 격식을 차려서 사무실로 출근하는 사람들이 입을 법한 재킷 대개는 유행이 지났다을 입기도 한다. 고가의 럭셔리 브랜드 가방은 거의 못 봤다.

앞에서 말한 엄마들뿐 아니라 일반적으로 스위스 사람들의 옷차림은 남녀노소 소박한 편이다. 그래서 스위스에서는 겉모습만 봐서는 저 사람이 부자인지 아닌지를 판별할 수 없다고들 말한다. 나도 그 말에 동의한다. 스위스 부자들은 옷을 깔끔하게 입지만 그렇다고 꼭 럭셔리 브랜드를 선호하진 않는다. 내가 만나본 스위스 부자들은 럭셔리 브랜드 제품을 소유하는 데 돈을 쓰기보다, 각종 서비스에 돈을 써서 시간을 아끼는 편이었다.

스위스 사람들은 고가의 브랜드를 좋아하거나 유행을 따르기보다는 소박해도 깔끔하게 옷을 입는다. 아이들부터 노인들까지 일상에서는 실용적인 아웃도어 잠바를 입고, 옷을 많이 사지 않고 늘 입던 옷을 입는다. 보통 10월부터 날씨가 오슬오슬 추워져서 이듬해 4월까지도 사람들은 겨울재킷을 입는데, 겨울재킷 단 한 벌로 반년을 버티는 사람도 많다. 동네에서도 저 멀리 누가 지나가면 겨울재킷만 보고도 누구인지 다 알 수 있다. 그런 곳에서 살고 있으니 패션에 큰 관심이 없는 나는 스트레스가 없어서 좋다.

스위스 패션에서 중요한 건 바로 장소에 맞는 옷 예절이다. 고급 식당이나 공연장에 가면 남자들은 셔츠를 챙겨입고, 여자들도 격식 있게 차려입는다. 그 옷이 꼭 고급 브랜드이거나 최신 유행일 필요는 없다. 이렇게 장소에 어울리게 신경 써서 옷을 입는 것을 예절로 간주한다. 그래서 가끔 격식 있는 식당이나 공연장에 갈 때면 사람들이 오랜 세월 입어서 올드한 분위기의, 그러나 여전히 단정하게 보관한 옷들을 옷장 깊숙이에서 꺼내 입고 왔음을 눈치챈다. 유행도 한참 지나서 올드한 패션인데, 역설적으로 요즘 유행한다는 '올드머니룩'이 의도치 않게 연출된다. 나는 그런 멋이 좋다.

얼마 전 남편과 함께 장크트갈렌 극장에 뮤지컬 〈레 미제라블〉을 보러 갔다. 어떤 옷을 입고 가야 하나 고민하던 나는 무려 20년 전 대학 졸업 사진을 찍을 때 어머니가 사주셨던 검은색 벨벳 재킷을 오랜만에 꺼내 입었다. 조금 촌스럽지만 깔끔하게 보관해온 옷이라 여전히 멀쩡했다. 옷장 속에서 오랜 세월 잠자던 옷을 과감하게 꺼내 입고 외출을 하다니, 한국에서라면 망설였겠지만 이제 나는 스위스 패션 피플이 된 기분이었다. 남편도 "근사한데!" 하고 칭찬해 주었으니, 그럼 됐지 뭐. 이 옷을 20년 더 입으려면 살이 찌지 않게 관리해야겠구나, 생각하면서….

일상의 낭만, 깜짝 이벤트

"성미, ○월 ○일부터 1박 2일 시간 돼? 우리 팀에서 회사 지원으로 1박 2일 단합 여행을 가는데 파트너들도 같이 가기로 했거든."

라파엘이 설레는 목소리로 물었다. 금요일과 토요일, 1박 2일이나 시간을 내려면 레나를 맡길 곳이 필요하므로 라파엘은 내 허가를 구하자마자 시댁에 연락해서 레나를 돌봐달라고 부탁했다. 다행히 그날 시댁에서 아이를 봐줄 수 있다는 대답이 떨어지자 그제야 나는 궁금해졌다. "참, 어디로 여행을 가는데?" 남편은 장난스러운 표정으로 대답했다. "목적지는 깜짝 이벤트야!"

스위스 사람들은 '깜짝 이벤트'를 참 좋아한다. 커플끼리, 또는 지인들끼리 여행을 갈 때 주최자를 제외한 나머지 사람들에겐 목적지를 알려주지 않고 짐만 챙겨오라고 한 뒤 깜짝 여행을 떠나는 일이 종종 있다.

약속한 시간에 만나기로 한 기차역에 도착하니 라파엘 회사의 팀원들이 커플 단위로 와 있었다. 라파엘과 또 한 명의 팀원만이 함께 목적지를 정하고 기차표, 호텔, 각종 프로그램을 예약해놓았다. 다들 어디로 가는지도 모르는 채 기차에 올라 떠나는 여행이 은근히 재미있었다. 우리가 내린 곳은 라파엘의 회사에서 기차로 두 시간쯤 떨어진 졸로투른 Solothurn 이라는 소도시였다. 고즈넉한 구도심이 아름다운 이곳에서 역시 깜짝 프로그램으로 준비된 것은 구도심 가이드 투어와 공연 관람이었다. 이틀간 깜짝 프로그램으로 소소한 낭만과 재미를 즐기는 사람들이 귀여워 보이기까지 했다.

스위스에서는 서른 살, 마흔 살, 쉰 살 등 열 살 단위로 맞이하는 생일에 큰 파티를 하는 문화가 있다. 나보다 세 살 연하인 남편이 서른 살이 되던 해, 나는 동서들 및 시댁 어른들과 의기투합하여 스위스 사람들이 그토록 좋아하는 깜짝 이벤트를 준비했다. 라파엘이 '삼둥이'이므로 동생 두 명도 같은 날 생일이니만큼 생일에는 온 가족이 함께 모인다.

우리는 비밀리에 런던행 비행기 표를 예매하고 호텔까지 예약해놓은 뒤 삼둥이의 생일날 취리히 공항에서 만나기로 약속했다. 물론 생일을 맞은 삼둥이는 목적지를 모른 채 아내들의 조언에 따라 짐만 챙겨온 터였다. 수수께끼를 풀듯이 목적지를 추측하던 삼둥이는 게이트에서 목적지를 확인하고는 즐거워했다.

사실 깜짝 여행에 대단한 반전이 있는 건 아니지만, 깜짝 여행을 몇 번 당해 본 나로서는 몰래 여행을 준비한 사람의 성의와 사랑스러움이 좋았다. 나를 놀라게 하려고 누군가가 비밀리에 여행을 계획했다는 사실은 낭만적인 선물로까지 느껴졌다. 마치 "안대를… 벗어주세요!" 하는 게릴라

콘서트의 주인공이 된 기분이랄까. 철저한 계획형 인간인 나조차 이런 상황에서는 다소 긴장을 풀고 스위스 사람들처럼 즉흥적인 상황을 즐기게 되었다.

스위스 사람들이 깜짝 이벤트를 얼마나 좋아하냐면, 부모가 임신한 아기의 성별을 출산 때 깜짝 이벤트처럼 알고 싶어서, 담당 의사에게 미리 성별을 말해 주지 말라고 부탁하기도 한다. 만삭의 임신부에게 곧 태어날 아기가 남자인지 여자인지 물으면 가끔 이런 대답이 돌아온다. "우리는 깜짝 놀랄 날을 기다리고 있어요. 정말 기대돼요. 신생아 옷은 중립적인 무채색 톤으로 준비했답니다."

심지어 일부 고급 식당에서는 '깜짝 메뉴'를 주문할 수도 있다. 3코스, 5코스 등으로 구성된 코스 메뉴인데 그게 무슨 요리인지는 음식이 나와 봐야 알 수 있다. 손님들은 코스 음식이 나올 때마다 깜짝 놀라며 즐거워한다. 이럴 때는 주방장이 주방에서 나와 손님들과 인사하며 악수를 하기도 한다.

스위스 공영방송 SRF에는 일반인을 대상으로 깜짝 이벤트를 하는 〈해피 데이〉라는 프로그램이 있다. 신청자가 가족이나 지인의 꿈이나 소소한 바람을 이뤄주기 위해 몰래 방송사에 사연을 적어 신청하면, 뽑힌 사연의 주인공은 예상치 못한 상황에서 자신이 그토록 바라던 깜짝 경험을 하게 된다. 한 84세의 할머니는 젊은 시절 스튜어디스가 꿈이었지만 당시 아버지의 반대로 그 꿈을 이룰 수 없었다. 지금은 거의 모든 비행기 기종을 다 알고 항공 레이더 앱으로 상공을 지나는 비행기를 수시로 체크할 정도로 비행기 마니아다. 할머니는 가족과 함께 취리히 공항에 갔다가 방송팀의 갑작스러운 환영을 받게 되었다. 어리둥절하면서도 기쁨과 놀라움이 섞인 할머니의 반응에 시청자들도 같이 감동한다. 할머니는 방송팀과 함께 관제탑을 견학할 기회도 얻고, 미리 준비된 항공사 유니폼을 입고 여객기 승객들에게 초콜릿을 나눠주며 그토록 꿈에 그리던 스튜어디스 역할을 체험했다.[47] 단 하루지만 깜짝 이벤트로 꿈을 이루는 주인공의 모습은 깜짝 이벤트를 그토록 좋아하는 스위스 시청자들을 충분히 감동하게 한다.

한적하고 조용한 거리, 평화로워 보이기만 하는 풍경, 철저하게 시간과 규칙을 지키는 사람들…. 이런 스위스에서 살아가는 지루하고 심심하기만 할 것 같지만 스위스 사람들은 일상에서 이렇게 소소한 재미를 즐기며 또 한 번 웃을 일을 만들어낸다.

47. SRF. <Happy Day>. SRF, 2023.09.02.

3부 셋에서 공동체로

스위스인들의 동물 사랑

스위스의 한 대학 캠퍼스에 볼일이 있어서 갔다. 면담을 하기로 약속한 교직원의 사무실에 들어갔더니 키가 내 허리까지 오는 큰 개 한 마리가 있었다. "놀라지 마세요. 사람을 공격하지 않는 얌전한 개랍니다. 제가 없으면 개가 집에 하루 종일 혼자 있어야 하기 때문에 팀원들의 양해를 구하고 개와 함께 매일 출근하거든요. 점심시간에 개를 데리고 산책을 나갈 수도 있고요."

면담이 진행된 한 시간 동안 개는 사무실 한편에 꾸며진 자기 자리에 얌전히 앉아 있었다. 그 직원이 혼자 사용하는 사무실이지만 개는 다른 사람이 들어오면 사무실 안을 돌아다니거나 방해해서는 안 된다는 규칙을 잘 배운 것 같았다.

스위스 사람들이 개를 좋아한다는 사실은 잘 알고 있었지만 직장에까지 매일 개를 데리고 출근한다는 게 좀 유별나 보이기도 했다. 스위스인 친구한테 이 얘길 했더니, 그렇게 반려견과 함께 일터로 출근하는 사람들이 간혹 있다는 대답을 들었다.

"내 친구가 개를 키우는데, 직장에 가 있는 동안 개가 혼자서 집에 있어야 하고 야외 활동도 못하니까 아예 개를 데리고 출근할 수 있는 직장을 찾더라. 구인공고를 보면 일일이 전화를 해서 개를 데리고 출근해도 되느냐고 물어보는 수고를 들이지. 물론 같은 사무실을 쓰는 팀원들의 동의를 구해야 해. 간혹 개털 알레르기가 있는 사람도 있잖아. 그렇게 해서 운 좋게 한 직장에 개와 함께 다닐 수 있게 되었어. 점심시간이면 다른 동료들이 너도나도 개 산책을 시키겠다고 해서 정말 좋대."

이런 사람들에게는 직장을 선택할 때 일터에 반려견을 동반할 수 있는지의 여부가 연봉이나 다른 혜택보다 우선순위다. 마치 맞벌이 부부가 아이를 쉽게 맡길 수 있는 직장 어린이집이 있는지 여부를 직장 선택에서 중요한 조건으로 생각하는 것처럼 말이다.

스위스에서는 온갖 동물이 흔하게 보인다. 개와 함께 산책하는 사람들이 흔하고, 마트 입구의 한쪽에는 주인이 장을 보는 동안 개가 밖에서 기다릴 수 있게 줄을 매 놓는 곳이 따로 있다. 고양이는 집을 자유롭게 드나들 수 있게 설치된 작은 고양이문을 통해 나가서 혼자서도 온 동네를 돌아다닌다. 그래서 애묘인들은 고양이가 들판에서 쥐나 새를 잡아 집 안으로 물고 들어오는 일을 감수해야 한다. 곳곳에 말 농장이 있어서 산책길에 말을 타고 가는 사람들도 자주 마주친다. 정원이 있는 집이 많으니 정원에서 토끼나 닭을 키우기도 한다. 곳곳에 널려 있는 푸른 들판에서는 소, 양, 염소들이 한가롭게 풀을 뜯는 모습을 일상적으로 본다. 우리집에는 반려동물이 없지만 이렇게 일상에서 다양한 동물을 마주칠 기회가 많다 보니 레나는 이미 동물들과 친해졌고, 나중에 커서 수의사가 되고 싶다고 말한다.

스위스인들의 동물 사랑은 세계 최고 수준의 동물복지에서도 확인할 수 있다. 스위스는 국민투표를 통해 1992년 헌법에 모든 동물의 생명의 존엄성을 명시했다. 또 2005년부터 시행된 동물 보호법Tierschutzgesetz, 2008년 개정과 2008년부터 시행된 동물 보호 규정Tierschutzverordnung 을 바탕으로 동물의 안녕과 존엄성을 엄격히 보호하고 있다.[48] 이를 어기는 사람은 벌금이나 징역으로 처벌을 받는 것은 물론이고, 향후 동물을 개인적으로 키우거나 영농을 목적으로 사육하거나 동물과 관계된 직업에 종사하는 것이 금지된다.

개를 키우려면 개 주인은 거주지 관청에 반드시 개를 등록하고 일종의 주민등록번호와 같은 개 아이디를 발급받아야 하며, 매년 '개 세금Hundesteuer'으로 100~200프랑을 내야 한다. 모든 개가 이렇게 등록, 관리되므로 유기할 수 없다. 매일 밖에서 개를 산책시키고, 개가 사회적 동물임을 감안해 사람 및 다른 개들과 함께 있도록 하는 것도 주인의 의무다. 2008년부터 2016년까지는 반려견을 기르려면 주인이 의무 교육을 수강해야 했으나 지금은 폐지되었고, 특정 견종에 한해서만 그 특성을 주인이 제대로 이해할 수 있도록 의무 교육을 수강하게 되어있다.

48. Bundesamt für Lebensmittelsicherheit und Veterinärwesen BLV (2022). Tierschutz.

견주들의 에티켓도 중요한데, 반려견이 밖에서 대변을 보면 항상 소지하고 다니는 빨간색 배변 봉지에 담은 뒤 거리 곳곳에 설치된 개 배변 봉지 전용 쓰레기통에 버려야 한다. 공원이나 산책길 곳곳에는 이렇게 개 배변 봉지를 버리는 쓰레기통이 설치되어 있는데, 이를 관리하는 비용은 개 세금으로 충당한다. '개를 목줄에 묶으시오'라고 표시된 구역에서는 반드시 목줄을 하고, 야외에서 목줄을 풀고서 개를 산책시키다가도 다른 행인이 지나가면 개가 다가가지 못하도록 주의해야 한다.

고양이를 등록하는 것은 의무는 아니지만 많은 고양이 주인들이 고양이 목에 식별 칩을 달고 데이터뱅크에 등록한다. 앞서 말한 대로 스위스에서는 고양이의 야생 본능을 충족시키기 위해 고양이를 자유롭게 풀어서 키우는데, 간혹 고양이 실종이나 교통사고가 발생하기 때문이다. 내 친구도 고양이가 밖에 나간 뒤 돌아오지 않아 걱정하고 있었는데, 경찰한테서 고양이가 교통사고로 세상을 떠났다는 슬픈 연락을 받았다. 그나마 고양이 목에 달린 칩을 통해 경찰이 주인에게 연락을 취할 수 있었던 것이다.

스위스의 동물 보호법이 얼마나 엄격한지, 작은 금붕어라도 고통없이 죽을 수 있도록 충격을 가해 기절시켜서 죽여야 한다. 같은 이유로, 살아 있는 바닷가재를 끓는 물에 바로 넣어 요리할 수 없으며, 바닷가재를 기절시킨 뒤 요리해야 한다. 카나리아나 앵무새처럼 사회적 교류가 중요한 동물들은 한 마리만 키울 수 없도록 규정되어 있다. 스위스 식품안전수의약청 BLV 홈페이지에는 흔히 보는 개, 고양이, 말은 물론이고 거북이, 고슴도치, 비둘기에 이르기까지 이색적인 반려동물까지도 동물별 특성과 키울 때 주의해야 할 점을 상세히 명시해 놓았다. 반려동물을 제대로 이해하고 주인이 책임감 있게 키울 수 있도록 가이드라인을 제공하는 것이다.

　　사실 나는 동물에 큰 관심이 없지만, 이처럼 일상적으로 동물들을 자주 마주치고 동물 보호를 강조하는 나라에 살다 보니 나 역시 조금씩 변해가는 듯하다. 이웃집 고양이가 때때로 우리집 정원에 뻔뻔하게 응가를 해놓고 가더라도 그러려니 하고 너그럽게 받아들이는 관용이 생겼달까. 내가 세상에서 가장 무서워하는 쥐가 우리 정원에 얼씬도 못하도록 이웃집 고양이가 보초를 서주는 거라고 생각하면 고마워지기도 한다.

동물 보호를 중시하는 스위스에서는 야외의 넓은 장소에 풀어 놓고 키우는 닭들을 자주 볼 수 있다. 슈퍼에서 파는 달걀 포장에 '노지 사육(Freilandhaltung)'이라고 쓰여 있으면 이렇게 자유롭게 풀어서 키운 닭이 낳은 달걀이라는 뜻이다.

들판에서 풀을 뜯으며 장난치는 염소들을 어린이들이 흥미롭게 보고 있다. 스위스 어린이들은 꼭 동물원에 가지 않아도 일상에서 다양한 동물들을 만나며 친숙해지고 동물을 이해하는 마음을 키운다.

3부 셋에서 공동체로

품위 있는 은퇴 이후 생활

스위스에서 결혼식을 올린 지 얼마 안 됐을 때였다. 신혼 때 살던 아파트에서 초인종이 울려 나가보니 아랫집 할머니가 꽃다발을 들고 현관문 앞에 서 계셨다. "결혼 축하해요. 내 이름은 피아예요. 당신 이름은 뭐지요?"

계단에서 마주치면 인사 정도 하고 지내는 이웃 할머니였다. 며칠 전 아파트 지하실에서 마주쳤을 때 내가 결혼식을 올렸다며 인사를 드렸는데, 꽃다발까지 들고 와 축하해 주신 것이었다. 나는 피아 할머니와 악수를 하고, 스위스 할머니로서는 발음하기 어려운 내 한국 이름을 또박또박 알려 드렸다.

스위스에선 아파트라고 해봐야 4, 5층 정도 건물로 한국의 연립주택과 비슷한데, 당시엔 도시에 살았기에 이웃 간에 별 교류가 없기는 한국의 아파트와 마찬가지였다 반면 인구가 적은 스위스 마을에서는 동네 사람들끼리 다 알고 지낸다. 그런데 스위스 할머니가 낯선 동양인 여자에게 먼저 호의를 베풀고 한 발 다가와 주니 감동했다. 아파트 바로 아랫집 이웃이 올라와서 초인종을 누르면 층간소음을 항의하러 오는 줄만 알았지, 꽃을 들고 있을 줄은 상상도 못했다.

나는 이듬해 봄 한국에 갔을 때 우리 부부의 전통혼례 사진을 담은 엽서를 피아 할머니에게 보내 한국 문화를 조금이나마 소개해드렸다. 가끔 집 앞에서 할머니와 마주칠 때 '요즘 어떻게 지내세요?'라고 물으면 늘 평온한 표정으로 '만족스럽지'라고 대답하며 미소 짓는 모습이 인상적이었다. 나도 이웃에게 꽃을 선물하는 마음의 여유를 가진 따뜻한 할머니로 늙어가고 싶어졌다.

스위스에 살면서 피아 할머니처럼 여유롭고 행복한 표정의 노인들을 자주 본다. 영국 런던에 본부를 둔 국제단체 헬프에이지 인터내셔널이 2015년 발표한 '노인이 살기 좋은 나라' 순위에서 스위스는 조사 대상 96개국 중 1위에 올랐다. 한국은 60위에 머물렀다. 한국에서 중장년층은 물론 젊은이들도 은퇴 이후의 삶을 걱정하고 노인 빈곤, 고독사, 노인 자살, 노인 학대 등 노인과 관련한 부정적인 사회문제에 대해 많이 들어온 터라 스위스에서 노인들의 삶을 관찰하는 건 무척 흥미롭다.

서구의 여느 나라들처럼 스위스에도 자녀가 늙은 부모를 부양하거나 부모의 노후를 책임져야 한다는 의식은 없다. 부모에게 다달이, 혹은 명절마다 용돈을 드리는 문화도 없다. 부모도 자식에게 그런 기대를 하지 않는다. 은퇴한 부모가 자식과 한집에서 사는 경우는 찾아보기 힘들며, 늙어서 거동이 불편해지거나 치매에 걸리면 양로원이나 요양원에서 여생을 보내는 게 일반적이다. 한국적 사고로는 차가워 보일 수도 있겠지만, 어쩌면 스위스에선 부모와 자식이 서로 금전적으로 의존하지 않기에 노년층의 품

3부 셋에서 공동체로

위와 자존심을 지킬 수 있는 게 아닐까 하는 생각도 든다.

스위스 노인들이 자식의 도움을 받지 않고도 부족함 없이 노후생활을 즐길 수 있는 건 탄탄한 연금제도 때문이다. 우리의 국민연금에 해당하는 국가연금AHV, 퇴직연금 격인 기업연금Pensionskasse, 개인이 추가로 드는 개인연금이 스위스 연금 체계의 세 기둥이다.

스위스인 대다수가 대학 대신 직업학교에 진학해 실용 기술을 배우고 일찍 일을 시작하기 때문에 이르면 17세부터 연금을 붓기 시작한다. 2023년 현재 스위스의 공식 은퇴 연령은 여성 64세, 남성 65세인데 17세부터 은퇴할 때까지 중단 없이 연금을 불입했다면 비교적 넉넉한 연금을 받을 수 있다.

물론 스위스도 젊은 인구는 점점 줄고 노년층이 늘어나는 상황이라서 국가연금의 미래를 걱정하는 목소리가 커지고 있다. 그리하여 2022년 9월 실시된 국민투표로 여자의 공식 은퇴 연령은 기존의 64세에서 남자와 똑같은 65세로 상향되었다. 이 법이 효력을 발휘하는 2025년부터 여자의 공식 은퇴 연령은 3개월씩 순차적으로 상향되며 2028년부터 65세로 확정된다. 또 이 국민투표의 결과로 2024년부터 부가가치세가 기존의 7.7%에서 8.1%로 올랐다. 국가연금의 부족한 재정을 충당하기 위해서다.

그럼에도 한국과 비교하자면 국가 경제와 노후 복지가 안정된 수준이다. 대기업에 다니면서도 언제 퇴직당할지 몰라 불안해하거나 노후를 대비해 치킨집, 편의점 같은 자영업을 구상하는 한국의 현실과는 다르다. '은퇴 강국'으로 불리는 스위스에서 은퇴란 걱정거리라기보다 인생의 새로운 황금기로 여겨진다.

나의 시아버지는 보험회사에서 45년을 근무하고 은퇴하셨다. 지금은 파트너와 함께 살면서 등산과 여행을 즐기신다. 전형적인 스위스 중산층의 은퇴 후 모습이다. 네 아들은 경제적으로 독립한 지 오래이니 자식 챙길 걱정은 없다. 이곳 문화에서는 아버지로서 자식들 결혼비용이나 주택 자금을 보태 줘야 한다는 부담도 없다.

시아버지는 매년 여름이면 은퇴한 친구분들과 넷이서 이탈리아 움브리아 주에서 열흘쯤 휴가를 보내신다. 그곳에 시아버지 친구의 별장이 있기 때문이다. 일명 '남자들의 휴가'라고 이름 붙인 이 연례 휴가에서 네 할아버지는 이탈리아의 따뜻한 햇살 아래 수영을 하고, 책을 읽고, 야스Jass, 스위스식 카드놀이를 즐기고, 움브리아 지방의 와인을 마시고, 직접 요리도 하며 모처럼 남자들만의 시간을 만끽한다. 시아버지는 이곳에서 친구들과 함께 찍은 사진을 모아 직접 앨범을 만드셨는데, 네 남자의 휴가 사진을 보노라면 〈꽃보다 할배〉가 따로 없다.

물론 스위스 노인이라고 모두 경제적으로 여유로운 건 아니다. 연금을 적게 불입한 사람이 은퇴 후 적은 연금을 수령하는 것은 당연하다. 그뿐 아니라 빚, 파산, 마약 중독, 난민 배경 등 다양한 이유로 빈곤한 노인이 된다. 스위스에서 약 25만 명이 노인 빈곤층이라고 한다.

스위스 공영방송 SRF의 다큐멘터리에서 가난한 사람들에게 식품을 제공하는 사회복지단체를 보았다.[49] 곧 유통기한이 지나 버려지게 될, 그러나 아직은 상태가 좋은 식품들을 대형마트에서 공급받아 빈곤층에게 상징적 의미로 1프랑만 받고 제공하는 단체다. 사회적 취약 계층을 지원함과 동시에 음식 낭비도 막을 수 있는 일석이조의 대안이다.

이곳에 정기적으로 장을 보러 오는 75세의 모니카 할머니는 이 단체의 도움이 아니었다면 먹고 살기 힘들었을 것이라고 했다. 모니카 할머니는 51년째 같은 아파트에서 살고 있는데, 안락한 주방과 거실까지 있는 집만 봐서는 빈곤층으로 보이지 않았다. 모니카 할머니의 소원은 기차를 타고 여행을 가보는 것이라고 했다. 나는 이 방송을 보면서 빈곤도 상대적이라는 걸 느꼈다. 아프리카 어느 곳에서는 먹을 게 없어 배가 고픈 게 빈곤이고, 한국에서는 쪽방촌에 살면서 폐지를 주우러 다녀야 하는 게 빈곤이라면, 스위스에서는 식료품을 기부 받아야 하고 여행을 가지도 못하지만 위생적인 주거지에서 정부와 사회복지단체의 도움을 받으며 사는 것이 빈곤이다.

49. Béla Batthyany, Markus Storrer. <Mona mittendrin - Bei Armutsbetroffenen>. SRF, 2023.04.12.

스위스 노인들은 자택에서 살다가 건강이 나빠지거나 누군가의 보살핌이 필요할 때가 되면 요양원, 양로원 같은 시설로 보금자리를 옮긴다. 양로시설에는 개인별 혹은 2인실 방이 있고 식사, 청소, 세탁 등 생활에 필요한 서비스와 스포츠 및 여가 시설, 의료 서비스 등이 제공된다. 소박한 공립부터 초호화 사립까지 수준이 천차만별이고, 한 달 비용도 3000프랑435만 원부터 1만 1000프랑1595만 원까지 다양하다.

개인의 연금만으로 양로시설 비용을 충당할 수 없을 경우 칸톤 정부에서 보조금을 받는다. SRF의 보도에 따르면 전체 양로시설 거주 노인의 절반이 보조금을 받는데, 매달 수령하는 평균 보조금이 3000프랑435만 원에 이른다.

정부 보조금을 받기에 앞서 자식이나 가족, 친척이 우선적으로 요양시설 비용을 낼 '의무'는 없다. 1인 가정의 경우 연 소득 12만 프랑1억 7400만 원 이상, 부부의 경우에는 합쳐서 연 소득 18만 프랑2억 6100만 원 이상이 돼야 부양 의무가 생긴다. 노후의 생계를 자녀의 도움이 아닌 노인 당사자의 연금과 정부 보조금으로 해결할 수 있다는 뜻이다. 허리가 다 굽은 노인이 생계를 위해 길에서 폐지를 줍거나 거리의 좌판에서 싸구려 물건을 파는 안타까운 광경을 스위스에선 본 적이 없다.

양로시설에 가지 않고 자택에서 거주할 경우 일상생활에 도움이 필요한 노인은 슈피텍스Spitex 라는 사회복지 서비스를 이용한다. 집으로 간병인이나 도우미가 와서 간병뿐 아니라 산책, 식사 배달, 쇼핑 등을 도와주며, 그 비용의 상당수는 의료보험과 지역 정부에서 지원해 준다.

나를 데리고 딸기밭으로 소풍을 가셨던 카를 할아버지와 리니 할머니는 오랜 세월 살아온 아파트를 정리하고 실버타운으로 이사하신 뒤 그곳에서 돌아가셨다. 긴급한 상황이 생길 때 언제든 의료진과 도우미를 부를 수 있는 곳이었다. 그러면서 리니 할머니는 40년 넘게 간직해온 귀한 다기 세트를 내게 물려주셨다. "우리가 세상을 떠나면 이 찻잔들은 전부 버려지거나 벼룩시장으로 갈 텐데, 그러기엔 아주 소중한 찻잔들이란다. 성미, 네가 원한다면 이걸 너한테 물려주고 싶구나."

스위스는 겨울이 길고 비가 자주 내려 모두들 해에 굶주려 있다. 조금이라도 해가 나면 야외로 나가고 카페나 식당에서도 야외 테이블을 선호한다. 아예 여생을 햇빛이 내리쬐는 따뜻한 나라에서 보내는 사람들도 있다. 스위스 신문 《노이에 취르허 차이퉁 암 존탁》에 따르면 연금으로 생활하는 스위스 노인들 중에서 무려 80만 명이 외국에서 노후를 보내고 있다고 한다.[50] 그 지역은 스위스와 가까운 이탈리아, 프랑스에서부터 멀리 동남아시아에 이르기까지 다양하다. 외국의 물가가 스위스보다 싼 데다 스위스 프랑이 강세여서, 같은 연금을 받아도 스위스에서 생활하는 것보다 외국

50. NZZ am Sonntag (2024,01,07). "Zum Dank ein Pröstli in die Schweiz". Seite 25.

에서 생활할 때 가처분 소득이 더 높아지는 것이다.

내 친구의 시부모님은 은퇴 후 태국의 한 섬에 집을 구입해 그곳에 살면서 1년에 한두 번만 스위스의 고향을 방문한다. 흥미로운 건 그 섬과 주변에 상당수의 스위스인이 모여 사는 커뮤니티가 있다는 사실이다. 태국에는 스위스인이 모여 사는 실버타운까지 있다. 스위스 신문에서 태국 후아힌의 한 실버타운을 방문한 기사를 읽었는데, 거주자 160명 중 80%가 독일어권 스위스인이었다.[51] 이들은 골프와 수영, 일광욕을 즐기고 인건비가 싼 간병인까지 고용해서 자기들 표현대로 '천국처럼' 살고 있는데, 부부가 두 사람 몫으로 매달 내는 비용은 4200프랑609만 원에 불과하다. 이는 스위스인의 기준으로는 저렴한 수준인데, 스위스의 웬만한 양로시설은 1인당 비용이 3000프랑을 넘기 때문이다. 게다가 이웃과 직원 대부분이 독일어를 쓰니 언어 장벽도 없다.

한편 앞서 이야기했듯이 스위스에는 지역마다 다양한 동호회가 잘 조직돼 있어 은퇴자의 삶에 활력을 불어넣는다. 체조, 승마, 볼링 같은 스포츠 동호회가 많고, 오케스트라나 스위스 전통 목관악기인 알프호른을 연주하는 음악 동호회, 미술, 종교 관련 동호회 등 수많은 분야가 있다. 상당수의 은퇴자가 지역 동호회에서 활동하며 취미생활을 즐기고 친목을 다진다. 지역 축제가 열릴 때면 많은 은퇴자가 동호회원들과 함께 음악을 연주

---

51. Lea Gnos (2013,03,11). ≪Wir sind schon im Paradies≫. <Blick>.

하거나 자원봉사를 하면서 행사에 참여한다.

사람마다, 가정마다 각기 상황이 다르기에 스위스 노인이라고 모두가 경제적으로 넉넉하고 행복하다고 일반화할 수는 없다. 하지만 기본적으로 국가가 나서서 상당한 수준의 노인복지를 제공하고 탄탄한 연금제도를 갖춰 놓았기에, 열심히 일하고 은퇴한 노인이라면 큰 걱정 없이 비교적 품위 있게 노후를 보낼 수 있음은 분명한 사실이다. 한평생 성실하게 일한 사람들이 은퇴 후에도 경제적, 정신적으로 풍요롭고 건강하며 취미와 사교활동으로 행복을 누리면서 노후를 편안하게 즐길 수 있다면 그것이야말로 진정한 인간의 존엄이 아닐까.

+

스위스인들의
신박한 정리 정돈

독일인들은 질서를 철저히 지키고 시간 약속에도 늦지 않고 정리 정돈을 잘한다고 알려져 있다. 그런 독일인들조차 스위스인들을 보면 지독하다고 혀를 내두른다.

> "무슨 거리가 이렇게 먼지 하나 없이 깨끗해? 지독한 스위스인들!"
> "스위스에서 운전할 땐 규정속도를 칼같이 지켜야돼. 고작 시속 몇 킬로미터 초과해서 달린 것조차 어떻게든 잡아내서 벌금을 물린다니까."
> "스위스 기차는 늦는 법이 없어. 만날 기차가 지연되고 파업이나 하는 독일철도청은 반성해야돼."

내가 만난 독일인들은 하나같이 이렇게 말했다. 나도 독일의 많은 도시를 가 봤지만 독일과 비교하면 스위스는 정말 깨끗하고 스위스인들은 시간 약속과 질서를 잘 지킨다. 물론 개인의 성향에 따라 다르겠지만, 스위스인들은 일반적으로 규칙과 정리 정돈의 측면에서 철저하다고 말할 수 있겠다.

어머니가 나한테 깔끔 좀 그만 떨라고 면박을 줄 정도로 나도 깔끔하기로는 둘째가라면 서러운데, 그런 나조차 스위스 사람들 집에 갈 때마다 감탄하고 온다. 스위스에 살아서 좋은 점이 뭐냐고 내게 물으면 아름다운 자연과 더불어 쾌적한 환경을 꼽고 싶다. 그래서 스위스인들이 어떻게 정리 정돈을 하는지 관찰하는 것은 깔끔 떠는 내겐 소소한 재미다.

거리에서 종종 청소차를 마주치는데, 바닥 먼지를 진공으로 흡입하는 동시에 물청소까지 하면서 움직인다. 내가 낸 세금이 잘 쓰이고 있구나, 하고 뿌듯해지는 순간이다. 공원에는 쓰레기통이 넉넉하게 배치되어 있는데, 이 쓰레기통을 비운 뒤 하나하나 고압호스로 물청소하는 모습을 구경하는 것도 흥미롭다. 쓰레기통마저 깨끗한 나라인 것이다. 대형마트에서는 가끔 야외 주차장 일부를 막아 놓고 거기서 고압 호스로 쇼핑카트를 물청소한다. 깨끗한 쇼핑카트를 끌고 장을 보면 내 기분이 다 개운해진다.

거리는 그렇다 치고 집안까지 깨끗할까? 스위스의 집들은 대개 집안까지 깨끗하다. 물론 손님이 온다고 청소해놓는 것을 감안하더라도, 손가락으로 바닥을 문지르면 먼지 하나 안 묻을 정도다. 시댁에서 화장실에 가면 세면대에 물방울 하나 묻은 것 없이, 거울에 얼룩 하나 없이 실험실에 온 듯 깨끗하다.

어르신들 댁에 갈 때면 '은퇴하셔서 청소할 시간이 많으시니까'라고 생각하지만 젊은 커플들이 사는 집들도 어김없이 깨끗하다. 아이를 키우는 집 중에는 어수선하고 지저분한 집들이 있지만 평균치로 본다면 그래도 웬만큼 깔끔하게 해놓고 산다. 스위스에서는 지인들과 식당에서 만나기보다 지인들을 집으로 초대해 식사하는 경우가 많은데, 그럴 때마다 또 이들의 깔끔하고 예쁜 테이블 세팅에 감탄한다.

스위스에선 어디를 가나 실내에 들어가면 가장 먼저 옷걸이나 벽걸이 후크를 발견할 수 있다. 식당, 사무실, 병원의 입구는 물론 기차의 창가 좌석에도 옷을 거는 고리가 달려있다. 그래서 스위스에서 파는 외투의 뒷목 부분에는 대부분 옷걸이 없이도 편하게 옷을 걸 수 있도록 작은 천 고리가 달려있다. 한국에서 가져온 코트에는 이 고리가 없어서 아쉽다. 모든 집에도 현관 입구에 바로 옷걸이나 붙박이 옷장이 있게 설계되어 있고, 손님이 오면 집주인은 가장 먼저 손님의 외투를 받아 옷걸이에 걸어주는 게 매너다. 나도 이게 습관이 되니 식당에서 외투를 대충 의자 등받이에 걸어놓으면 불편하다.

내가 스위스인들의 정리 정돈 본능에 가장 혀를 내두를 때가 바로 재활용을 위한 폐지를 배출하는 날이다. 극사실주의적인 명칭인 '쓰레기 달력Abfallkalender'을 지역마다 매년 초 배포하는데, 주민들은 이 달력을 보고 정해진 날짜에 재활용 자원을 배출한다. 어차피 버리는 종이인데 대충 내놓아도 될 것 같지만 종이는 종이대로, 택배 상자 같은 골판지는 골판지대로 분리한 뒤 가지런하게 털실로 묶어 집 앞에 차곡차곡 쌓아놓는다. 귀찮아서 폐지를 묶지 않고 낱장으로 대충 내놓는다면? 수거해가지 않는다.

놀라운 건 폐지 묶는 끈. 대충 아무 노끈으로 묶거나 쇼핑백에 넣어 내놔도 될 것 같은데 꼭 예쁜 털실에 묶여 있다. 스위스에 온 지 얼마 안 되었을 때 남편이 예쁜 털실로 폐지를 묶는 걸 보고 아깝게 왜 그런 고급 털실을 쓰는지 물었더니 폐지 묶는 전용 끈이란다. 실제로 마트에 가보니 쓰레기 묶는 끈으로 팔고 있었다. 아, 이런 건 왠지 낭비 같은데!

집마다 이렇게 폐지를 잘 정돈해 배출하는 걸 보면 정말 이 사람들 유전자에 정리 정돈 본능이 각인된 건 아닌가 진지하게 생각하게 된다. 코와 눈썹에 피어싱을 하고 팔에는 커다란 문신을 새긴 험상궂은 남자가 거실에 걸린 쓰레기 달력을 보더니 '참, 내일 폐지 내놓는 날이지' 하면서 담배를 입에 물고 데스메탈을 들으면서 털실로 폐지를 가지런히 묶어 집 앞에 단아하게 내놓는 장면을 상상해 본다.

스위스인들의 정리 정돈 본능은 공장에서도 발현된다. 대형 기계를 제조하는 스위스 기업에서 열린 행사에 간 적이 있다. 공장에서 근무하는 직원들이 자신들이 제조하는 기계를 소개하고 있었는데, 공구들은 물론 작은 나사 하나라도 필요할 때 금방 찾을 수 있도록 몹시 가지런하게 정리되어 있었다. 나는 믿을 수 없어 이 부스에 있던 직원에게 물어보았다. "이거 설마 진짜 공장에서 쓰는 거예요? 전시용으로 갖다 놓은 거죠?" 그랬더니 진짜 공장에서 저렇게 사용한단다. 공구에 전혀 관심 없는 나조차 당장 저걸로 맥가이버처럼 뭔가를 만들고 싶은 생각이 들 정도였으니, '공구 덕후'라면 이곳이 천국이다.

높은 산이 많고 겨울에 눈이 많이 내리는 스위스는 눈 치우는 기술도 상당히 발달했다. 어느 겨울날 휴일 오전에 갑자기 폭설이 내리기 시작했는데 한 시간도 안 되어서 눈 치우는 차량이 출동해서 거리의 눈을 치우는 것을 보고 감탄했다. 눈이 많이 쌓일 경우 두 대의 차량이 한 조가 되어, 한 대는 쌓인 눈을 밀어내는 동시에 흡입해 공중으로 토해내고 앞에 가는 커다란 트럭이 그 눈을 받아낸다.

겨울에 눈이 많이 오는 고산지방에 갔더니 작은 빗자루가 쇠사슬로 벤치에 달려 있었다. 벤치에 눈이 쌓이면 그 빗자루로 깔끔하게 눈을 치우고서 앉으라는 뜻이었다. 행인의 엉덩이가 눈에 젖지 않도록 배려까지 해주다니!

정해진 날 주택가에 배출된 폐지. 주민들이 폐지와 골판지를 분리하고 가지런하게 털실로 묶어 깔끔하게 쌓아놓았다.

대형 기계를 만드는 공장에서 사용하는 공구들. 작은 공구 하나라도 쉽게 찾을 수 있도록 깔끔하게 정리되어 있다.

눈이 많이 내리는 고산지방의 벤치에 빗자루가 달려 있다. 벤치에 눈이 많이 쌓이면 빗자루로 쓸어 내고 앉으라는 뜻이다.

스위스인들의
신박한 정리 정돈

물론 스위스도 사람 사는 곳이라 당연히 지저분한 곳이 있다. 특히 토요일 밤에 도시에서 축제가 열리면 기차역 근처에는 젊은이들이 소란스럽게 맥주를 마시고 간 흔적이 역력하고 기차 안에서는 술 냄새도 난다.

오히려 한국을 방문해 본 스위스인들은 한국이 깨끗한 나라라고 감탄했다. 우리 부부가 한국에서 전통혼례를 올렸을 때 시댁 식구들이 와서 다 같이 서울을 돌아다녔는데, 서울의 거리를 보며 시아버지가 눈이 휘둥그레졌다. "성미, 서울 인구가 천만 명이라고 하지 않았어? 그렇게 많은 사람이 모여 사는 도시가 어떻게 이렇게 깨끗하지? 거리에 쓰레기통도 안 보이는데 길바닥에 쓰레기도 안 보이고 말이야. 지하철에도 저렇게 많은 사람들이 북적대는데 어떻게 이렇게 깨끗하게 유지될까!"

그러고 보니 뉴욕과 파리의 지하철이 떠올랐다. 청소원이 전혀 없는 것처럼 오래된 먼지가 그득하고 철로에는 쥐들이 기어다니는 모습까지 포착되니, 그에 비하면 한국 지하철은 놀랍도록 깨끗하다.

정리 정돈이라면 질색하는 자유로운 영혼들은 스위스에서 사는 게 숨이 막힐지도 모른다. 사소한 것까지 고지식하게 규칙을 지키고 철저하게 정리 정돈하는 스위스인을 쪼잔하다며 비웃는 사람들도 있다. 반면에 나는 지저분하고 흐트러진 것을 보면 스트레스를 받고, 주위가 깨끗해야 비로소 뭔가를 할 수 있는 사람이기 때문에 그런 면에서 딱 맞는 제2의 고향을 찾았다고 해야 할까.

베른Bern

브리엔츠 호수Brienzersee

로르샤흐Rorschach

스위스에 왔더니 어딜 가나 눈에 띄는 것이 있었다. 심심치 않게 열리는 축제에 가도, 각종 행사에 가도, 가정집에서 열린 지인들의 잔치에 가도, 사람들이 많이 모이는 곳에는 어김없이 그것이 있었다. 바로 파티 벤치를 뜻하는 '페스트방크Festbank'와 파티 테이블을 뜻하는 '페스트티쉬Festtisch'다. 나무로 된 상판과 초록색으로 칠한 금속 다리로 된 소박한 디자인인데, 다리를 접을 수 있어 창고에 보관하거나 운반하기에도 편리하다.

페스트방크와 페스트티쉬

스위스 사람들은 페스트방크에 옹기종기 모여 앉아 음료수나 커피, 맥주, 와인을 마시며 수다 떨기를 좋아한다. 평소에는 조금 수줍어 보이는 사람들도 페스트방크에 앉기만 하면 맞은편에 앉은 사람과 쉬지 않고 떠든다. 일행과는 물론이거니와 얼굴 정도만 알던 사람과도 같은 테이블에 앉았다는 이유로 어색함 없이 건배를 하고 대화를 시작한다. 사람들이 많이 모이는 행사에서는 모르는 사람과도 한 테이블에 합석하는 것이 당연하게 여겨진다.

페스트방크에서는 균형을 잡는 것이 중요한데, 두 사람이 맨 왼쪽과 맨 오른쪽에 앉아 있고 가운데 자리는 비었을 경우 한쪽 사람이 갑자기 일어나 버리면 반대쪽 사람은 균형을 잃고 벤치와 함께 자빠지게 된다. 그래서 자리에서 일어나기 전에는 반대쪽 사람에게 친절하게 공지를 해줘야 한다.

나는 페스트방크가 스위스인들의 공동체 문화를 여실히 보여주는 상징적인 물건이라고 해석한다. 평소에는 다소 거리감이 느껴지는 스위스 사람들도 페스트방크에 모여 앉으면 스스럼없이 마음을 열고 이야기를 나누기 시작한다. 미국의 사상가 헨리 데이비드 소로1817-1862에게 '세 개의 의자'가 필요했다면 스위스 사람들에겐 공동체 생활을 위해 페스트방크가 필요하다. 월든 호숫가에 오두막집을 짓고 살며 스스로 고립을 자처한 소로에게도 자신을 위한 의자 하나, 친구를 위한 의자 하나 말고도 자신을 사회와 연결해주는, 즉 손님을 위한 의자 하나가 더 있었다.

남미 사람들이 축제에서 한바탕 춤판을 벌이는 정열로 가득하다면, 스위스 사람들은 축제에서 페스트방크에 모여 앉아 숄레Schorley, 스위스식 사과 음료를 앞에 놓고 끊임없이 얘기를 나누는 수다쟁이들이다. 잡다한 스몰 토크부터 지역의 현안, 정치 이슈까지 온갖 이야기가 오가는 페스트방크가 바로 모든 국민들의 의견을 반영한다는 스위스 직접 민주주의 원칙의 일상적 버전이라고 하면 지나친 해석일까.

스위스에서 이민자라는 내 신분은 외향성과 내향성이 골고루 섞여 있던 내 성격에서 내향성을 꺼내 극대화했고, 내 안에 배어 있던 동양의 미덕인 겸손은 낮은 자신감으로 변해 갔다. 스위스 건국기념일에 열리는 마을 축제에서 사람들이 오케스트라의 반주에 맞춰 스위스 애국가를 부르고 있노라면 그 사이에서 어정쩡하게 서 있는 내겐 '난 누군가, 또 여긴 어딘가' 하는 생각이 번뜩 든다.

그래도 나는 용기를 내어 이곳의 공동체 속으로 천천히 걸어 들어갔다. 먼 동아시아의 낯선 나라에서 온 작은 여성이 지역색 강한 스위스 사회에 적응해 가며 살 수 있었던 것도 결국에는 페스트방크 덕분이었다. 사람들이 모이는 곳에 기꺼이 참석하여 망설이지 않고 페스트방크에 앉았고, 누군가가 자빠지지 않도록 옆자리 사람들과 균형을 이루었으며, 서툰 독일말로 대화에 끼었다. 그러다 보니 어느새 이 작고 독특한 나라의 개인주의자들한테 서서히 정이 들어갔다. 그 따스한 경험들이 쌓여 이 책의 제목을 '사랑한다면 스위스처럼'으로 짓게 되었다.

내가 이 사회에 통합되는 과정은 사랑 따라 스위스로 온 나의 개인사에 국한되지 않고 스위스 사회를 꿰뚫어볼 수 있는 계기들이 되었다. 그리하여 나의 스위스 관찰기를 스위스에 관심이 있거나 스위스 여행을 계획하는 분들, 그리고 한국과는 많이 다른 사회에 대한 호기심이 있는 분들과 나누고 싶어 이 책을 썼다.

무엇보다 남편 라파엘과 딸 레나가 없었다면 이 책은 시작되지도 못했을 것이다. 나의 든든한 동반자인 두 사람에게 사랑과 감사를 전한다.

2024년 봄 스위스에서

신성미

+ 기사

홍유담 (2021,12,14). "한국 10만명 당 교통사고 사망자, OECD 36개국 중 10번째". 〈연합뉴스〉.
URL: https://www.yna.co.kr/view/AKR20211214061400004

Christian Raaflaub (2020,02,09). Schweiz stellt Diskriminierung wegen Homosexualität unter Strafe. <Swissinfo.ch>.
URL: https://www.swissinfo.ch/ger/homophobie-abstimmung-schweiz-9-februar-2020/45544810

Lea Gnos (2013,03,11). «Wir sind schon im Paradies». <Blick>.
URL: https://www.blick.ch/ausland/blick-besuchte-schweizer-im-altersheim-in-thailandwir-sind-schon-im-paradies-id2234406.html

+ 논문

Nay, Yv E. (2021). Zusammenschau der Forschung zu 'Regenbogenfamilien'. S. 1-14. [ZHAW].

URL: https://zhaw.academia.edu/YvENay

+ 인터넷 자료

통계청 (2023). 2022년 혼인 이혼 통계.

URL : https://kostat.go.kr/board.es?mid=a10301020300&bid=204&act=view&list_no=424356

Bundesamt für Statistik (2023). Heiraten, eingetragene Partnerschaften und Scheidungen.

URL : https://www.bfs.admin.ch/bfs/de/home/statistiken/bevoelkerung/heiraten-eingetragene-partnerschaften-scheidungen.html

Bundesamt für Statistik (2023). Scheidungshäufigkeit.

URL : https://www.bfs.admin.ch/bfs/de/home/statistiken/bevoelkerung/heiraten-eingetragene-partnerschaften-scheidungen/scheidungshaeufigkeit.html

Bundesamt für Statistik (2023). Heiraten.

URL : https://www.bfs.admin.ch/bfs/de/home/statistiken/bevoelkerung/heiraten-eingetragene-partnerschaften-scheidungen/heiraten.html

Bundesamt für Statistik (2022). Erstgeburten nach Zivilstand der Mutter.

URL : https://www.bfs.admin.ch/bfs/de/home/statistiken/bevoelkerung/geburtentodesfaelle/geburten.assetdetail.22604108.html

Bundesamt für Statistik (2021). Familien in der Schweiz - Statistischer Bericht 2021.

URL : https://www.bfs.admin.ch/bfs/de/home/aktuell/neue-veroeffentlichungen. assetdetail.17004156.html

Bundesamt für Statistik (2022). 89400 Geburten im Jahr 2021 - ein Höchststand seit 1972.

URL : https://www.bfs.admin.ch/asset/de/21826778

Bundesamt für Statistik (2023). Sekundarstufe II: Maturitätsquote.

URL : https://www.bfs.admin.ch/bfs/de/home/statistiken/bildung-wissenschaft/ bildungsindikatoren/themen/bildungserfolg/maturitaetsquote. html#:~:text=Die%20Maturit%C3%A4tsquote%20der%20jungen%20 Schweizer,auch%20immer%20sie%20geboren%20wurden

Bundesamt für Statistik (2023). Zusammensetzung der ausländischen Bevölkerung.

URL : https://www.bfs.admin.ch/bfs/de/home/statistiken/bevoelkerung/migration-integration/auslaendische-bevoelkerung/zusammensetzung.html

Bundesamt für Statistik (2021). Erhebung zur Sprache, Religion und Kultur 2019.

URL : https://www.bfs.admin.ch/asset/de/15384140#:~:text=76%25%20 der%20Bev%C3%B6lkerung%20in%20der,und%200%2C9%25%20 R%C3%A4toromanisch.

eurostat (2023). Vergleichende Preisniveaus.

URL : https://ec.europa.eu/eurostat/databrowser/view/tec00120/default/

table?lang=de

eurostat (2023). Hours worked per week of full-time employment.

URL : https://ec.europa.eu/eurostat/databrowser/view/tps00071/default/
bar?lang=en

Forschungszentrum für Handelsmanagement, Universität St.Gallen (2022). Studie
zum Detailhandel: Einkaufstourismus verliert an Bedeutung.

URL : https://www.unisg.ch/de/newsdetail/news/studie-zum-detailhandel-
einkaufstourismus-verliert-an-bedeutung/

Worldbank (2023). Gross national income per capita 2022, Atlas method and PPP.

URL : https://databankfiles.worldbank.org/public/ddpext_download/GNIPC.pdf

OECD (2023). Fertility rates.

URL : https://data.oecd.org/pop/fertility-rates.htm

OECD (2023). Unemployment rate by age group.

URL : https://data.oecd.org/unemp/unemployment-rate-by-age-group.htm

Das Schweizer Parlament (2023). "Kita Plätze für alle" ist in aller Munde. Ist der
Bedarf von Kita Plätzen wirklich flächendeckend ausgewiesen?.

URL : https://www.parlament.ch/de/ratsbetrieb/suche-curia-vista/geschaeft?AffairId=20237074

IMF (2023). GDP per capita, current prices.

URL : https://www.imf.org/external/datamapper/NGDPDPC@WEO/OEMDC/
ADVEC/WEOWORLD

ETH Zürich. Studiengebühren.

URL : https://ethz.ch/de/studium/finanzielles/gebuehren.html

Berufsberatung.ch (2023). Liste-Lehrlingslöhne.

URL : https://www.berufsberatung.ch/web_file/get?id=4270

Pro Juventute. Kostgeld: Wie viel sollen Lernende zu Hause abgeben?.

URL : https://www.projuventute.ch/de/eltern/schule-ausbildung/kostgeld-lehrling#:~:text=Grunds%C3%A4tzlich%20gilt%3A%20der%20selbstverdiente%20Lehrlingslohn,Unterhalt%20beteiligt%2C%20sofern%20sie%20zusammenwohnen

Staatssekretariat für Wirtschaft SECO (2023). 2022 tiefste Arbeitslosenquote seit über 20 Jahren.

URL: https://www.seco.admin.ch/seco/de/home/seco/nsb-news/medienmitteilungen-2023.msg-id-92440.html

사랑한다면
스위스처럼

초판인쇄 2024년 4월 30일
초판발행 2024년 4월 30일

글쓴이 신성미
발행인 채종준

출판총괄 박능원
책임편집 박민지 · 유 나
디자인 서혜선
마케팅 전예리 · 조희진 · 안영은
전자책 정담자리
국제업무 채보라

브랜드 크루
주소 경기도 파주시 회동길 230 (문발동)
투고문의 ksibook13@kstudy.com

발행처 한국학술정보(주)
출판신고 2003년 9월 25일 제406-2003-000012호
인쇄 북토리

ISBN 979-11-7217-222-0 03810

크루는 한국학술정보(주)의 자기계발, 취미, 예술 등 실용도서 출판 브랜드입니다.
크고 넓은 세상의 이로운 정보를 모아 독자와 나눈다는 의미를 담았습니다.
오늘보다 내일 한 발짝 더 나아갈 수 있도록, 삶의 원동력이 되는 책을 만들고자 합니다.